Séminaire de psychanalyse d'enfants

Françoise Dolto

Séminaire de psychanalyse d'enfants

Tome 2

ÉDITION RÉALISÉE
AVEC LA COLLABORATION
DE JEAN-FRANÇOIS DE SAUVERZAC

Éditions du Seuil

EN COUVERTURE : photo A. de Andrade
Archives Ana

ISBN 2-02-012572-2, t. 2, édition de poche
ISBN 2-02-012574-9, édition complète
(ISBN 2-02-008980-7, t. 2, première édition)

Les textes qui composent ce livre sont, selon l'expression de Françoise Dolto, un « reflet de son séminaire ». Comme ce terme implique aussi bien la fidélité d'une transmission que la distorsion d'une image, je dirai un mot de l'une et de l'autre.

Le parti a été pris de garder, le plus souvent possible, des « tranches » significatives de ce séminaire. Où l'on verra que Françoise Dolto ne s'autorise pas de son expérience clinique, proprement unique, avec les enfants, pour ne donner que des recettes aux thérapeutes. Elle ne parle pas depuis un lieu de savoir dogmatique. Son expérience, elle la fait travailler; elle la met à l'épreuve de ceux qui l'interrogent. Ce qui, de cette expérience, fait un enseignement, se mesure aux possibles qu'elle ouvre aux analystes, à la liberté où elle les engage, pourvu qu'ils se tiennent à la rigueur de l'éthique de la psychanalyse.

Françoise Dolto pense par cas. En associant. Elle convoque souvent les cas les plus extrêmes de sa pratique, ceux, dit-elle, qui « l'ont enseignée », parce qu'elle ne se supposait elle-même aucun savoir pour y faire face. Si elle mobilise l'ordinaire comme le plus tranchant de son expérience, c'est pour permettre aux psychanalystes de distinguer entre l'impossible auquel ils se heurtent dans une cure, et leurs propres résistances – celles dans lesquelles ils se laissent piéger, quels que soient les noms qu'ils leur donnent.

Deux axes s'entrecroisent dans ce séminaire : la clinique et l'éthique dont la technique est indissociable. Les textes portant sur la technique alternent avec des cas cliniques, selon un ordre qui suit la logique des problèmes posés par une thérapie d'enfant, depuis les entretiens préliminaires jusqu'aux signes de la fin d'une analyse, en passant par le cadrage d'un traitement et le paiement symbolique.

La préoccupation de Françoise Dolto a été, en effet, de rassembler ici, en continuité avec le premier volume, les éléments d'une éthique de la psychanalyse d'enfants. Éthique qui a pour seul fondement le langage : ce qui suppose l'écoute du « dire juste » de l'enfant, même lorsqu'il parle « pas vrai »; le respect de sa personne; la reconnaissance de son désir, dans ce qu'il dit ou tente de dire, de sorte qu'il puisse l'assumer comme sujet.

Le mot de « technique » a mauvaise presse chez les analystes. A juste titre, d'ailleurs, quand il traîne derrière soi des relents d'instrumentalité (de mentalité d'instrument) : manipulation du patient – autrement dit, pouvoir sur un objet –, fonctionnarisation du thérapeute. Chacun convient, pourtant, qu'il n'y a pas de désir de l'analyste hors d'une méthode et d'un libre contrat, gouvernail dans l'analyse d'enfant. Nulle autre visée que de lui permettre de ne pas être étranger à l'essentiel de lui-même, s'il est vrai, comme le dit Spinoza, que le désir est l'essence de l'homme. Que le sujet puisse se dégager de l'autre, de l'autre extérieur à lui, ou de l'autre qu'il a introjecté. Or, c'est dans le langage seul qu'en analyse il peut se reconnaître. Il n'y a pas de différence qui ne passe d'abord par la différence des mots; ni le sexe, ni le sujet – qui lui-même porte un nom, un prénom – n'y font exception. A ne pouvoir entendre, dire, ou écrire, la différence qui de lui fait un sujet, il risque de rester enlisé dans une image, fût-elle idéale, ou d'être aliéné dans le corps d'un autre; objet indistinct, chose, parfois colonisé par une voix qui le relie à cet autre. « Donner la castration », c'est lui frayer l'accès à la parole, à la liberté de dire, en première personne, son désir, sa souffrance, en assumant son être sexué. En quoi, la castration est symboligène.

Naturellement, l'assemblage et le montage de ce livre ne reflètent pas de façon équilibrée la variété des thèmes abordés dans un séminaire qui s'est déroulé sur plus d'une dizaine d'années. Si l'on a accordé une place importante, par exemple, à la question du paiement symbolique, c'est en raison de l'insistance même de Françoise Dolto sur la nécessité du contrat que le thérapeute doit passer avec l'enfant. On pourra en apprécier la pertinence et l'efficace en regard des résistances de certains analystes, de leur incrédulité même, face à l'exigence éthique de traiter un enfant comme sujet capable de prendre en charge son désir, de vouloir son traitement en son nom propre.

Quant aux cas cliniques, outre les inévitables contraintes qui en ont fait écarter certains de la publication, c'est, bien sûr, leur caractère démonstratif et leur portée d'enseignement qui ont orienté le choix proposé; mais, souvent aussi, leur valeur comme expérience des limites : un franchissement de l'analysable, ou supposé tel; un aller au-delà des diagnostics ou des préjugés qui interdisent ou inhibent souvent le désir de l'analyste. L'éthique, c'est de ne pas renoncer à « trouver les médiations » qui permettent à un enfant d'entrer en relation avec l'analyste, quand même il n'a pas encore, ou n'a jamais eu, de mots pour dire où « ça souffre en lui ».

Quand on demande à Françoise Dolto comment lui vient une interprétation, elle en rappelle seulement les circonstances, comme si toute élaboration après coup risquait d'opacifier plutôt que d'éclaircir cet acte analytique. C'est aussi qu'une interprétation n'appartient qu'à la relation analytique dans laquelle elle prend effet. On connaît le « retour » que Françoise Dolto fit à ce jeune arriéré qui lui avait déclaré : il m'est arrivé quelque chose de vrai. « Qui t'a rendu pas vrai », lui dit-elle[1]*. Si l'on néglige le spectaculaire de cette interprétation – qui a fait des vagues –, on voit que c'est bien ce qu'elle appelle « prendre langue » avec un enfant, en analyse. Il n'est pas de meilleure illustration de la formule de Lacan : le sujet reçoit de l'Autre son propre message sous forme inversée. L'Autre n'étant pas l'analyste, mais les signifiants : en l'occurrence, le « qui t'a rendu pas vrai », par où l'enfant a pu reconnaître qu'il avait une tête « pas possible », la tête que lui avait faite aussi le discours des autres.*

Ceci résume, d'une manière schématique, une logique qui n'appartient qu'à l'inconscient : du vrai *a produit* du pas vrai. *Ce qui précisément est impossible à écrire dans la logique classique, dans la logique formelle (où le vrai ne peut impliquer le faux). Freud a découvert, au contraire, que les processus inconscients ignorent la contradiction. Ce vrai qui rend faux, et qui, en chaîne, engendre du faux, c'est le paradigme de bien des cas cliniques de ce séminaire. Il faudrait, bien sûr, en affiner la formule. Le vrai qui cause un symptôme, voire une psychose, n'est pas toujours un événement ou un traumatisme. Il n'a pas nécessairement* eu lieu *dans un passé, dans l'histoire infantile. C'est un vrai qui échappe aux mots, un réel dont personne n'est garant, dont les repères sont flous. C'est un non-dit que le sujet*

1. Françoise Dolto, *Le Cas Dominique*, Paris, Éd. du Seuil, 1971.

n'a pas pris avec soi, mais qui, pourtant, colle à lui comme sa doublure, à son insu. Le « pas possible » qui reste dans le symptôme en porte la trace. C'est aussi bien le malentendu entre le petit Hans (celui de Freud) et sa mère. « As-tu, toi aussi, un " fait-pipi "? lui demande-t-il. – Bien sûr, j'ai un " fait-pipi " », lui dit-elle. Elle répond sur la fonction, il interrogeait sur l'existence d'un organe. Rien ne justifie mieux le mauvais calembour du « mâle entendu » entre la mère et l'enfant, lequel, à se fier aux dires de celle-ci, a bien du mal à s'y reconnaître; c'est qu'elle entend mal une autre différence, celle de l'organe, le pénis, et du symbole, le phallus, qui représente le désir d'un sujet, quel que soit son sexe. (Sur ce point, Freud lui-même n'avait pas encore les idées claires à cette époque, comme le souligne volontiers Françoise Dolto.) Si le symptôme s'origine dans l'équivoque, il n'y a en retour pas d'autre chemin vers le vrai, pour un sujet en analyse, que dans un dire. C'est pourquoi l'on peut écouter même ce que l'enfant ne peut pas dire avec des mots – qu'il les ait refoulés ou qu'il ne les ait pas reçus; et l'on peut tout lui dire, car, comme tout être humain, sexué, il tient son être du langage, même lorsque son code symbolique est apparemment indéchiffrable. Telle est la profondeur de champ que Françoise Dolto a donnée à la psychanalyse.

Jean-François de Sauverzac

1

Entretiens préliminaires

Les entretiens préliminaires ont lieu avec les parents, lorsque l'enfant a moins de sept ans - Castration des parents - Les enfants parasites du corps de leur mère - Les enfants qui s'endorment sur l'un de leurs parents.

PARTICIPANT : Pour vous, la thérapie d'un enfant ne se fait pas hors de la présence de sa mère?

FRANÇOISE DOLTO : Quand il s'agit de tout-petits, en effet. Et dans tous les cas, lors des entretiens préliminaires et des premières séances, pour les enfants qui n'ont pas encore cinq ans; pour certains, même, pas avant sept ou huit ans. Souvent, d'ailleurs, il ne s'agit pas de ce qu'on appelle psychothérapie de l'enfant, si, pendant que l'on reçoit les parents, il entre et sort, fait une imbécillité quelconque, et lance, par exemple, à votre adresse : « Et puis, je te dis merde! » Mais, bien qu'on ne puisse parler de psychothérapie, c'est un travail important pour lui. Vous ne voyez même pas l'enfant, trop angoissé, trop instable, mais seulement les parents. Si un enfant qui n'a pas encore sept ans entre et sort comme il veut – et il faut le laisser faire –, c'est qu'une castration est en jeu : en fait, c'est l'enfant qui, devant ses parents, donne une castration à l'adulte. Et comme l'analyste l'accepte tout à fait, les parents commencent à comprendre la situation, du même côté que l'analyste : leur enfant n'a rien à faire d'une psychothérapie; ce sont eux qui en faisaient la demande, parce qu'ils n'étaient pas capables de lui donner la castration.

C'est donc à eux de comprendre leur propre histoire et le sens de leur désir actuel, le plus souvent forclos ou seulement projeté sur l'enfant pour lequel ils souffrent, mais dont ils ignorent la souffrance. Ils ne sont alors qu'angoisse et plaintes. C'est dans les entretiens préliminaires qu'ils parlent à l'analyste de leur histoire.

Puis, si, après ces entretiens, l'enfant – lorsqu'il a moins de sept ans – vous dit : « Moi, je veux te parler tout seul, je veux venir tout seul, je ne veux pas que mon papa et ma maman soient là », vous demandez aux parents s'ils sont d'accord. Si l'enfant persévère dans sa demande, une fois le traitement commencé, si ses parents sont d'accord pour que vous le preniez à un rythme régulier, vous lui dites : « Oui, à condition que tu paies. » On établit un contrat avec l'enfant; c'est pourquoi le paiement symbolique est nécessaire. Car, au début, quand il veut venir parler seul, ce n'est parfois que pour prendre la place de ses parents. Un enfant de cet âge n'est motivé que si ses parents le sont aussi – généralement, il suffit, au début, que les parents le soient. Quant à lui, il a à recevoir la castration, et non pas à l'esquiver avec un adulte, en faisant un transfert sur le mode d'un : « je te prends pour ma mère; je te prends pour mon père; pour un tonton; pour une tata ». Au contraire, il faut qu'il accepte de renoncer à projeter et à semer sur tout le monde cette parenté pseudo-incestueuse, pour devenir responsable de lui; ce qui ne peut se faire que si, de leur côté, les parents renoncent à jouer leur désir à travers l'enfant.

D'où la nécessité des entretiens préalables : l'analyste recevant les parents ensemble, puis la mère ou le père séparément, lorsqu'à tour de rôle ils accompagnent l'enfant. Si, à ce moment, le parent qui veut vous parler déclare : « Ça m'ennuie qu'il soit là », vous demandez à l'enfant de sortir. S'il répond : « Mais, moi, je veux être là », vous lui dites : « Non. Tes parents étaient là avant toi, dans la vie. Ils viennent avant toi, pour me parler de toi. Ton traitement viendra ensuite – si tu es encore motivé – quand tu voudras me parler de toi. Jusqu'à présent tu viens pour t'amuser, pour parler peut-être, mais surtout pour écouter ce que disent papa et maman. » Et vous lui donnez une interprétation devant les parents, du type : « Comme quand ils sont au lit, et que tu voudrais savoir ce qu'ils disent et ce qu'ils font. »

Ce travail, c'est la castration des parents eux-mêmes. Il doit les mener à voir en leur enfant leur égal, un être humain ayant l'intelligence des choses de la vie, alors qu'ils le considèrent comme un corps nerveux qu'il faut calmer, éventuellement à coups de médicaments, qu'il faut, en tout cas, reconditionner. C'est un enfant désirant, alors qu'ils ne le voient que comme un corps de besoins, mal réglé.

Cette castration des parents suffit généralement à liquider la plupart des troubles de l'enfant. On apprend, par exemple, qu'il vient coucher dans le lit des parents. On demande alors : « Auquel de vous cela fait-il plaisir? » Il est très important de ne pas dire d'emblée qu'il ne faut pas que l'enfant couche dans le lit des parents. On y viendra, bien sûr. On demande d'abord : « Jusqu'à quel âge cela va-t-il durer, monsieur? Ça vous dirait de coucher avec votre fils jusqu'à ce qu'il ait vingt-cinq ans? Et vous, madame, qu'avez-vous à en dire? – Eh bien, oui; nous ne voyons peut-être pas qu'il grandit et qu'il nous fait tourner en bourrique! » Et les « peut-être » s'ajoutent aux « peut-être ». Puis l'enfant entre dans la pièce. « Ah! justement, on était en train de parler de toi. On ne savait pas si tu étais un bébé dans le ventre de ta mère, si tu jouais au monsieur qui voulait prendre ta mère à ton père, ou être la femme qui voulait avoir la place de ta mère près de ton père. » D'entendre ça, l'enfant s'en va. Les parents de dire : « Oh! vous croyez que ça pense si loin? Non; c'est que, seul, il fait des cauchemars! »

C'est ainsi que l'on fait une psychothérapie d'un enfant de cinq, six ans, qui n'a pas encore les sublimations orales et anales, utilisables en classe. C'est toujours à cause de ce défaut de sublimation que, sans le savoir, les parents formulent une demande. Il ne veut pas manger, ou il est trop fatigué pour manger lui-même, alors la mère lui donne à manger. Il n'y a donc pas de castration anale. Cela veut dire que les bras de la mère « font » à la place des siens, à la demande : le « faire » des besoins est encore chez l'enfant mêlé au « faire » du corps de la mère. Il n'est donc pas étonnant que cet enfant-là salisse encore ses caleçons. Bien sûr, ce n'est pas pour ce symptôme qu'il vient, mais il faut entendre, dans ce que dit la mère de cette « paresse à manger seul » et de la continence à éclipses de son enfant, s'il s'agit d'un faire-pour-sa-maman. Il faut bien lui donner aussi du travail, à maman. Faire *pour* maman; faire *par* maman; faire *avec* maman. On n'est donc pas encore sorti de sa maman, de la relation corporelle à elle.

L'effet de la castration orale, c'est de pouvoir *parler* en son propre nom, et non pas dire ce que les parents veulent que l'on dise. C'est avoir un imaginaire différent de celui des parents. L'effet de la castration anale, c'est un *faire* qui n'est plus articulé par des conjonctions au discours et au désir de la mère; ce n'est plus un faire par, avec ou contre la mère, c'est un faire pour soi-même. La mère est en lui, le père est en lui. (Un enfant de trente mois s'auto-materne; à cinq ans, il s'auto-paterne.) Cela n'est possible que si les parents le laissent libre.

Il faut donc travailler avec eux, en leur demandant notamment : « Comment les choses se passaient-elles, avec votre père, avec votre mère, quand vous aviez l'âge qui est celui de votre enfant, aujourd'hui? – Quand j'avais cet âge-là, mon père me *démobilisait*, dit un père. – C'est peut-être à cause de cela que vous êtes maintenant démobilisé en tant que père [on se sert de leurs propres mots]. Au fond, ce serait bien, si vous étiez à l'armée – je veux dire " mobilisé ". Comme ça, votre enfant aurait votre femme pour lui tout seul. » Le père rit. On introduit un peu d'humour.

C'est un travail en profondeur pour le père, comme pour l'enfant qui est là, bien qu'il ne soit pas encore personnellement impliqué, car, ce qui est en cause, c'est le désir, barré par l'enfant, de l'un ou l'autre de ses parents.

Lorsqu'il s'agit d'un enfant de sept ou huit ans, il faut dire aux parents – et c'est le travail préalable avec eux lorsqu'ils voudraient continuer à venir vous voir pour eux-mêmes : « Il faut que vous sachiez maintenant si c'est votre enfant qui souffre et si c'est lui qui demande une psychothérapie pour lui-même, ou bien si, en fait, à travers votre relation à lui, vous voulez un traitement pour vous. » Il y a des dispensaires, des établissements qui permettent que l'on reçoive aussi bien les adultes que les enfants, d'autres qui autorisent que l'on voie les parents seulement s'ils viennent en tant que tels, et non pour eux-mêmes. On doit leur dire : « Je comprends très bien que vous ayez besoin de me parler, mais, après les entretiens préliminaires, qui étaient indispensables, c'est ou bien à vous de venir, ou bien à votre enfant. Il faut à chacun son psychothérapeute personnel. Il est contre-indiqué qu'un même thérapeute prenne en traitement l'enfant et ses parents. » C'est au parent d'aller parler à un autre thérapeute du centre ou du CMPP ou d'entreprendre une psychanalyse à l'extérieur.

Les parents les plus bénéfiques, de ce point de vue, sont ceux qui veulent bien que l'enfant fasse une psychothérapie mais qui ne veulent pas payer pour cela. Il faut leur dire : « Vous avez bien raison. » Ce sont des parents déjà tellement castrés de leur enfant qu'ils ne veulent pas payer pour son désir à lui. Ils donnent un blanc-seing au thérapeute : « J'ai confiance en vous. Faites ce que vous avez à faire, je ne veux pas m'en mêler. » Parfait! Ils ont donné dans l'anamnèse tous les renseignements concernant l'enfant; celui-ci, après huit ans, n'a plus besoin d'eux, bien que leur tutelle lui soit toujours nécessaire. On dit seulement à ces parents : « Agissez comme vous le voulez, comme vous le pouvez, au jour le jour. Mais, si vous le voulez bien, tenez-moi au courant des incidents graves qui se passeraient. Donnez un petit mot à votre enfant, dans une enveloppe fermée, qu'il m'apportera. Ce peut être : " je lui ai flanqué une raclée ", ou " je l'ai foutu à la porte ". »

On peut ainsi étudier avec l'enfant ce qui se passe de dramatique et l'aider pour qu'il s'assume, selon l'attitude de ses parents – lorsque ceux-ci ont par exemple l'habitude de sévir. Les parents comprennent ainsi qu'ils restent les éducateurs. On leur dit : « Quoi que vous fassiez, c'est vous qui avez raison " pour maintenant ". Votre enfant souffre à cause d'événements et de relations du passé, mais ce qui se passe au présent, il n'a qu'à s'y faire. » C'est à nous, psychothérapeutes, de lui permettre, par notre écoute, de parler juste, et de s'adapter à son mode d'éducation actuel, à des adultes tutélaires qu'il considérait autrefois comme « moi-idéaux » et qu'il regarde maintenant comme des personnes parmi d'autres, avec leurs soucis, leurs angoisses, leurs désirs, leurs responsabilités. Après neuf ans, aimer les parents n'est plus synonyme de les prendre pour des modèles. Après l'Œdipe, chaque enfant se construit un Idéal du Moi qui n'est plus personnifié par tel ou tel adulte. C'est selon cet Idéal qu'il voudrait devenir adulte de son sexe, en regard de l'Idéal qu'il se fait de l'autre sexe. C'est ainsi que l'Œdipe se dépasse, par une analyse des rêves et des fantasmes confrontés à l'expérience, au jour le jour, de la réalité et des épreuves qu'elle apporte.

P. (femme) : Je voudrais vous poser une question à propos des entretiens préliminaires avec les enfants de moins de sept ans. Vous parliez, vous, de ceux qui sortent pendant l'entretien. Mais parfois c'est l'inverse qui se produit : l'enfant agrippant la mère, lui tirant les cheveux, grimpant sur ses genoux; on ne peut plus parler avec elle. Que faut-il faire, dans ce cas-là?

F. D. : On en apprend déjà beaucoup de cette façon! Car, si l'on n'avait pas vu leur comportement, on ne saurait pas à quoi l'on a affaire. Bien sûr, un entretien comme celui-là est un peu fichu. Dites à la mère, devant l'enfant, de revenir un autre jour, mais toute seule. Vous ne pourrez parler avec elle qu'en dehors de sa présence à lui, puisqu'il est là en train de la tarabuster. Il entend bien, mais il est incapable de comprendre, ou même de percevoir, si ce que l'on dit le concerne ou non. Lui ne désire pas du tout sortir de sa relation incestueuse, en quittant sa place de maître du corps de sa mère. C'est un enfant mal sevré. Sans elle, il n'existe pas encore. Si elle veut le faire soigner, qu'elle vienne d'abord parler pour elle-même.

Mais il faut prendre tout cela en riant, vraiment, et surtout ne pas se fâcher, ne serait-ce que par égard pour la mère. Les mères souffrent beaucoup de se sentir mâchonnées comme du chewing-gum par leur enfant, devant quelqu'un qui, pour elles, a de la valeur, un psychothérapeute. Elles sont malheureuses d'être ainsi mordillées, cannibalisées, prises d'assaut par les rats et les souris qui sont dans leur enfant. On leur dit, alors : « Comme il vous aime! » et à l'enfant : « Comme tu l'aimes, ta maman! Tu l'aimes tellement que tu voudrais qu'elle ne parle à personne. » Vous ajoutez, à l'adresse de la mère : « Il n'est plus possible de parler, maintenant, mais il était important que je voie comment votre enfant se comportait avec vous en public. Pouvez-vous venir soit seule, la prochaine fois, soit avec votre mari et l'enfant? » La même scène se reproduira sans doute en présence du père, car c'est le tiers qui est exclu. Dans nombre de ces cas, le père n'est pas reconnu comme un tiers. Père, mère, enfant constituent un magma hurlant et gesticulant. Si un enfant exclut le tiers, ce peut être parce que, dès sa naissance ou plus tard en société, il ne s'est pas senti un interlocuteur aussi valable que les autres. Il est également possible que son comportement ait pour origine des pulsions possessives en rapport avec l'Œdipe. Ou bien peut-être le langage de la vie soi-disant sociale qu'il a appris n'a-t-il d'autre fonction, pour lui, que celle d'un objet partiel des adultes.. Peut-être est-il délaissé, en société, et se sent-il comme un animal de compagnie.

Un petit enfant à qui l'on dit constamment : « Tais-toi! Fais ça! Ne fais pas ça! » dira à sa mère, lorsqu'il aura trois ans : « Tais-toi. Tatatata. » Elle lui donnera une paire de claques, en protestant : « Impertinent! Impoli! » Mais il n'est pas impoli, il parle la langue qui lui a été parlée, sa langue maternelle. On s'aime, on fusionne de câlins et de caresses, en corps à corps. On s'agresse, en revendiquant son plaisir aux dépens de l'autre. C'est de ce jeu en miroir qu'est faite l'intimité duelle. En présence d'autrui, le même enfant se sent exclu, car les relations agréables et érotiques à la fois n'existent que dans la solitude à deux.

C'est donc dans un entretien avec la mère, sans lui mais, si possible, avec le père, que vous comprendrez pourquoi l'enfant n'a jamais eu la place d'un interlocuteur valable. Peut-être ses parents ne lui ont-ils jamais raconté son histoire ni parlé d'eux-mêmes. Peut-être n'était-il nullement préparé à venir consulter, ignorant l'inquiétude que ses parents avaient pour son développement.

Lorsqu'on le prépare à aller voir un thérapeute comme s'il s'agissait d'un « ami », c'est comme si l'on disait à l'enfant : « Tu vas aller tenir un chandelier pour que ta mère cocufie ton père. » C'est exactement ce qu'on lui fait entendre, puisque cette personne est censée mieux comprendre, mieux conseiller la mère que ne le peut son mari. Or, la plupart du temps, le père est tout à fait d'accord pour que quelqu'un, homme ou femme, se charge de modifier le comportement de son enfant, pourvu qu'il n'ait pas, lui, à s'en mêler, qu'il reste ignorant de ce qui se passera, au prix même de ce cocufiage moral et de son abandon de poste paternel.

Vous voyez toute l'ambiguïté des relations de couple, des relations maternelles et paternelles que nous avons à élucider dans ces premiers entretiens. Quel qu'en soit le déroulement, ils sont toujours un enseignement, à un niveau ou à un autre.

Ce qui est important, c'est que nous ne soyons pas nous-mêmes ambigus. Nous ne sommes pas pour l'enfant « une dame ou un monsieur gentil avec qui tu vas jouer ». Nous ne recevons pas un enfant en tant que docteur, psychologue, rééducateur, même si nous en avons le titre, mais en tant que psychanalyste assumant une relation à visée thérapeutique, qui puisse modifier l'angoisse que l'on suppose responsable des souffrances et des difficultés de la personne qui consulte. Il ne saurait être question de prendre par surprise, non plus que de « prendre en charge », selon l'expression fallacieuse et perverse de certaines institutions qui s'identifient à la Sécurité sociale sous prétexte que c'est elle qui les paie.

Lorsque l'on a en cure un enfant que ses parents empêchent de parler à la maison ou à qui ils reprochent de se plaindre, il faut lui dire : « Tu peux avoir confiance. Tu viens ici pour me dire ce que tu as à dire. Tout le vrai comme le pas vrai. C'est un secret entre toi et moi; je ne le répéterai pas, même à tes parents. Mais, si je les reçois, tu auras le droit, toi, de savoir ce qu'ils me diront si cela te concerne. S'ils ne parlent que pour eux, je n'aurai pas à te le répéter, sauf s'il s'agit de quelque chose d'important pour ta vie. » Il faut que la parole puisse circuler entre les parents et l'enfant, et c'est le corps à corps qui empêche la parole.

On voit parfois un enfant, quelquefois même assez grand, monter sur les genoux ou sur le dos de sa mère ou de son père, et s'endormir pendant la consultation. C'est très bon. Fusionné à la mère ou au père lui fait entendre la parole comme lorsqu'il était *in utero* ou lorsqu'il était tout bébé, assumé corporellement par l'un des parents. Il entend alors tout ce que l'on dit. Et si la mère déclare pour expliquer le sommeil de l'enfant : « Vous savez, quand il voyage, il dort », on explique à l'enfant : « Non, tu ne dors pas d'un sommeil habituel. Tu dors comme pour te remettre dans ta maman; pour écouter à travers une grande personne les choses que je lui dis pour toi. » A ce moment, on le voit bâiller. Il a donc été obligé de revenir à un état d'hypnose pour entendre à travers sa mère.

Ces séances du début sont très importantes; il ne faut pas les rater. Quand un enfant souffre à ce point, – jusqu'à s'endormir –, c'est qu'il souffre terriblement de quelque chose qui, chez sa mère déjà, n'avait pas reçu les castrations. Elle n'est pas elle-même capable de les donner, notamment la castration anale du « faire », du « faire » sans maman.

Si un enfant de plus de deux ans ne peut pas rester près de sa mère, ou endormi sur ses genoux, s'il ne peut pas tripoter du modelage tandis qu'elle parle, on ne peut avoir un entretien avec elle; l'enfant lui mettra de la crotte entre les genoux. Dans ce cas, le problème est celui de la mère, non de l'enfant. Il ne sert à rien de le lui faire supporter à lui, de le gronder ou de laisser la mère le gronder. C'est elle qui l'a mis dans cette position, par « besoin » de lui.

Je crois qu'il faut alors faire un travail avec la mère par rapport à sa propre mère, à son enfance, à son mari à l'égard duquel elle se situe peut-être comme une petite fille vis-à-vis d'un maître. Il ne s'occupe sans doute pas assez des enfants, lesquels investissent leur mère comme une forteresse. Une telle situation libidinale empêche l'enfant d'advenir à la première personne, d'être sujet vis-à-vis d'autrui.

Souvent ces enfants n'ont plus de père au foyer – quand bien même leur père géniteur occupe le lit conjugal. Ce n'est plus un couple d'amants. C'est pourquoi la femme qui est restée ou qui est redevenue enfant est prête à faire un transfert massif de dépendance sur un thérapeute (masculin ou féminin) à qui elle parlera de ses angoisses maternelles. On trouve parfois chez le père le même type de transfert confiant, dépourvu d'ambivalence (ce qui n'est pas souhaitable), sur le thérapeute de son enfant, lequel est ou son grand souci ou son grand amour.

2

Phobies

Origine de la phobie des petites bêtes; de la phobie de l'eau - Identification phobique. Phobie des plumes - Phobie de la musique - Analyse d'une névrose infantile chez une adulte : la « femme aux chats ».

P. : A propos de phobies d'animaux chez les enfants, nous nous étions posé la question plus particulière de la phobie des insectes. Est-ce une question d'âge? Est-ce une appréhension propre aux enfants?

F. D. : Une question d'âge, oui; dans la mesure où un enfant qui se développe de manière saine est beaucoup plus intéressé par les insectes à l'âge de six mois que plus tard. Plus les animaux sont petits, plus ils intéressent les bébés, vous avez remarqué?

P. : Nous, nous avions constaté l'inverse.

F. D. : C'est parce que vous avez en thérapie des enfants qui sont névrosés. Moi je vous parle des enfants sains. Par exemple, supposez qu'il y ait sur la table deux objets, un grand et un tout petit; c'est le tout petit qui fascinera les enfants; nullement le grand. En ce qui concerne les animaux, c'est la même chose : un animal grand les fascine moins qu'un petit. Les mouches, les puces, les bêtes à bon dieu, voilà ce qui intéresse les bébés. Mais comme, au cours de leur développement, personne ne leur en parle, comme il n'y a pas d'échange à propos de ce qui captive leur attention, ce qui n'est pas parlé n'a pas le droit d'existence dans leur relation aux parents, et n'a donc pas droit d'existence pour eux-mêmes.

C'est pour cela que l'intérêt pour les insectes est refoulé. Et ce refoulé devient dangereux. Si les parents ne relèvent pas quelque chose dans le comportement d'un enfant, c'est qu'ils préfèrent ne pas le voir. S'ils n'estiment pas bon d'en parler entre eux, c'est donc que cela n'est pas humanisable. Je crois que c'est ainsi que cela devient fantasmatique pour les enfants.

Mais il y a un autre élément. Rien ne démange plus que de l'eau sur le visage, de l'eau que l'on n'essuie pas. Si vous ne connaissez pas cette sensation, faites vous-mêmes l'expérience. C'est ce que ressentent les bébés quand leur mère les lave et qu'elle leur mouille le visage sans le sécher aussitôt. Les enfants se comportent alors comme si de petites bêtes ne cessaient de courir sur eux. C'est comme si la mère leur avait mis de petites bêtes sur la figure.

Nous, adultes, nous ne connaissons pas cette impression sur nos mains quand elles sont humides. Mais les bébés éprouvent cette sensation jusque sur les mains. Toute la peau du corps d'un bébé est, à elle seule, plus sensible que celle du visage d'un adulte. C'est pourquoi je ne sais, mais je me suis demandé si ce n'était pas la raison pour laquelle les petits insectes qui courent étaient phobogènes; phobie toujours en relation avec la mère, de quelque chose qu'elle imposerait pour son plaisir à elle. Cela lui ferait plaisir qu'on soit couvert de démangeaisons.

Ce sont des choses auxquelles on ne fait pas attention, mais qui font partie, pour l'enfant, de ce qui est de l'ordre de la torture quotidienne.

P. : Est-ce que la petite bête n'est pas, d'une certaine façon, érotisée?

F. D. : Tout ce que fait la mère, tout ce qu'elle provoque, est érotisé pour l'enfant. Quand une petite bête court sur la main, cela chatouille. Je me demande si ce n'est pas le chatouillis provoqué par la mère sur la peau de l'enfant qui est à l'origine de cette phobie.

La phobie, c'est toujours à la fois le désir et la peur d'être cet objet, c'est la crainte d'être l'objet qu'on voudrait être. Et il en va toujours ainsi dans la phobie, pour une raison d'ordre libidinal.

« Si j'étais cet objet qui me fait peur, si je m'identifiais à lui, j'aurais une toute-puissance qu'une autre personne avait sur moi, à une certaine époque de ma vie; or, dépendant de cet objet qui me fait peur, je ne suis plus moi. Donc, je suis dé-réalisé. »

D'où le conflit de la phobie, qui est vraiment une maladie grave; car une personnc qui a la phobie des chats se ferait écraser par une auto, parce qu'elle a vu un chat. Et combien d'autres à cause des rats, des insectes, des araignées. Il s'agit véritablement d'un danger intérieur pour le sujet, or, tout ce qui est intérieur met en jeu la relation à la mère introjectée.

P. : Mais la phobie des petites bêtes est tellement courante que l'on peut se demander si son origine est bien dans la relation à la mère.

F. D. : Mais enfin! Les mères ont été, elles-mêmes, des bébés. Eh bien! C'est toujours la même chose : par qui ça commence? Elles ne pensent pas qu'elles font l'araignée sur le visage de leur enfant, matin et soir, en le lavant. Je vous le donne pour ce que c'est, mais je crois qu'il y a là des perceptions imposées par les mères aux enfants, à une époque où ceux-ci ne peuvent pas dire ce qu'ils ressentent. Leur visage devient objet de grouillement de fourmis. C'est peut-être aussi l'une des raisons pour lesquelles les enfants n'aiment pas se laver. C'est singulier, car les mammifères aiment aller à l'eau et se laver. Seuls les humains ont une répugnance à l'égard de l'eau. Cette phobie de l'eau, je l'ai toujours vue, bien sûr, chez des personnes dont la naissance avait été difficile. Avoir la tête sous l'eau, c'est risquer de perdre tout contrôle. Mais je crois que cette phobie est articulée au malaise de la sortie de l'eau, lorsque l'on ne peut s'essuyer soi-même.

En revanche, les animaux présentent l'avantage, pour les enfants, de permettre la représentation des pulsions cannibales, des pulsions agressives, sans le sentiment de culpabilité. Puisque ce ne sont pas des humains, ils ne connaissent pas, eux, la culpabilité. Il en va de même des personnages de bandes dessinées, les Superman, les super bonnes femmes : ce ne sont pas des êtres existants, ils n'ont donc aucun sentiment de culpabilité. Ils peuvent exprimer des pulsions que l'être humain ne pourrait mettre en acte. Ils sont au service de l'imaginaire sadique et masochique des humains. On le voit chez les enfants tout autant que chez les adultes.

C'était justement l'art de Kipling d'humaniser les animaux et d'apporter ainsi aux enfants une morale de la vie naturelle, qu'on ne cultive pas chez les adultes. Il est vrai qu'on enseigne aux enfants à considérer comme mauvaises des choses qu'ils ressentent comme bonnes, et qui ne nuisent à personne; ne serait-ce que, lorsqu'on leur interdit de dire certaines paroles, ou de mal parler : « Veux-tu ne pas dire ça! » Eh bien, justement, s'il ne peut pas le dire, il sera poussé à le faire. (*Rires.*) Ce ne peut être mal de dire. Il suffirait de faire remarquer : « Oui, on peut le dire, mais on ne peut pas le faire. » Et le bien-parler, c'est de la culture. Il apprend du vocabulaire, la grammaire, il pourra peut-être s'exprimer en plusieurs langues; s'il devient trilingue, il pourra même raconter n'importe quoi en passant d'une langue à une autre – ce qui est peut-être une sorte de perversion – s'il peut exprimer dans une autre langue ce qu'il ne parvient pas à dire dans l'une. C'est cela, la culture. Elle est toujours fondée sur des sublimations, dans la parole, de pulsions qui ne peuvent pas se réaliser et sur des idéalisations de capacités ou de performances que l'on prête à des êtres qui n'ont pas la même éthique que celle des humains.

Les phobies sont à étudier à la fois selon l'objet et selon l'âge du sujet. Il semble bien que l'objet phobique – c'est, du moins, l'expérience que j'en ai chez les adultes quand il constitue leur symptôme majeur – date d'une époque antérieure à l'Œdipe. Mais c'est au moment de l'Œdipe que cet objet devient, si je puis dire, préférentiel; il est alors l'élément capital de l'angoisse. Cependant, avec l'Œdipe, tout un contexte change le style de la phobie qui existait antérieurement. Un être phobique depuis la petite enfance a trouvé des bénéfices secondaires à son symptôme; il y a presque toujours de tels bénéfices à la phobie : ce sont contreparties à une attitude de rétorsion à dominante sadique, ou au contraire de compassion, de la part de l'entourage; tout le monde tournant autour de l'enfant, utilisant sa phobie pour l'y fixer davantage.

Je me souviens, par exemple, d'une petite fille qui avait la phobie des plumes, avant même l'âge de la marche. Or, quand elle a commencé à marcher, sa mère, qui était une obsessionnelle, s'est mise à laisser des plumes dans tous les endroits où elle faisait le ménage, pour que la fillette, terrorisée, ne touche à rien. C'était commode. La maison était pleine de plumes, les tables et les meubles. (*Rires.*) Naturellement, cette enfant est devenue dingue. On l'a donc amenée à l'hôpital. Ne pouvant plus rien toucher à la maison, elle vivait, les bras repliés contre elle, continuellement criarde, agressive en paroles contre sa mère. Elle était devenue vilaine, méchante, refusant tout. Son amour pour son père était exacerbé; elle passait sa journée à l'attendre, disant qu'il était son mari, exaspérant sa mère honnie. Quand le père était à la maison, elle se collait à lui, dans un élan d'érotisme aigu, minaudant, revendiquant, tantôt plaintive, tantôt exaltée. Il s'en trouvait quasiment paralysé : elle ne le laissait pas tranquille un instant. Les parents ne cessaient de se disputer à cause d'elle.

Vous voyez? Il faut repérer ce qui se passe. Dans ce cas, il s'agissait de l'utilisation de la phobie par la mère. Quand elle faisait le ménage, une plume ici, une plume là; si bien que l'enfant restait sidérée au milieu de la pièce, n'osant s'approcher d'aucun meuble. Que lui restait-il? Papa. La mère n'avait pas encore pensé à couvrir de plumes cet oiseau-là! (*Rires.*) Le travail s'est fait essentiellement avec la mère. Pourquoi est-elle venue à la consultation? Parce que, à la maison, c'était l'enfer, disait-elle. (Elle ne parlait pas des plumes.) L'enfer, c'était que le père donnait toujours raison à sa fille. La maîtresse affirmait que l'enfant ne faisait rien à l'école maternelle; le père, de son côté, déclarait que sa fille avait bien le temps de travailler – elle avait quatre ans; et ce n'était pas la vraie école, disait-il. L'enfant allait donc se promener avec lui, le dimanche, pendant que la mère faisait le ménage.

Cette femme n'était, en fait, pas mûre du tout pour être la mère d'un enfant. Le problème était là. Elle s'était mariée tout à fait comme une petite poule avec un coq. Et puis un enfant était né, qu'elle n'était pas en mesure d'élever. Cette histoire de plumes avait commencé avec l'égorgement des poules. La mère avait plumé des poules devant l'enfant. Agée de dix-huit mois, la petite se sauvait en présence de sa mère, de peur d'être égorgée, plumée par elle; et c'est ce qu'en un sens lui faisait sa mère, qui faisait rengorger à la petite les paroles d'amour que celle-ci disait à son père. De sa fille, cette femme disait : « Oui, mais, n'est-ce pas, elle dit qu'elle va se marier avec mon mari. Alors moi, qu'est-ce que je deviens là-dedans? Y z 'ont plus besoin de moi. C'est elle qui a les câlins de papa, c'est plus moi! » (*Rires.*) Et son enfant avait cinq ans. C'est vous dire le niveau de maturité de cette mère. Eh bien, il y a des phobies qui commencent à ce niveau-là.

Voici le cas d'un autre enfant, âgé de trois ans, qui n'avait aucune autonomie et qui était incapable d'un échange parlé. Il était pris dans une névrose d'angoisse épouvantable, phobique de la musique. La mère disait que, tout bébé déjà, il hurlait en entendant de la musique. Puis c'était devenu permanent chez lui. Lorsque je l'ai vu, tout ce qu'il faisait était d'écarter et rapprocher compulsivement ses deux mains, doigts contre doigts, en répétant, sans aucun regard, à voix haute et d'un ton monotone : « La musique! La musique! La musique! » J'aime autant vous dire que c'était le comportement de ce qu'on appelle un schizophrène.

Qu'y avait-il derrière cette histoire triste? C'était très simple. L'enfant avait été conçu par accident, alors que la liaison de ses géniteurs durait depuis dix ans. La mère n'était pas l'épouse du père, lequel venait coucher à la sauvette avec elle. Il était marié de son côté, et il avait six enfants légitimes. Quand son amant venait la voir dans son logement qui ne comportait que deux pièces, cette femme posait un disque sur l'électrophone et mettait la musique à toute bringue pour que ni les voisins ni à présent l'enfant n'entendent leurs ébats amoureux. Puis l'amant repartait.

Cette scène – la scène primitive –, l'enfant la mimait par le geste de ses deux mains, la voix tendue, le regard comme excité de terreur. Il m'a fallu beaucoup de temps pour le comprendre.

Oui, cet enfant était devenu psychotique. Mais cela aurait pu être évité. Car le problème essentiel de la mère était la solitude absolue où elle se trouvait, hors de son travail. Son amant était son patron, personne autour d'eux ne soupçonnait leur liaison. Elle n'avait ni famille, ni amis; et son enfant avait été renvoyé de la crèche.

Derrière une phobie précoce, il faut rechercher le rôle des parents et l'utilisation qu'ils font de l'objet phobique de l'enfant; il faut comprendre comment cet objet est devenu pour lui synonyme, et de jouissance et de crainte. Dans ce cas, la mère savait très bien pourquoi l'enfant ne voulait pas de la musique; c'était le seul signifiant de la présence du rival qui lui dérobait sa mère à la maison. Mais il a fallu longtemps avant qu'elle puisse le dire. Lors de nos premières rencontres, elle disait seulement : « Je ne sais pas. Il ne peut pas entendre de la musique. Moi qui aime tant la musique! Quand il entend de la musique, il est comme fou. » Il y avait chez elle une culpabilité épouvantable d'être fille-mère. Cet enfant qui était tout son bonheur devenait son malheur. Son comportement, qui avait été toléré jusque-là, à la crèche, étant devenu ouvertement un problème pour les puéricultrices. Il avait également été rejeté par la nourrice, à laquelle son absence complète d'autonomie donnait trop de travail.

On peut être sûr que, chez les enfants petits, la phobie touche à un problème d'immaturité ou de culpabilité de la mère, ou bien à une situation difficile, voire chroniquement traumatique, qu'il faut arriver à connaître. Si on a le temps, et si, par ailleurs, l'enfant bénéficie d'une prise en charge éducative, on peut, parfois, grâce à une cure psychanalytique, dénouer l'imbroglio émotionnel archaïque refoulé, et sortir le psychotique de sa détresse.

Je pense, quant à moi, que la plupart des psychoses d'enfant sont enracinées dans des phobies précocissimes, dont le sens et l'objet ne sont plus repérables quand nous sommes amenés à recevoir l'enfant, qui inquiète, trop tard, les médecins et les membres du personnel éducatif. Les premiers minimisent l'anxiété des parents touchant ce qui les gêne dans le comportement de leur bébé, en faisant valoir qu'il conserve son appétit et son poids. Les seconds ne relèvent du comportement de l'enfant que ce qui est insupportable pour eux et pour les autres enfants.

Une phobie d'adulte

Je pense également à l'une des phobies que j'ai analysées, de la façon freudienne la plus classique. Dans un silence quasi total de ma part, seulement ponctué de paroles d'encouragement pour permettre à la patiente de continuer l'analyse, lorsqu'elle traversait des périodes de silence, parfois pendant plusieurs séances de suite, sans aucune pensée – c'était la forme particulière de ses résistances inconscientes. Cette femme avait la phobie des chats, mais seulement des chats mâles. (*Rires.*) Il suffisait qu'un chat passe dans la rue, et elle entrait subitement dans un état de panique. Si c'était une chatte, cela ne lui faisait rien; elle ne ressentait rien. C'est d'ailleurs à cela qu'elle s'apercevait, en présence d'un chat, qu'il s'agissait d'un mâle ou d'une femelle. (*Rires.*)

Ce n'était pas risible, c'était gravissime, car elle avait failli, plusieurs fois, se faire écraser. Elle avait un symptôme physique concomitant de sa terreur panique : son cou gonflait, devenait aussi large que son visage, jusqu'à faire sauter les boutons de ses chemisiers. Dans ces moments-là, par le peu de présence d'esprit que lui laissait cette poussée de folie subite, elle se précipitait sous une porte cochère pour s'y cacher; c'était un rush d'angoisse, aux marges de la conscience. Elle avait appris, en effet, que plus d'une fois elle avait failli causer un accident en courant ainsi en tous sens, à cause de la présence d'un chat. Or, chose étrange – et qui la gênait horriblement –, lorsqu'elle était ainsi camouflée sous une porte cochère, il se trouvait toujours un homme pour venir lui dire : « Madame, je veux bien vous rendre ce service » – le service de coucher avec elle, bien sûr. J'ai eu l'occasion de la voir une fois, en séance, une demi-heure après une telle panique : son cou était encore très enflé; elle avait les yeux brillants et exorbités; sa voix était un peu détimbrée; à la fin de la séance, tout était rentré dans l'ordre.

C'était une femme très intelligente, très fine, et vraiment très malade. Elle vivait avec cette phobie, mais ne m'en a pas parlé au cours de nos premières rencontres. C'était pour un autre symptôme qu'elle était venue demander une psychanalyse : un vaginisme irrépressible. Or elle était amoureuse et voulait guérir.

Elle avait d'abord été mariée quinze ans avec un homme qui avait une bonne situation et qu'elle secondait; ils s'aimaient et s'entendaient très bien; mais ce fut un mariage blanc, à cause du vaginisme incurable de la femme. Depuis la mort de son mari, elle gagnait sa vie. Or, un homme qui avait été, autrefois, leur ami à tous deux l'avait retrouvée et lui avait fait la cour. Il était lui-même veuf. Tout allait bien tant qu'il lui faisait une cour polie. Il lui disait, par exemple : « Je n'ai jamais vu un couple aussi uni que le vôtre. » Mais, lorsqu'il lui a non pas dit mais signifié qu'il la désirait, elle a eu un tel vaginisme qu'il a pensé qu'elle n'était pas normalement constituée, qu'elle n'était pas même perforée. Elle a été obligée de lui raconter qu'elle n'avait jamais couché avec son mari. Cet homme, qui s'appelait Jean, lui a suggéré : « Écoute, je t'aime tant... » – et elle aussi, elle l'aimait – « si tu allais voir un gynécologue? Tu dois avoir quelque chose de physiquement anormal. »

Du temps de son mariage, elle avait déjà consulté un gynécologue qui ne lui avait posé aucune question, ne lui avait rien expliqué, et qui s'était contenté de dire à son mari, devant elle : « Elle est jeune, ça passera. » Plus tard, cette femme, qui avait beaucoup de finesse, sentant que son mari souffrait profondément de cette situation, parce qu'en dépit des déclarations du médecin ça ne passait toujours pas, cinq ans après, et qu'elle se considérait comme infirme, avait décidé de le libérer d'elle, par amour pour lui. Elle avait pris un billet de train pour Istanbul où elle avait une sœur. Elle n'en avait rien dit à son mari. Le jour prévu pour le départ, elle s'en va, emportant sa valise. Chose étrange, cet après-midi-là, son mari, qui, d'ordinaire, ne revenait que le soir, se sent impatient de rentrer chez lui. Il y a ainsi des choses inexplicables dans une vie. En rentrant, il aperçoit le concierge, à qui il demande : « Savez-vous si ma femme est à la maison? Je reviens plus tôt que d'habitude... – Madame vient de partir avec sa valise, par là. » Le concierge indiquait la direction du métro. Le mari court à la station, poussé par un pressentiment.

Elle était en effet sur le quai, avec sa valise. « Mais qu'est-ce que tu fais? – Ce n'est pas possible que tu vives avec une femme qui est une infirme. Je t'aurais écrit de là-bas pour te dire : fais ta vie. » Il lui a dit, alors : « Je n'osais pas le faire, mais puisque tu m'en parles... En effet, ce n'est pas possible pour moi, c'est très douloureux; mais je t'aime, j'ai besoin de toi. Si tu le veux, restons ensemble. Jamais cela ne te gênera; je ne peux pas me passer de toi; seulement tu ne me questionneras pas si je ne rentre pas un soir ou un autre. »

Et ils ont vécu dans cette entente, travaillant l'un et l'autre. Ce n'est qu'en vacances que ma patiente, qui s'appelait Alexandra, a aperçu la femme, discrète d'ailleurs, avec laquelle son mari avait une liaison. Cette femme descendait dans le même hôtel qu'eux – ils étaient relativement aisés –, mais elle n'a jamais créé le moindre incident dans leur vie de couple. C'était sa liaison avec cette femme qui permettait au mari de rester avec Alexandra. Cette situation dura dix des quinze années de leur mariage. Alexandra ne connut jamais le nom de la maîtresse de son mari, et elle n'en eut jamais de nouvelles après la mort de celui-ci.

Donc, Alexandra était déjà veuve depuis dix ans lorsqu'elle a retrouvé par hasard leur ami d'autrefois, Jean, qui était avocat. C'est pour être à cet homme dont elle était amoureuse, qu'elle a voulu guérir de son vaginisme, dont elle savait maintenant qu'il était d'origine psychique. Quand je l'ai vue, c'était une femme de cinquante-deux ans. Or voici ce qu'elle me raconte : sur le conseil de cet ami, elle est allée consulter un gynécologue qui lui a dit : « Mais ma pauvre dame, bien sûr! vous êtes tout à fait infirme. Ce n'est de la faute de personne; c'est de la faute de votre corps; mais avec une opération cela va s'arranger très facilement. Je vais vous opérer. »

Elle a alors été très contente, d'autant que celui qui l'opérait était un grand nom de la chirurgie. On lui a fait ensuite un traitement diathermique avec ce qu'on appelle les bougies de Hégar, qui sont des objets phalliques en métal. Le chirurgien lui a affirmé : « Vous voyez, maintenant vous êtes tout à fait perméable. Tout va bien. » Elle était enchantée; elle a retrouvé son Jean et lui a déclaré : « Voilà! Le docteur dit que tout va très bien maintenant. » Ils essaient : aussi fermée qu'avant. Elle retourne voir le chirurgien-gynécologue, qui, cette fois, lui explique : « C'est parce que vous avez attendu trop longtemps. » Il refait une série de diathermies, puis : feu vert! « Faites l'amour aujourd'hui même. » C'est curieux comme les chirurgiens peuvent n'y rien comprendre. Toute en confiance, elle rejoint son Jean. Ils s'aiment : pénétration impossible; au moment du contact sexuel, impossible. Et cette fois, elle ressent, en elle, une crispation, une crampe très douloureuse.

Elle retourne une nouvelle fois chez le gynécologue qui lui dit alors, furieux, et probablement vexé d'avoir vu son pronostic contré de la sorte : « Madame, allez-vous-en. Je ne soigne pas les folles! Vous êtes incurable. Mon travail est foutu! »

Elle avait déjà vu à Paris deux psychanalystes qui lui avaient dit la même chose : à cinquante-deux ans, il était trop tard pour qu'on puisse la soigner. Elle était allée aux États-Unis. Même réponse. Mais je ne sais pas qui lui a dit, là-bas : « Peut-être pourriez-vous aller voir madame Dolto à Paris. » (*Rires.*) Sans doute parce que j'étais à l'époque une psychanalyste d'adultes qui s'occupait aussi d'enfants. Elle est donc venue me voir, et ce n'était pas bête, parce qu'il s'agissait d'une névrose de la petite enfance; mais cela nous ne l'avons su qu'à la fin. Je dois dire que ce qui m'a décidée à accepter cette femme en psychanalyse, c'était une intense compassion pour elle. Elle marchait d'une très curieuse façon, comme si elle avait une jupe très, très étroite – ce qui n'était pas du tout le cas. Alors qu'elle avait un corps aux formes féminines – elle devait mesurer 1,65 –, elle se tenait les avant-bras collés au buste et marchait à tout petits pas, comme font les enfants de trois ans. De plus, pour cinquante-deux ans, elle avait un aspect, un visage et des mains d'une jeunesse extraordinaire; sa peau, particulièrement, était celle d'une femme de trente ans. Son visage avait une expression timide et souriante, son regard était tout en réceptivité, en simplicité, en demande d'aide.

Je lui ai dit : « Écoutez... Moi, je ne sais pas. Je veux bien commencer. » Et je pensais : cette femme est peut-être une petite fille géante, mais c'est une petite fille. Physiologiquement, même, il y avait en elle quelque chose d'arrêté. Pourquoi lui refuser ce qu'elle demandait? Je faisais confiance à la méthode, au divan, aux associations libres. Je me suis donc mise à l'écouter, simplement, au rythme de trois séances par semaine de cinquante minutes, pendant un mois. Puis, au terme de cette période, j'ai accepté de continuer. C'est ainsi que s'est engagée une cure, on ne peut plus classique, qui a duré trois ans et demi.

Pendant ce premier mois, elle avait parlé des quinze années de bonheur passées avec son mari, entre ses vingt-cinq et ses quarante ans. C'étaient des lectures, des concerts, des visites de musées, des rencontres d'amis, des soirées agréables. L'intimité de cœur d'une amitié amoureuse paisible. Puis ç'avait été le désarroi, dans le deuil de son mari, mort presque subitement d'un accident cardiaque – il avait quinze ans de plus qu'elle. Enfin les retrouvailles avec sa sœur, restée seule, elle aussi, et leur décision – malheureuse – de s'associer dans une affaire d'import-export. L'aînée, qui avait besoin d'un souffre-douleur, utilisait les talents artistiques de ma patiente, laquelle, sans en être dupe, se montrait résignée. C'est sur le ton d'un récit, sans laisser paraître de grandes émotions, qu'Alexandra avait évoqué toute cette part de son existence. A partir du contrat réciproque, fixé après ce mois à l'essai, si je puis dire, ma patiente est vraiment entrée en psychanalyse, en faisant allusion à sa phobie des chats, sans, toutefois, l'aborder véritablement. Pour elle, c'était secondaire.

C'est alors que se sont succédé, dans son discours, les récits de traumatismes incroyables, d'événements traumatiques, en réalité sexuels, mais qu'elle n'avait pas vécus comme tels. Ils relevaient, chez un être dépourvu des fantasmes d'un désir génital humain, de chocs émotifs provoqués par sa famille. Nous verrons comment le plus ancien de ces traumatismes sexuels, celui qu'elle a relaté en dernier, avait trait à cette histoire de chats.

Cette femme, une émigrée de la Révolution russe, était, je l'ai dit, à présent associée avec sa sœur, dans un commerce de broderie italienne, sur soie naturelle. Elles en faisaient faire en France des blouses et des robes. Alexandra dessinait les motifs des broderies; sa sœur s'occupait surtout de la partie commerciale, et notamment des ventes aux États-Unis. Alexandra était la proie de cette sœur terrible, acariâtre et fragile. La sœur, elle-même veuve, s'était remariée, puis avait divorcé. Ce qui se passait entre elles était épouvantable. Ma patiente subissait les tempêtes de sa sœur avec compassion, puis, à bout de nerfs, explosait en larmes. Toute sa libido partait véritablement en hémorragies dans cette relation dramatique et passionnelle où l'amour et la culpabilité étaient inextricablement noués, alors qu'elles étaient liées ensemble, sans issue possible, pour des raisons juridiques, de clientèle et d'intérêts.

J'en viens aux traumatismes sexuels. A chaque fois qu'elle m'en rapportait un, je me disais : « Mais ce n'est pas possible! Après la reviviscence de tant de traumatismes, elle devrait aller mieux. » Mais entre les récits de chacun de ces moments d'épreuve angoissante, c'était le silence, comme un nuage sans repères ni de temps ni d'espace. Il ne lui revenait spontanément aucun souvenir d'avant son mariage. Elle avait été si heureuse avec son mari; ils étaient unis par le cœur; c'était tout.

Un jour, elle me dit : « J'ai fait un dessin pour vous montrer comme j'aimais mon mari. » Elle me le donne et s'étend sur le divan. Ce dessin représentait une petite fille à genoux, qui effeuillait une marguerite. Je lui demande si elle peut me parler de son dessin. C'est alors qu'elle m'apprend l'histoire de la maîtresse de son mari. Pendant les après-midi de vacances qu'il réservait à cette femme, Alexandra allait toute seule dans la campagne : « J'aimais trouver des pâquerettes. Je me mettais à genoux dans l'herbe, en disant : " il m'aime, un peu, beaucoup, passionnément, pas du tout ", et, quand cela finissait sur un " pas du tout ", j'en reprenais vite une autre pour que cela tombe sur un " il m'aime passionnément ". » Enfin, vous voyez, ce jeu de petite fille vis-à-vis de son mari. Ce dessin était, en fait, son moyen contraphobique de penser à une femme qui lui avait pris son mari. Je ne lui ai pas fourni d'associations, mais que l'on pense à la « poupée-fleur [1] », et l'on se représentera le narcissisme de cette femme qui aurait tout perdu si son mari l'avait plaquée, elle qui n'avait que lui au monde, ayant perdu, après leur fuite de Russie, sa grand-mère maternelle, ses parents, sa patrie même

1. Cf. Françoise Dolto, « Cure psychanalytique à l'aide de la poupée-fleur », in *Au jeu du désir (Essais cliniques)*, Paris, Éd. du Seuil, 1981.

avec l'émigration. C'est au cours de celle-ci qu'elle avait été séparée de sa sœur.

Ce qui est remarquable, c'est qu'au fur et à mesure de son traitement – au cours duquel je ne disais rien –, elle retrouvait son intelligence. Elle avait été intelligente, disait-elle, lorsqu'elle était jeune, du temps où elle avait une gouvernante suisse. Elle avait poursuivi ensuite des études, en Pologne; puis, réfugiée avec son père à Vienne, elle avait réussi un examen d'études secondaires. Mais elle prétendait que, depuis, elle était devenue bête. Heureusement, elle avait rencontré en France son mari qui, lui, était très intelligent, très cultivé et qui parlait beaucoup. Elle l'écoutait sans se lasser, lui demandait : « Raconte encore. » Il lui donnait des livres à lire, lui expliquait ce qu'il fallait en comprendre. Elle était devenue comme une petite fille vis-à-vis d'un papa Pygmalion.

Son ami Jean, l'homme qui était amoureux d'elle et qui était à l'origine de sa demande d'analyse, était lui aussi un homme cultivé. Elle disait avoir retrouvé, avec lui, quelque chose des échanges intellectuels qu'elle avait avec son mari. Ainsi, au cours du traitement, elle est devenue de nouveau avide d'études. En libérant ses refoulements, elle s'est mise à suivre les cours de l'École du Louvre, tout en continuant son activité professionnelle. C'était extrêmement difficile pour elle, mais elle y parvenait. Parallèlement à cette vie consciente très pleine, les traumatismes successifs du passé sont revenus dans son analyse. Après la question du vaginisme, l'histoire de la maîtresse de son mari, la scène du métro où son mari l'avait empêchée de partir, elle s'est mise à parler de la sexualité, sans même le savoir.

Sa mère était morte quand elle-même avait seize, dix-sept ans. A cette époque, Alexandra habitait avec son père. (Ils vivaient alors dans un pays d'Europe centrale.) Un jour, elle rentre à la maison, après être allée porter du linge à la lingère. Son père l'appelle. Elle le voit, avec effroi, sortir un revolver, le poser sur la table. Il lui dit : « Ça, c'est pour toi, si ce garçon te parle encore une fois. » Elle lui répond : « Mais ce n'est pas de ma faute, si un jeune homme m'a parlé. – Oui, mais je t'ai vue. » Car il la suivait des yeux par la fenêtre. Il l'avait vue entrer chez la lingère. Un jeune homme qui attendait à la porte l'avait accompagnée une dizaine de pas, quand elle était ressortie. Essayant alors d'intéresser son père à ce garçon, Alexandra lui dit : « Eh bien! voilà : ce jeune homme est russe, lui aussi; il a parlé à la lingère; c'est chez elle qu'il m'a vue une fois. – J'ai très bien vu son manège. » De fait, le jeune homme n'avait jamais encore adressé la parole à Alexandra. C'était la première fois qu'il osait le faire. Il avait demandé, une fois, à la lingère : « Qui est donc cette jeune fille qui est si belle? » La lingère le lui avait dit et le jeune homme avait donc pris son courage pour demander à Alexandra : « Je voudrais bien être présenté à votre père. Est-ce que nous ne pourrions pas sortir ensemble? » Elle avait, à ce moment-là, vingt-deux ans. Le jeune homme était un émigré russe, cultivé, du même milieu qu'elle. Or son père lui dit : « Jamais je ne te permettrai de te marier tant que je serai vivant. » « Si jamais tu en as l'idée, voilà pour toi, et pour moi ensuite! » ajouta-t-il, en montrant le revolver.

Vous voyez le traumatisme dû à la violence passionnelle de ce père jaloux. Puis, le père et la fille ont quitté l'Europe centrale pour venir en France. Le père est mort assez rapidement. Du temps où il vivait encore, elle avait commencé à gagner sa vie en faisant à la maison des traductions qu'il lui procurait; devenue seule, elle avait continué ce travail pour des éditeurs, et c'est ainsi qu'elle avait connu son mari. Elle l'aidait dans son travail tout en restant à domicile.

Comme je l'ai dit, ce n'est qu'après la mort de celui-ci qu'elle s'était associée à sa sœur. Alexandra avait quitté cette grande sœur à douze ans. Cette séparation-là et les circonstances qui l'accompagnaient avaient été pour elle un traumatisme intense, qu'elle avait, d'ailleurs, complètement oublié. Il ne lui est revenu qu'après le récit de la scène où son père l'avait menacée d'un revolver.

Le père avait payé fort cher, pour chaque personne de la famille, un passeur, pour traverser, de nuit, un fleuve – je ne sais plus lequel. Passer sur l'autre rive, c'était échapper aux bolcheviks. Les quatre femmes, la grand-mère maternelle, la mère, la sœur de vingt ans et Alexandra, devaient partir les premières. Le père ne devait les rejoindre qu'ensuite. Plus tard, la famille se retrouverait au complet.

Or, avant d'arriver à parler de cet événement, il fallut à ma patiente un très long temps. Elle ne pouvait rien dire. Un silence d'une semaine, puis de deux semaines. J'ai toujours vu cela dans les analyses de phobiques; c'est très curieux : ça parle, et puis, tout d'un coup, ça se tait; et, quelquefois, l'analysant ne s'en aperçoit même pas. Alexandra disait seulement : « Docteur, je vous fais perdre votre temps. » Ou bien : « Je ne pense à rien; je n'ai rien à dire. » Je lui disais : « Patience! Patience! Il vous reviendra quelque chose à dire. Ayez au moins autant de patience que moi. » C'est ainsi, d'ailleurs, que prend toute sa valeur le nom de « patiente », comme la passivité de l'analyste confiant dans la méthode.

Le discours de ma patiente s'était arrêté au moment de cet embarquement, la nuit. Puis ce fut le drame : sa sœur refusa de s'embarquer. C'était en même temps pour Alexandra la découverte de l'amour que sa sœur portait à un jeune homme qui ne quittait pas le pays – il avait opté (le méchant) pour la révolution; elle ne pouvait donc pas le laisser. Scène poignante entre la grand-mère et cette sœur aînée, interrompue par l'impatience du passeur. Le souvenir du départ revenait à Alexandra : ses cris d'adieu déchirants vers sa sœur; la colère d'un passager qui lui avait donné une gifle parce qu'elle risquait d'attirer l'attention des sentinelles qui auraient tiré sur eux, depuis la rive.

Après avoir passé le fleuve, ces émigrés clandestins avaient à passer la douane. Et c'était là le véritable noyau du traumatisme sexuel pour Alexandra. Car la révélation de l'amour qu'avait sa sœur pour un homme n'était encore pour elle que l'effondrement de son amour inconditionnel pour cette sœur, qui trahissait la famille en choisissant le côté bolchevique.

Dans de telles cures, après une suite de séances blanches, quelque chose survient : ce peut être un mot, en apparence sans importance, une image isolée, sauvée d'un long rêve, puis un instant très émouvant. Là où il n'y avait aucun souvenir, tout à coup un souvenir revient, avec une intensité émotionnelle extraordinaire. C'est ce qui s'est passé pour Alexandra. Comment était-il possible qu'elle ait oublié cette histoire, sans pouvoir rien dire de plus?

Avant le passage à la douane, donc, la grand-mère avait caché dans le vagin d'Alexandra un chèque à ordre d'une banque suisse, que le père avait donné pour que sa femme puisse le toucher, dès qu'elles seraient arrivées en Suisse. Des personnes allaient les fouiller, pour leur prendre leur argent, si elles en avaient. La grand-mère a dit à celle qui était chargée de la fouille des femmes : « Vous savez, la petite, c'est la première fois qu'elle a ses règles. » On lui avait mis la serviette hygiénique d'une femme qui avait ses règles, mais on ne lui avait pas expliqué ce que c'était. Elle était encore une enfant, ignorant tout de la féminité.

Après le traumatisme de la séparation d'avec sa sœur, voilà donc ce qu'on lui fait. Ils arrivent à la douane. Elle entre toute seule dans une pièce. Une personne la fouille complètement, la fait mettre toute nue, mais lui laisse sa garniture hygiénique; elle regarde dans ses oreilles, lui fait ouvrir la bouche, mais ne touche pas à son vagin. Dix minutes plus tard, elle retrouvait dans la foule sa grand-mère et sa mère, muettes, pâles et anxieuses. La grand-mère l'a entraînée aux toilettes, pour la fouiller à son tour et reprendre le chèque. « Tu étais plus blanche qu'une morte, pauvre petite », lui a-t-elle dit. « Est-ce que tu nous pardonneras jamais cela? »

Comment ma patiente avait-elle pu oublier? J'ai pensé : « Après avoir retrouvé un traumatisme pareil, cela devrait aller mieux! » Mais pas du tout! La série a continué.

Alors est arrivé dans son discours le récit d'un traumatisme antérieur datant, à peu près, de ses huit ans. C'est à l'occasion de ce souvenir seulement qu'elle m'a appris que sa mère était morte dans ce pays d'Europe centrale, où ils avaient vécu, la mère résidant dans une maison de santé, depuis la mort de la grand-mère « au chèque ». Alexandra n'avait jamais vu sa mère que dans un état de langueur, vivant dans une pièce toujours close, les volets à moitié fermés. On disait de sa mère qu'elle était neurasthénique. Alexandra avait toujours été élevée par une institutrice suisse. Elle savait qu'elle devait aller dire bonjour et bonsoir à sa mère, laquelle ne venait presque jamais aux repas, sauf quelquefois, sans dire un mot, lorsque le père était absent de la maison.

Le père et l'institutrice avaient expliqué à la petite fille pourquoi sa mère était malade. Elle avait eu, avant Alexandra, un petit garçon anormal – ce frère aurait eu quatre ans de plus qu'elle. Il n'avait jamais vécu à la maison. Et Alexandra n'a jamais su quelle était cette anormalité. Mais on lui avait appris – ce qu'elle ignorait aussi – que, lorsqu'elle-même était née, sa mère avait espéré avoir un garçon. Or, comme elle n'était pas un garçon, la mère était tombée dans cet état de neurasthénie. Alexandra avait donc pensé que c'était de sa part une faute d'être née fille. Cependant ni le père ni la gouvernante ne lui permettaient de dire une chose pareille. Tout ce qu'elle devait savoir, c'est que sa mère était neurasthénique et que le docteur venait la voir souvent.

Un jour, donc, elle est entrée en courant dans la chambre, sans frapper, contrairement à ce qu'elle devait faire d'ordinaire, pour dire à sa mère qu'elle avait obtenu une très bonne note à l'école. Elle était si heureuse de lui donner une bonne nouvelle! Elle a vu, alors, le docteur couché sur sa mère (ce docteur qui venait tous les jours). Cela serait resté sans conséquences si la mère ne s'était aperçue que sa fille était là, et n'avait poussé un cri terrible, que l'enfant a entendu comme un « cri de bête ».

Quand elle a dit ces mots : « cri de bête », je lui ai demandé : « Ne pouvez-vous pas en dire un peu plus? – Oh non! ça a été terrible. Ça m'a comme déchirée de haut en bas. » Elle avait été comme *déchirée.* « J'ai reculé, je suis sortie. Je tremblais. Heureusement, l'institutrice est arrivée. Je n'ai rien pu lui dire. Elle m'a demandé : " Tu ne te sens pas bien? " J'ai répondu : " Si, si, je vais très bien. " » Et personne n'en a jamais reparlé.

Cela dit, ma patiente entra à nouveau dans le silence. Et c'est sur le divan, chez moi, qu'elle comprit que le docteur pouvait être l'amant de sa mère; car elle ne l'avait jamais réalisé. « Qu'est-ce que vous avez pensé? Et aujourd'hui, qu'est-ce que vous pensez? – Oh! docteur, ce n'est pas possible! – Qu'est-ce qui n'est pas possible? – Mais ce n'est pas possible que ma mère ait trompé mon mari... mon père. » Elle appelait constamment son mari son père. Cette fois, alors qu'elle s'adressait à moi, le lapsus s'est fait dans l'autre sens.

En découvrant que le médecin avait été l'amant de sa mère, elle fut intriguée par sa propre innocence. Elle la rapprocha de sa méprise sur le comportement de sa sœur. Car elle avait regardé comme une méchanceté, de la part de celle-ci, son choix de rester en Russie pour un jeune homme. D'autre part, si l'épisode de la douane et l'utilisation de son vagin comme cachette l'avaient marquée, c'était bien la preuve qu'Alexandra était normalement constituée sexuellement, avant d'être réglée.

Elle allait de mieux en mieux, grâce à la levée des refoulements, qui libéraient des pulsions utilisables pour elle. En revenant sur la forte émotion qu'elle avait éprouvée en quittant sa sœur, en évoquant la transformation morale qui accompagne l'amour et la conscience du sexe, elle a pu, enfin, se représenter que ce jeune homme était pour sa sœur un amant, auquel celle-ci était attachée, et non l'ami platonique qu'elle avait toujours vu en lui jusqu'alors.

De ce moment, ses disputes avec sa sœur se sont comme dissociées. « Ma sœur a un sale caractère, mais, moi, je ne me laisse plus avoir. Quand elle commence ses scènes, je me tais. » Un jour, sa sœur lui a dit : « Eh bien, quoi? On ne peut plus s'amuser à se disputer? » Car tel était le passe-temps de l'aînée avec la cadette. Or, ça ne prenait plus. « Pourquoi as-tu changé? » lui a demandé, une fois, sa sœur. « Parce que je fais une psychanalyse », a répondu Alexandra. « Alors, ça y est », s'est exclamée la sœur, « elle est complètement folle! » Et c'est tout ce qu'elle a dit de la psychanalyse.

Peu après, elles ont séparé leur destin commercial. L'aînée a pris un secteur d'import-export, Alexandra en a pris un autre. Tout s'est effectué très facilement, grâce à un homme d'affaires, par la signature d'un contrat. Dans une entente étrangère à toute dispute.

C'est donc à la suite de la réminiscence de tous ces événements du passé qu'Alexandra a pris conscience de ce qu'elle ne s'était jamais représenté sa sœur avec un homme, dans la posture où elle avait vu le docteur avec sa mère. C'est sur le divan qu'elle a pris conscience de l'impensable du corps impliqué dans l'amour. Elle avait bien compris que son mari n'avait pas pu la pénétrer – c'est le mot qu'il avait utilisé. Il lui avait dit : « Les hommes, quand ils aiment... c'est ça; il faut que ça vienne comme ça... » Mais quant à ressentir un désir au sexe, elle en avait tout ignoré.

Quant aux chats, elle en avait parlé une fois ou deux, en

faisant allusion rapidement à un sentiment de panique. Et puis, elle y est revenue. Je ne touchais pas, de moi-même, à cette histoire de chats : je n'y comprenais rien. Bien des gens – certains de ses meilleurs amis – savaient qu'elle avait une phobie des chats, mais ignoraient que c'était à l'égard des mâles exclusivement. Un jour qu'elle était à dîner chez des amis – elle était encore jeune –, on lui avait dit, en riant : « Alexandra, n'aie pas peur, mais fais attention! Le chat est là. » Comme elle se sentait très bien, elle a cru qu'on lui mentait. Puis elle a dit : « Mais non. Ce n'est pas un chat. Ce doit être une chatte. » Les autres insistaient : « Mais si, c'est un chat! » *(Rires.)* Pour s'apercevoir enfin qu'Alexandra avait raison : c'était une chatte. C'est par ses propres réactions, insolites à ses yeux même, qu'elle avait découvert que seuls les chats mâles la mettaient dans un état de panique. Les femelles, jamais.

Or, elle m'apporte un jour, en séance, un dessin tout à fait semblable à celui d'un enfant (c'était le deuxième, et ce fut le dernier, de son analyse). Elle me le tend, avant de s'allonger sur le divan, en me disant : « Docteur, je vous ai apporté un dessin pour vous expliquer où je suis malade. » Ce dessin, au trait et à l'encre, représentait un château, à toit pointu, comme une tour, flanqué d'une maison large au toit trapézoïdal. Sur la tour, une fenêtre, une porte; sur la maison, plusieurs fenêtres, une porte. Devant ce château, une pelouse ovale; et, sur cette pelouse, un chien couché, enroulé sur lui-même, la tête dans les pattes. Sa posture aurait pu rappeler celle d'un chat, mais la gueule allongée et les oreilles étaient bien celles d'un chien. Elle me dit alors : « Vous voyez, docteur, je suis malade là, en dessous », en me montrant la terre, au-dessous du chien. Je n'y comprenais absolument rien. Je lui ai dit : « Bon, très bien », et j'ai gardé le dessin. Elle a continué, elle, de dire, sur le divan, ce qui lui venait... ou de se taire. Vous allez voir, pourtant, comme elle avait raison, sans que, ni elle ni moi, nous ne sachions à ce moment ce que ce dessin pouvait vouloir dire.

A nouveau, des séances de silence et, de ma part, l'encouragement à poursuivre le traitement. Quand un jour elle me déclare, d'une voix altérée, hésitante, que, si elle me disait ce à quoi elle pensait, ce serait terrible. Je la mettrais à la porte sur-le-champ.

Naturellement, « la mettre à la porte » s'associait pour moi à ce qui s'était passé chez le chirurgien qui l'avait mise dehors, quand elle était revenue le consulter, la troisième fois, pour son vaginisme. J'ai dit à ma patiente : « Vous mettre à la porte? Comme qui? » Elle m'a répondu : « Eh bien, oui. Mais vous, vous ne diriez pas que je suis folle, vous diriez que vous ne soignez pas les délinquants. – Pourquoi? Vous êtes délinquante? – Oh, docteur, ne me demandez pas ça! Ne me demandez pas ça! Je ne peux pas vous le dire. Je suis une personne abominable, abominable! » La voilà qui se met à pleurer. « Jamais je ne pourrai vous dire ça. Je crois qu'il faut que je ne revienne plus. Je suis indigne. Mais je vous jure que je l'avais oublié. Je n'aurais jamais osé venir si j'avais su que je n'étais pas seulement folle, mais... Non, je ne peux pas le dire. »

Je lui ai dit : « Patience. Quand vous aurez assez confiance en moi et dans le travail que nous faisons, vous pourrez m'en parler. »

A la séance suivante, elle déclare : « Docteur, je crois que, la dernière fois, j'avais quelque chose à vous dire, mais j'ai complètement oublié ce que c'était. » Et, à nouveau, elle tombe dans un blanc total, sans idéation, ni affect, pendant six ou sept séances. Quand, tout à coup, il lui revient qu'elle a rêvé d'un chien. Elle dit, à ce moment : « Ah, mon Dieu! Je retrouve ce que je devais... mais c'est affreux... Non, je ne peux pas vous le dire. Il faut que je m'en aille. » Elle se lève, comme prise de panique, évitant mon regard. Je lui dis : « Non. » Et je ferme la porte qu'elle venait d'ouvrir. « Vous ne vous en irez pas. Remettez-vous sur le divan, et essayez de parler. – Je ne sais plus ce que je vous disais. – Pourquoi vouliez-vous partir? – Eh bien, je ne sais pas. Je dois être folle. – Sans doute, lui ai-je dit *(rires)*, et c'est pour ça que vous êtes là. Vous avez peur de moi et de vous. La séance n'est pas terminée; nous avons le temps. » Et il a fallu plusieurs séances encore avant qu'elle puisse sortir cette histoire, dont le souvenir était si épouvantable qu'il la mettait, à cinquante-deux ans, dans cet état. Persuadée que je l'aurais mise à la porte si elle me l'avait racontée, elle aurait préféré mourir plutôt que de s'en souvenir.

Ce souvenir datait de ses cinq ans et demi, six ans. Elle n'avait pas encore commencé l'école primaire, elle apprenait à lire et à compter, ne quittant pas la gouvernante suisse. Or depuis quelques semaines, elle avait envie d'un petit parapluie à tête de chien – un parapluie de fillette. Et un jour, en allant aux grands magasins avec son institutrice qui faisait une emplette, elle avait volé ce petit parapluie qui la tentait beaucoup, et elle était sortie en l'emportant, ravie de son coup.

« La chose épouvantable », c'est que l'institutrice avait demandé : « Qu'est-ce que c'est que ce parapluie? » Elle de répondre : « Le monsieur me l'a donné. – Non, ce n'est pas vrai. Le monsieur ne te l'a pas donné. Dans les magasins, on ne donne pas des choses comme ça aux enfants. Tu l'as volé. » Bref, la gouvernante avait fait un drame de ce vol, et elle avait terminé en disant à Alexandra : « Il faudra que je le dise à ton père. Sa fille est une voleuse. La honte de la famille! »

Or l'attente avait paru très longue à la petite Alexandra, parce que son père, représentant de thé pour toute la Russie, ne revenait à la maison que de temps en temps. Elle était donc restée dans cette angoisse : on allait le dire au père. Quand le père est revenu, l'institutrice lui a dit, de façon solennelle : « Monsieur, il faut que je vous dise que votre petite fille a volé. » (Bien sûr, le père était déjà au courant – ce qui montre l'horreur de ce jeu.) Atterré, il a dit : « Rien ne pouvait me faire plus de peine au monde! C'est le déshonneur de notre famille! » Enfin, on avait fait tout un scénario autour de cette affaire. Puis le père avait ajouté, en s'adressant à Alexandra : « Eh bien, maintenant, il faut que tu ailles en prison. » C'est très important, car nous arrivons là au traumatisme. « Peut-être, comme tu es ma fille, avait-il continué, le directeur du grand magasin ne te laissera-t-il pas très longtemps en prison, mais il fera certainement venir les gendarmes pour te mettre en prison. De toute façon, moi, je ne veux pas garder une fille voleuse, ni un objet volé, à la maison. Tu vas retourner rendre ce parapluie au directeur du grand magasin. »

Vous voyez le scénario qu'on avait monté à cette enfant de moins de six ans. Elle est donc allée, accompagnée de l'institutrice qui était devenue d'une sévérité inexorable, rapporter l'objet du délit. Le directeur les avait reçues, solennellement bien sûr, dans son bureau, en prenant un air très sérieux. En racontant cette scène, ma patiente entendait encore le son de sa voix. « Eh bien, tu as de la chance d'avoir un papa que j'aime beaucoup. Pour cette fois-ci, tu n'iras pas en prison; mais, si tu voles encore une seule fois, tu iras en prison toute ta vie. » A la fin de cette terrible séance, une fois debout, elle n'osait pas me regarder. Elle m'a demandé : « Alors, docteur, vous acceptez de continuer à me soigner? » Je n'ai pas répondu à sa question, je lui ai dit seulement : « A mercredi prochain. – Ah, docteur, je ne vais pas dormir de la nuit, de vous avoir dit ça, et de penser que vous voulez bien me voir encore... Je suis si malheureuse. – Oui, je sais. A mercredi. » Et nous avons continué.

Ce fut, à nouveau, une longue période de silence. « Je vous fais perdre votre temps. Est-ce que je ne pourrais pas revenir le jour où j'aurai quelque chose à vous dire? » Cependant, en dehors de ces séances, angoissantes par leur vide idéatif, cette femme changeait. Tout ce qui, de ses pulsions refoulées, se remettait en circuit était immédiatement investi dans son travail, dans ses relations et dans ses études. Jean, son ami, n'essayait plus de l'approcher. Elle entretenait, maintenant, des relations avec d'autres hommes, en se maintenant toujours à distance, car elle savait qu'elle serait affolée si on lui faisait la cour, comme elle l'avait été vis-à-vis de Jean. En fait, elle ne désirait plus se rendre disponible pour des relations sexuelles, ce qui pourtant avait motivé son entrée en analyse. Elle ne se préoccupait même plus de devenir normale sexuellement, tant elle s'intéressait à ce qu'elle faisait. Ce qui l'inquiétait davantage, et dont elle voulait se débarrasser, c'était sa phobie des chats. Elle en parlait parfois, déclarant que cela lui faisait du bien de venir, seulement pour élucider cette phobie, si j'acceptais de continuer à la recevoir.

Six semaines environ après le récit du vol, elle me raconte un rêve, dans lequel il y avait encore un chien. Je lui dis : « Eh bien, parlez des chiens. Cela a dû être important pour vous, quand vous étiez jeune », puisqu'il y avait eu l'histoire du petit parapluie à tête de chien. Après deux séances où elle n'est pas sortie de son mutisme, voici que lui revient, à propos des dangers de morsures, le souvenir suivant : lorsque son père revenait de ses tournées, il allait au cercle, le soir. C'était la mode, en Russie. La femme de chambre, le sachant, préparait alors, sur le lit de papa, la belle chemise blanche, le frac, les souliers vernis, le chapeau haut de forme, la cape. Tout était disposé magnifiquement sur le lit de papa; c'était comme un autel, n'est-ce pas? Or, un jour comme celui-là, la petite Alexandra, qui, d'après ses propres recoupements, devait avoir environ trois ans et demi, est entrée dans la chambre de son papa, ce qui était absolument interdit. Son père n'y était pas. Elle a regardé, admiré. Puis elle est ressortie. Mais elle était trop petite pour refermer la porte. Elle s'est dit : « Pourvu qu'on ne voie pas que je l'ai laissée ouverte. Je vais être grondée. » Et puis l'envie l'a reprise, un peu plus tard, d'y retourner. Désastre! La petite chienne de son père avait déchiré le bas des pantalons, elle en avait fait de la charpie. La chienne était entrée par la porte que l'enfant avait laissée ouverte. C'était donc de sa faute. Alexandra, tremblante, est allée se cacher, alors que, d'ordinaire, lorsque son père arrivait, elle courait au-devant de lui. C'était toujours une joie. De sa cachette, elle a entendu son père rentrer. Il l'appelait : « Mais où est donc ma petite Alexandra? Pourquoi ne vient-elle pas me faire la fête? » L'enfant ne bougeait pas, et c'était la petite chienne qui, en aboyant, faisait fête au père. Las d'appeler sa fille, le père entre alors dans sa chambre et referme la porte. Alexandra est toujours tapie dans sa cachette. Un moment se passe, puis elle entend un rire homérique, un rire inextinguible. Le père sort de sa chambre avec la petite chienne sur les épaules, en disant, bien haut, à la cantonade – alors qu'Alexandra a cru qu'il s'adressait à elle seule : « Il n'y en a qu'une qui m'aime, ici, et qui ne veut pas que j'aille au cercle, ce soir; c'est ma petite chienne! » Elle était absolument stupéfaite qu'il n'y ait pas eu de drame. Puis, on se met à table. L'enfant avait toujours la même place, entre l'institutrice et son père, à la droite de celui-ci. A gauche du père, il y avait la place de la petite chienne; ensuite celle de la sœur aînée. En face du père, la place de la mère, qui restait le plus souvent vide. Ce soir-là, dans le souvenir de ma patiente, ni la mère ni la sœur n'étaient présentes au dîner. Elle vient à table, silencieuse, embêtée. Son père lui dit : « Tu ne m'as pas dit bonsoir! » C'est tout ce qu'il lui dit. Très gênée, elle vient l'embrasser et va à sa place. A ce moment, il annonce : « Non, tu ne te mets pas là. Aujourd'hui c'est ma petite chienne qui est à ma droite; toi tu prends la place de la chienne, parce que c'est la petite chienne qui m'aime le plus. Aujourd'hui, elle s'est montrée ma fille, en venant me dire bonjour, et en manifestant qu'elle ne voulait pas que j'aille au cercle, ce soir. »

Ainsi, non seulement ce crime de lèse-majesté n'avait pas fâché le père, mais la chienne qui avait mordu son bel habit devenait sa fille, pour un soir, plus que ne l'était Alexandra.

En se remémorant cette histoire, mon analysante restait convaincue que personne, ni l'institutrice, ni la femme de chambre, ni même son père n'avait jamais soupçonné que c'était elle qui avait laissé la porte de la chambre ouverte. C'est sur le divan, dans le transfert, que le souvenir de cet événement lui est revenu, et qu'elle l'a raconté, pour la première fois, mais sans grande culpabilité, contrairement à l'épisode du parapluie volé.

A la séance suivante, elle m'annonce : « Docteur, je suis guérie! *(Rires.)* Je n'y comprends rien, mais je le sais, je le sens. – Mais comment le savez-vous? – Je ne sais pas du tout ce que je vous ai raconté la dernière fois, mais c'est cela qui m'a guérie. Plus rien ne peut me faire peur, j'en suis sûre. – Mais avez-vous eu l'occasion de le vérifier? – Non, je n'en ai pas besoin; je me sens guérie. » Je lui dis alors : « Écoutez, on continue tout de même jusqu'aux vacances! » *(Rires.)* Je n'avais pas encore compris ce qui s'était passé. Elle était radieuse, elle acceptait de revenir.

De ce moment-là, elle s'est mise à faire des tas de rêves, elle qui n'en faisait jamais. Les silences ont disparu. Et puis des choses drolatiques se sont passées avec Jean qui était complètement affolé, parce qu'elle voulait venir chez lui. Il a constaté qu'elle n'était plus vaginique; du coup, il en est devenu impuissant! *(Rires.)* Mais ce n'est pas drôle, c'est la vérité! Elle lui a dit : « Tu devrais aller te faire psychanalyser. » *(Rires.)* Effectivement, elle était guérie. Mais comment le récit d'un souvenir de culpabilité non justifiée, suivie d'une blessure narcissique, avait-il produit la guérison? Les séances suivantes l'ont fait comprendre.

La petite chienne de son père était amie d'un chat mâle. Il y avait, dans la maison d'enfance d'Alexandra, un couple de chats : le mâle était donc l'intime de la chienne que la chatte ne pouvait souffrir. L'enfant était toujours au contact de ces animaux entre lesquels il y avait des disputes épouvantables. Le chat aimait se nicher entre les pattes de la chienne, alors que la chatte crevait de jalousie.

Alexandra m'a dit : « C'est curieux que les animaux sentent la différence des mâles et des femelles. Moi, je ne comprenais pas et, chaque fois que je demandais : " Pourquoi est-ce que la chatte est méchante comme ça avec la chienne? " mon père me répondait : " Tu comprendras quand tu seras une femme. " Je ne savais pas du tout pourquoi il ne me l'expliquait pas. »

Le problème tournait donc autour du désir, mais du désir médiatisé par une image inconsciente de soi comme animal. Et le père avait induit chez Alexandra une identification animale dans l'Œdipe, en mettant la petite chienne à la place d'honneur. Il avait fait devenir sa fille une petite chienne; il l'avait même traitée en chienne, plus tard, lors de l'épisode du jeune homme russe. Il en avait fait alors une créature à son service, un être tenu en laisse, un animal de compagnie. Il était prêt à la tuer, si elle devenait femme. De même, lors du passage de la frontière, la grand-mère et la mère s'étaient servies de son corps comme de leur chose, de son sexe comme d'un réceptacle.

Enfin, tout ceci s'est reconstruit, après coup. Lorsque les vacances sont arrivées, elle était rayonnante. Par ailleurs, elle avait été brillamment reçue au plus élevé des examens de l'École du Louvre.

Elle part en vacances, tranquille, dans le Midi, en compagnie d'une vieille amie. A son retour, elle vient me voir et me dit : « Ce n'est pas du tout pour une séance de traitement, mais pour vous remercier, docteur, et vous dire combien je suis heureuse. Je suis amoureuse folle, et je vais me marier. – Ah bon? » Et cette femme très raffinée m'annonce alors qu'elle va épouser un paysan!

Tandis qu'elle faisait une balade dans le Midi, elle avait vu sur une barrière un écriteau : « Attention, chien très méchant », et plus loin, dans un terrain, un homme dans un arbre. *(Rires.)* Mais c'est vrai, cette histoire! Elle regarde cet homme, il lui parle et lui rappelle qu'il y a un chien méchant. Elle lui répond : « Moi je n'ai pas peur des chiens. – Ah? Eh bien, si vous n'avez pas peur, venez m'aider, lui dit-il, ce sera plus commode, à deux. » Elle est entrée, et elle l'a aidé à cueillir des fruits. L'homme était un réfugié yougoslave. Il élevait des poules, vendait volailles, œufs et fruits au marché, dans l'arrière-pays de Cannes. Elle est revenue l'aider, tous les jours. Elle donnait du grain aux poules; bref, elle s'amusait beaucoup, tout à fait comme une petite fille. Elle lui demande, un jour : « Où est-il, le chien? – Eh bien, le chien c'est moi », répond-il. *(Rires.)* Ils rient tous les deux. Elle flirte pour la première fois de sa vie. Ils tombent dans les bras l'un de l'autre, et c'est une folle passion physique. Elle en a la tête tournée, et sa vieille amie s'en étonne, en plaisantant.

Cet homme, qui s'appelait Pavel, a expliqué, plus tard, à Alexandra, qu'il avait quitté son pays depuis dix ans parce qu'il risquait d'être emprisonné pour des motifs politiques. « Ma femme et mes enfants sont restés là-bas, lui dit-il, et je ne sais pas si je gagnerai jamais assez d'argent pour les faire venir en France. D'ailleurs, ma femme ne sait pas ce que je suis devenu. Elle me croit sûrement mort. Il y a si longtemps que nous n'avons plus de nouvelles l'un de l'autre. » Et il ajoute : « Et, après tout, si on se mariait? » Alexandra répond : « Mais vous n'êtes pas mort, et vous avez une femme. Je vais me renseigner, pour savoir ce qu'elle est devenue. »

Alors qu'Alexandra était de retour à Paris, Pavel a appris que sa femme était morte. Quant à ses enfants, il ne savait pas où ils étaient. Il avait obtenu des papiers de Yougoslavie, attestant qu'il était maintenant un homme libre. Pour Alexandra, c'était la fête! il allait venir à Paris.

Deux mois plus tard, elle me téléphone : « Docteur, il faut absolument que je vous voie. » Je la sentais vraiment troublée. Elle vient me voir, et me dit : « Vous ne savez pas l'histoire? – Non, je ne sais pas. – Eh bien, je me réjouissais tant de voir Pavel; nous nous étions écrit. » (Je ne sais pas comment ils s'écrivaient, d'ailleurs, puisqu'il était yougoslave; je crois qu'il dictait ses lettres à une Française, des lettres tout à fait infantiles, fleur bleue.) « Je l'ai vu arriver sur le quai de la gare, poursuit-elle, il m'a regardée; je l'ai vu, avec son pantalon de velours, marchant comme un paysan; il est venu chez moi (il a donc vu son appartement raffiné), et nous nous sommes dit : qu'est-ce que nous avons fait? » Le soir même, elle le reconduisait au train. Ils ont beaucoup pleuré, déclarant qu'ils avaient eu une idylle extraordinaire, mais qu'ils n'étaient vraiment pas faits l'un pour l'autre.

Telle est l'histoire de la première passion physique d'Alexandra. C'est curieux, n'est-ce pas, cet amour de jeune fille à cinquante-cinq ans pour un mâle qui avait été un amant merveilleux, mais avec lequel rien n'était possible, pour elle, sur le plan culturel et social.

Elle est donc revenue me voir pour en parler. Moi, je ne disais toujours rien, absolument rien. Elle avait raconté son aventure à son ami Jean, lequel lui avait déclaré : « Tout de même, si j'étais plus jeune, je me ferais psychanalyser. Tu es une femme merveilleuse. A ta place, j'aurais eu la frousse. Mais, puisque tu n'as pas eu peur, et qu'un autre homme a réussi avec toi, je devrais peut-être faire une nouvelle tentative. Mais je suis devenu complètement impuissant; et pas seulement avec toi : avec toutes les femmes. » *(Rires.)*

Alexandra a cessé de me donner de ses nouvelles, jusqu'au jour où, trois ans plus tard, j'ai reçu, des États-Unis, une lettre, dans laquelle elle m'écrivait : « Je me suis mariée avec un Américain. Je suis très heureuse et je vous souhaite la bonne année. J'ai aux États-Unis un poste qui m'intéresse beaucoup : je suis chargée d'enseignement et responsable de sessions d'adultes dans les musées. J'ai la passion de donner le goût de la peinture à des gens qui sont sans culture. » Elle avait déjà écrit deux ou trois livres d'initiation dans ce domaine.

Puis, un matin, à onze heures, coup de téléphone. « Docteur, je suis à Paris, avec mon mari, qui veut absolument vous connaître. » Je lui dis : « Venez demain prendre l'apéritif. » (C'était un dimanche.) Son mari m'a dit, alors : « Je voulais vous voir pour vous remercier. Vous ne pouvez pas savoir ce que c'est que de trouver une femme de cinquante-six ans – il en avait lui-même soixante-trois – si merveilleuse, non seulement avec moi, mais avec mes grands enfants – car il était déjà grand-père. C'est une femme si intelligente, si gentille, et tellement femme.

Elle est à la fois jeune dans son âge et en accord avec le mien. » Il avait lui-même l'air d'un homme de valeur. Il était syndicaliste. De son côté, elle disait de ses beaux-enfants qu'ils étaient merveilleux. Bref, chacun chantait des louanges... *(Rires.)*

Quelle leçon! Après une psychanalyse entreprise à cinquante-deux ans, cette femme a pu, enfin, mener une vie tout à fait normale. Et depuis, ça a tenu. Elle m'envoie tous les ans une carte de vœux. C'est elle qui m'a donné l'autorisation de publier son cas. Elle m'a dit : « Racontez cette histoire, parce que jamais je n'aurais pu croire, moi-même, que je pourrais guérir. » Et lorsque je lui ai demandé : « Qu'est-ce que je vous ai dit qui vous a guérie? – Vous ne m'avez jamais rien dit. *(Rires.)* – Mais vous, vous m'en avez raconté! – Oui, cette histoire, c'est sur le divan que je l'ai retrouvée. Quelle patience vous avez eue! Combien de fois j'ai voulu arrêter! Je ne voyais pas où j'allais. »

Voilà l'histoire d'une phobie, enracinée dans une identification animale de l'enfant, au moment de l'Œdipe. Œdipe gauchi par le père qui avait substitué sa chienne à sa fille, faisant de celle-ci la rivale de l'enfant. Si Alexandra ne pouvait pas supporter les chats mâles, c'est parce qu'elle s'était identifiée à la chatte, ennemie de la chienne. Si, quelques mois plus tard, elle avait langui pour un parapluie à tête de chien et que, n'osant pas demander, elle n'avait pu s'empêcher de le voler, n'était-ce pas là le désir pour un chien que son père semblait lui avoir inculqué? Le père, dans cet épisode, s'était identifié au chat mâle, en câlinant la petite chienne qui s'était montrée agressive et dévoratrice, par amour de lui, disait-il. C'est l'inceste, sans aucune médiation imaginaire, que représentait la présence d'un chat mâle pour Alexandra, identifiée, elle, à la chienne aimée du chat.

> P. : Ce que je ne comprends pas, c'est ce que signifiait ce qu'elle voulait représenter dans son dessin, quand elle vous a dit : « C'est là... »

F. D. : Elle avait dit : « C'est là, en dessous du chien, qu'est ma maladie. » C'était, en effet, sous un « taire » concernant un chien. Ce chien était couché devant ce qui représente, dans le dessin de maison, la première structure de l'enfant : le côté tour, avec le toit triangulaire, figurait l'enfant en dualité avec un parentmodèle, tandis que la maison large, au toit en trapèze, représentait la structure de l'enfant par rapport à la société. Le « taire » (terre), c'est ce qui d'elle n'avait jamais été su, ni dit à personne, de cette histoire; c'était bien là qu'elle était malade : l'image animale de soi étant son support, l'animal couché représentait les pulsions de mort, alors que le Moi n'était pas conscient [1].

On peut dire que c'est un traitement de la grande époque de l'analyse, puisqu'il a été mené, de bout en bout, selon la méthode tout à fait classique, et avec une personne de cet âge-là. Moi, je ne savais pas ce que je faisais. Or, quand on ne sait pas, on se tait : c'est ce qu'il y a de mieux à faire. *(Rires.)*

Je l'assistais, je l'aidais à faire elle-même son travail, et elle le faisait. Mon travail à moi était de la conforter et de me taire, en attendant qu'une idée lui vienne. Ce n'était pas quelqu'un qui fuyait en disant n'importe quoi. Pas du tout. Si elle n'avait rien à dire, elle ne disait rien. Il y a des gens qui fuient en disant n'importe quoi pour occuper la séance. Dans ce cas, au contraire, il fallait seulement l'écouter et l'assister dans ses résistances totalement inconscientes.

> P. 2 (femme) : Cet endroit qu'elle vous désignait sous le chien, c'était bien là aussi que venait se nicher le chat?

F. D. : Oui, exactement. Elle disait que le chat venait se blottir entre les pattes de la chienne. Mais il ne figurait pas sur le dessin. Seule la posture de l'animal aurait pu rappeler celle d'un chat. On peut voir, dans l'ambiguïté de cette forme du corps, quelque chose qui était en rapport avec son sexe à elle. Car sa mère avait regretté qu'elle fût née fille, après un frère anormal. C'est ce qui nous fait comprendre que ce qu'il y avait en elle de malade venait, en fait, de ce que son identité d'être humain s'était trouvée « carambolée », dès l'origine, par des paroles concernant son sexe. Sa sexualité n'était pas celle d'un humain, mais celle d'un mammifère familier. Elle se trouvait à la fois en rapport avec la petite chienne à laquelle son père l'avait identifiée, et avec le chat mâle qui était aimé de cette chienne. Puisque,

1. *In utero*, sa mère la gestait de sexe masculin. L'enfant étant née de sexe féminin, la mère l'a rejetée.

de ce fait, la petite chienne était en dispute avec la chatte, le chat représentait, pour l'enfant, son père. Elle était donc exclusivement phobique à l'égard du chat mâle. L'interdit de l'inceste veillait. Les chats mâles lui faisaient cet effet dramatique, parce que c'était, sans doute, comme si son père allait se fusionner avcc elle.

P. 2 : Il y avait aussi l'histoire de la mère neurasthénique...

F. D. : Oui, il y avait la mère *sous* le docteur, ce qu'Alexandra n'avait pas compris comme une étreinte sexuelle, à cette époque.

P. 2 : A quel moment était apparue cette phobie?

F. D. : Nous avons cherché. Cette phobie s'était déclarée relativement tard; en tout cas, pas en Russie – à sa surprise, d'ailleurs. Elle s'est manifestée alors qu'elle travaillait déjà; ce n'était donc pas du vivant de son mari. Que signifiait ce cou qui gonflait? Les yeux qui devenaient exorbités, brillants, étaient comme les signes symptomatiques d'une hyperthyroïdie subite. L'objet phobique une fois disparu, tout rentrait tranquillement dans l'ordre, une heure après.

P. 2 : Par cette absence de cou entre la tête et les épaules, elle était comme une amphibie.

F. D. : Oui, tout à fait comme une amphibie. Mais c'était vraiment un état de folie. Elle vivait un état de panique. Une folie dans le cou, entre la tête et le tronc; et puis une folie de la région génitale, supposée « anormale », sans perméabilité de l'orifice vaginal. Elle n'avait jamais éprouvé aucun « ressenti » en son sexe, sauf l'intense crampe vaginique dans sa relation avec Jean. C'est pourquoi ce fut une révélation, pour elle, de désirer physiquement l'étreinte sexuelle, et d'en jouir, avec son paysan yougoslave d'abord, puis avec son mari, l'Américain.

Cette analyse, que je vous ai racontée vraiment comme elle s'est déroulée, nous fait comprendre comment une phobie s'enracine très précocement dans l'histoire de la structure d'un enfant et dans son identité sexuée, préalablement à la connaissance consciente qu'il peut en avoir. Son sexe prend valeur, par rapport à l'Œdipe et aux culpabilités pré-œdipiennes, dans le désir physique, oral et anal, qui accompagne chez lui l'amour pour le parent aimé. Une blessure narcissique subie par l'enfant, concernant son sexe ou sa personne, peut, avant l'âge de l'Œdipe, marquer d'interdit ses pulsions prégénitales qui sont nécessaires à l'investissement de la zone érogène génitale, aussi bien du point de vue de la sensibilité que d'un fonctionnement sain.

Nous pouvons retenir une généralité concernant les phobies. L'objet phobique est investi d'une valeur phallique dangereuse, parce qu'il est relié, de façon inconsciente, à l'inceste désiré et non interdit. L'acte incestueux est rendu impossible, grâce à la phobie, ce qui préserve ainsi une structure déjà fragile avant l'âge de trois ans. La fragilité de la structure du phobique est due soit à une incertitude sur son identité, par rapport à ses géniteurs, soit à la dépréciation de son identité, en rapport avec le peu de valeur de celle d'un des géniteurs, soit, enfin, à la dénégation de la valeur du sexe de l'enfant, dans les dires des parents ou des premiers éducateurs.

P. : Dans l'histoire de la guérison de votre patiente, je me suis demandé par quoi elle avait remplacé sa phobie des chats?

F. D. : Je crois qu'il lui était tout à fait inutile de trouver un substitut à sa phobie, puisqu'elle avait compris la sexualité de ses parents. Elle a compris la souffrance de son père d'avoir été délaissé par la mère, d'avoir eu un fils qui ne pouvait vivre.

Il faut bien saisir que ma patiente n'avait jamais éprouvé ni ressenti dans son corps de désir sexuel, avant sa psychanalyse. Elle avait eu un contre-désir inconscient. C'est en fermant son vagin à toute pénétration pénienne qu'elle restait elle-même, sans risquer de perdre le père et la mère de sa structure archaïque. Cette structure était restée la sienne; elle n'avait pas été dépassée par la structure œdipienne qui implique un désir, ressenti dans la zone érogène génitale, pour l'objet œdipien – désir dont l'accomplissement est clairement interdit.

P. : Quel type de transfert a-t-elle fait sur vous?

F. D. : Je pense que j'étais, pour elle, une institutrice différente de celle qu'elle avait eue. Celle-là était une femme tutélaire. Alexandra la connaissait depuis son petit âge. Elle ne savait pas qui l'avait nourrie quand elle était petite. La gouvernante était déjà dans la maison lorsqu'elle était bébé, elle s'occupait de la sœur aînée qui avait huit ans de plus qu'Alexandra.

Je pense aussi qu'elle a fait un transfert sur la technicienne que j'étais et qui voulait bien l'aider. Elle m'appelait docteur. Je ne sais pas exactement ce que je représentais pour elle; du reste, j'étais plus jeune qu'elle de cinq ou six ans. Je devais pourtant représenter quelqu'un comme l'institutrice, pour qu'elle ait pensé que je ne voudrais plus la recevoir si elle m'avouait ce vol de parapluie, dont le souvenir lui était revenu sur le divan. Cette histoire avait gardé pour elle la même prégnance, avait provoqué la même honte que si elle avait été une voleuse professionnelle actuelle. A voir une femme de cet âge se mettre dans cet état de culpabilité pour avoir volé un parapluie à l'âge de cinq ans, on pouvait penser que les choses en étaient restées là pour elle, que sa structure n'avait pas changé.

Elle m'avait mise également à la place du père, qui avait monté le scénario avec l'institutrice; mais, aussi, à la place de la mère gestante, puisque je lui disais que j'avais tout le temps, que j'attendais avec elle qu'une idée lui vienne.

P. 2 : Mais puisque la patiente était russe, comment peut-on passer, dans le dessin où elle a mal sous la *terre*, au signifiant « taire »?

F. D. : Oui, cela s'est dit en français. Elle avait appris le français avec son institutrice. Ses parents le parlaient, elle-même connaissait déjà le français vers quatre ans et demi, cinq ans. Je ne sais pas comment cela se serait exprimé en russe. Je ne sais si ce n'est pas plutôt l'image du corps dont il s'agit là. Bien sûr, si l'on disposait des signifiants russes, des mots de la langue maternelle, cela aiderait l'analyse. Mais, dans ce cas, le traitement a été possible parce que les choses se passaient au plan de l'image du corps et que l'analysante parlait parfaitement le français.

P. 3 : La démarche curieuse de cette femme, à petits pas, s'explique-t-elle par le traumatisme du chèque dans le vagin?

F. D. : C'est très plausible; mais je ne le sais pas.

P. 2 : Vous dites que l'identification à un animal, qui est à l'origine des phobies, se fait sans culpabilité. Mais dans ce cas?

F. D. : Oui, c'est bien cela. C'est ce qui se serait passé pour la petite Alexandra s'il n'y avait pas eu l'épisode du parapluie, qui mettait en jeu un désir phallique.

P. : La scène primitive à laquelle elle a assisté, tardivement, cette scène entre sa mère et le docteur, n'a-t-elle pas eu, après coup, un effet sur le traumatisme du parapluie volé? Elle avait bien une discrimination entre les sexes?

F. D. : La scène de la mère et du médecin datait de ses sept, huit ans. Le parapluie, c'était à cinq ans. Pour les animaux, oui, elle distinguait entre mâle et femelle, mais elle ne faisait de différence que verbale. Elle n'avait pas compris non plus la signification de la scène où elle avait vu sa mère couchée sous le docteur et, surprise, pousser un cri terrible. Elle avait transgressé un interdit sans en avoir l'intention. Alors que, dans l'autre cas, la petite chienne avait transgressé un interdit, parce qu'Alexandra l'avait fait, la première, en le sachant. Elle savait que la petite chienne avait transgressé un interdit à cause d'elle. Je crois que tout le monde, dans la maison, avait compris que c'était Alexandra qui était responsable. Les adultes avaient dû s'entendre pour la vexer, c'est-à-dire pour la punir autrement. C'était ce « taire » concernant sa culpabilité qui avait été le noyau du traumatisme. La gronder eût été moins nocif que de la ravaler au rang de chienne, en donnant à l'animal la place de la petite fille. C'était comme si son père, en félicitant la petite chienne et en la préférant à sa fille, avait annulé le tabou du cannibalisme jouissif sexuel.

Cette analyse a été très didactique pour moi, du fait que je ne savais rien, que je ne m'attendais à rien. Je n'avais pas de théorie. Cette analyse m'emmenait loin de l'Œdipe, alors que la théorie tournait encore à l'époque (1950) exclusivement autour de l'Œdipe. J'avais la méthode, nous nous y tenions.

Quant à la différence des sexes, Alexandra n'avait pas le temps, bien sûr, de distinguer un mâle d'une femelle quand un chat passait. C'est impossible. Mais elle ne se trompait pas : elle avait des perceptions de fou, des perceptions d'enfant – les enfants ont une perception des odeurs que nous n'avons pas. C'étaient ses propres réactions insolites qui lui révélaient qu'il s'agissait d'un chat mâle et non d'une chatte. Elle ne comprenait pas plus ce phénomène que ceux qui en étaient témoins. N'oublions pas que l'inconscient n'en finit jamais de nous apprendre là où surtout il nous surprend.

3

Cadrer une psychothérapie

Le repérage de la demande de l'enfant; des parents. Importance de l'anamnèse - En psychanalyse, on ne peut juger que de gens qui souffrent, non de leur pathologie - Difficultés dans la cure d'un jeune garçon prétendu exhibitionniste.

P. : Pourriez-vous nous parler de la prise en charge des parents à la place des enfants, et de la demande qu'ils ont pour eux-mêmes, sans qu'elle soit toujours formulée?

F. D. : Oui. En principe, c'est celui qui demande qui doit être pris en cure. C'est pourquoi, lorsque ce sont les parents qui sont demandeurs, il est important d'épuiser leur demande d'abord, tout en expliquant à l'enfant qu'ils souffrent de quelque chose qui semble bien être en rapport avec lui. Mais lui, souffre-t-il? Et de quoi?

Il faut, d'autre part, chercher d'où vient cette demande des parents : sont-ils venus sur le conseil de la maîtresse ou de la directrice de l'école, sous l'influence de la grand-mère, du grand-père, ou de tous ceux-ci à la fois? Cette question renvoie du même coup aux difficultés du couple dont l'enfant est le symptôme; elle rappelle les parents au fait que ce sont eux qui souffrent des symptômes de leur enfant et qu'ils ne se sont pas rendu compte que ceux-ci étaient dus à l'impact de leur mésentente, de leur tension à propos de l'enfant qu'ils se disputent.

Ce problème de la prise en charge des parents dépend aussi de l'organisation des CMPP. Dans certains d'entre eux, il est de règle, malheureusement, que les parents soient reçus par une autre personne que celle qui voit l'enfant. C'est très mauvais pour l'enfant au début d'une thérapie; mais cela peut devenir, parfois, positif, lorsque les parents veulent, par la suite, que les séances de leur enfant aient lieu, par exemple, aux mêmes dates que les leurs, s'il est, lui, motivé.

En tout cas, il est nécessaire que les parents qui ont une demande soient suivis, au bout de quelque temps, par un autre thérapeute que celui de l'enfant, et dans un autre lieu que l'institution. Bien sûr, ne pas les empêcher de venir lorsqu'ils veulent parler de leur enfant, surtout si celui-ci n'a pas encore huit ans d'âge psycho-social; s'il ne peut pas vous raconter, lui, les difficultés qui sont les siennes, comme celles qu'il provoque dans son milieu. Car un enfant peut bien ne pas avoir de troubles mais en créer, du fait qu'il joue son Œdipe ou sa fixation homosexuelle sur des frères ou des sœurs aînés, ou sur les parents. Il vit alors dans une situation pervertie s'il vient seulement voir dans une relation de séduction un psychanalyste qui n'est pas au courant des effets de son comportement dans sa famille. C'est à soi seul une perversion d'aller chez l'analyste dans ce cas, puisque l'enfant est demandeur d'une relation préférentielle, sans être prêt à accepter les castrations. Il y a, en effet, un danger dans le traitement des enfants : celui de vivre une séduction à deux. L'enfant vient alors pour ce psychanalyste qu'il aime et dont il se croit aimé, mais il se moque complètement de sa propre évolution, il n'a nul souci de la sublimation des pulsions qui doivent être castrées. De tout cela, on ne peut avoir d'écho que par la famille. C'est pourquoi, même lorsque les parents ont accepté de consulter pour eux-mêmes une autre personne, le psychanalyste de l'enfant doit toujours leur laisser la possibilité d'être reçus ou d'écrire.

Quand il s'agit de traitements en cabinet – mais parfois aussi dans des consultations médico-pédagogiques – et qu'il n'y a personne à qui l'adulte pourrait parler, on peut lui demander au moins, dans la salle d'attente : « Est-ce que vous avez quelque chose à me dire? » Si un parent ne veut pas parler devant l'enfant, on dit à celui-ci : « Ton père – ou ta mère – veut me parler sans toi. Je vais l'écouter. Et, s'il s'agit de quelque chose d'important pour toi, je te le dirai. » Et on le fait remarquer ensuite aux parents : « Pourquoi n'avez-vous pas pu le dire devant l'enfant? » Car il est très important qu'ils puissent sentir tout ce qui est au service de son évolution. S'ils ont confiance en une personne – et ce doit être le cas, tout de même, puisqu'ils lui confient leur enfant –, pourquoi faut-il qu'ils aillent faire de petits apartés, au lieu de dire en présence de l'enfant ce qui les inquiète?

C'est déjà considérable, d'arriver à ce résultat sans culpabiliser l'enfant. Les parents formulent des reproches, ou bien ils parlent de leurs blessures narcissiques. Or l'enfant se sent coupable de blesser narcissiquement ses parents. C'est pourquoi il peut être important de les écouter hors de sa présence et de ne le faire venir qu'ensuite, pour lui expliquer l'inquiétude de ses parents, en lui disant qu'elle a une valeur et un sens dans le monde des adultes. Plus tard, on réfléchira avec lui à la signification de cette anxiété.

En ce qui me concerne je souhaite que les parents, les éducateurs, ceux qui sont responsables de l'enfant selon la loi, viennent me voir, chaque fois, en début de séance, ne serait-ce que pour dire : « Rien à signaler. – Bon, c'est très bien. Et l'enfant, lui, qu'a-t-il à dire? »

> P. : Dans une institution, certains disent souvent : « L'enfant a un Moi autonome, c'est donc lui qu'il faut prendre en traitement »; d'autres soutiennent que, si la demande de l'enfant n'est que latente et si la pathologie des parents est la plus importante, c'est de ceux-ci qu'il faut s'occuper en priorité.

F. D. : Mais comment voulez-vous juger d'un Moi chez l'enfant ou d'une pathologie chez les parents? Ça, c'est de la psychologie, ce n'est pas de la psychanalyse. En psychanalyse, vous ne pouvez juger que de gens qui souffrent, non pas de leur pathologie.

Un enfant est né, il a grandi, il ne souffre pas. Eh bien, ce n'est pas à vous de vouloir normaliser ses parents. Absolument pas.

En parlant avec eux, du moins, vous pouvez les connaître. Car l'important c'est de comprendre l'Œdipe des parents. Il faut les faire parler de leurs propres parents, chaque fois qu'ils vous posent des questions sur leur enfant. Leur demander : « Quand vous aviez le même âge que lui, comment votre père se comportait-il avec vous? Et votre mère? »

C'est toujours en les ramenant à leur Œdipe que vous comprendrez les projections pathogènes des parents sur leur enfant. Ce que dissimule un comportement est tel qu'à la deuxième génération, l'expression de certaines pulsions est non pas seulement refoulée, mais forclose; car, à la génération des parents, elle se trouvait déjà refoulée.

On peut faire parler les parents de leur fratrie, surtout lorsqu'ils sont demandeurs. J'accorde une très grande importance à l'anamnèse du début d'une cure d'enfant. Mais il ne suffit pas qu'ils parlent de leur père et mère. On peut remonter jusqu'à leurs grands-parents; et, par l'intermédiaire de ceux-ci, quelque chose va se dire à propos des arrière-grands-parents. On demande : « Les avez-vous connus quand vous étiez enfant? » Les premières séances sont alors des séances avec les parents. A l'enfant, qui pendant ce temps va et vient, on dit : « Tu veux me faire un dessin? Tu sais que tes parents parlent pour toi. Je n'ai pas le temps de te voir aujourd'hui, mais, si tu veux me dire quelque chose, tu viens. » Ce doit rester très souple.

Ensuite, approfondir les relations dans la parentèle. Pourquoi? Parce que si l'enfant entre en thérapie, il donnera des associations, il parlera de telle personne et de telle autre. Immédiatement vous pourrez retourner à l'anamnèse : « Ah, oui! C'est le fils d'un tel. Tu vois, tes parents étaient d'accord pour que tu m'en parles. »

Il y a des thérapeutes qui travaillent sans cette anamnèse initiale. Je trouve, quant à moi, que c'est inutilement plus long. Elle peut paraître policière à certains parents. C'est pourquoi il faut procéder avec beaucoup de tact.

> P. : Ce que j'ai remarqué à propos de ce travail d'anamnèse que je fais très régulièrement, c'est qu'il apporte surtout une déculpabilisation aux parents.

F. D. : Oui. Ils comprennent ainsi qu'il y a une dynamique dans les familles, dans laquelle il n'est question ni de bien ni de mal.

Il y a un point qu'il ne faut pas oublier, lorsque les parents sont très tendus vis-à-vis d'un enfant. Il faut leur demander : « A qui trouvez-vous qu'il ressemble? De quel côté est-il? » (Il a « racé », comme on dit à la campagne.) « Il a " racé ", de quel côté? » Vous entendez alors toutes les projections des parents : d'un enfant « raté », l'un dira : « Il est du côté de ma belle-mère, mais aussi de l'autre côté, celui de l'oncle raté. » On introduit un peu d'humour, pour déculpabiliser : « Bref, il a pris tout le mauvais, des deux côtés. » Et on ajoute, en riant : « Non? Ce n'est pas possible? Pourquoi avez-vous vu tout le mauvais sur celui-là? »

P. : J'en suis venue aussi à inclure dans l'anamnèse les parrains et marraines. Il me semble que c'est important, parce qu'ils ne sont choisis, parfois, que dans la seule lignée maternelle, ou dans la seule lignée paternelle.

F. D. : Oui. Et il faut tenir compte aussi des personnes surajoutées, les « amis » de la famille. On découvre, tout d'un coup, qu'un monsieur accompagne toujours la famille en vacances. Il n'a pas le rôle d'un parrain, il est associé au père ou à la mère, pour des raisons, bien sûr, très importantes. Il ne saurait être question de chercher à normaliser quoi que ce soit dans de tels cas. C'est une situation qui est à comprendre, à interpréter dans la dynamique du Moi idéal de l'enfant, lequel peut se dichotomiser ou se partager sur plusieurs personnes.

Il faut remarquer aussi que les psychothérapies qui commencent par une attitude agressive, négative, de l'un des parents sont, en fait, les plus positives. Bien sûr, lorsque les deux parents ont en même temps cette résistance, les choses deviennent difficiles. Mais, si l'on peut, dès le départ, laisser s'exprimer le transfert négatif chez un parent, l'enfant va aussitôt progresser dans sa cure. Tandis que les parents qui se montrent tout gentils, tout confiants, sont évidemment en train de camoufler leurs résistances.

P. (homme) : Je voudrais vous parler d'une difficulté qui s'est présentée à moi, assez récemment, dans une psychothérapie. Il s'agit d'un petit garçon que je vois depuis un an. Il a douze ans. Depuis la semaine dernière, il a commencé à avoir un drôle de comportement : il s'exhibe. Je ne sais pas trop quoi faire. Il m'a dit : « Je vais me déshabiller et te montrer ma bite. Montre-moi la tienne. » Ce sont des provocations verbales, mais je suis resté dans un questionnement... un peu perdu.

F. D. : Depuis un an, cette difficulté dont vous parlez a dû être préparée par tout un non-dit. Et probablement ce qui vous a manqué c'est le questionnement sur ses motivations à venir vous voir. Motivations qu'il n'a pas pu vous exprimer par des mots; c'est pourquoi il vous pose la question par l'intermédiaire de son corps. Alors, devant son comportement, vous êtes resté assis, comme un bonze?

P. : A peu près.

F. D. : Comme quoi, ce sont nos patients qui nous analysent. *(Rires.)* Mais vous-même, déjà, vous faites sur lui des projections, en disant que c'est un « petit garçon », alors qu'il a douze ans; ce qui prouverait que vous ne le voyez pas comme un être prépubère. Il est possible que, du reste, vous parliez ainsi parce que son comportement social correspondrait à celui d'un enfant de trois ans. Mais ce comportement, précisément, pose une question inconsciente, une question d'enfant de trois ans. Si l'inconscient est structuré comme un langage, c'est qu'il se constitue de questions et de réponses. L'inconscient produit donc aussi bien des questions que des réponses. Par votre comportement corporel, mimique, gestuel ou verbal, il semble que vous n'ayez pas trouvé les réponses aux questions que l'enfant ne posait pas, puisqu'il ne savait pas quelles questions, quelles réponses vous attendiez, vous. Vous restiez, pour lui, énigmatique.

Comment s'est embarquée cette cure?

P. : La maîtresse a signalé que l'enfant, qui, d'ailleurs, travaillait bien, avait un comportement de bébé, qu'il était désordonné.
C'est la mère qui est venue la première fois.
Depuis un certain temps, il y a un problème nouveau : des petits vols. La mère m'a dit que le père n'aimait pas ce fils et qu'il préférait le second qui a cinq ans. Lorsque

j'ai reçu le père, il m'a dit de son fils que c'était un bébé, qu'il était brouillon. « Et maintenant le voilà qui se met à voler », a-t-il ajouté.
Je lui ai demandé : « Mais n'y a-t-il chez lui que des choses négatives? » Il m'a répondu : « Non. Il est malin comme un singe; il se débrouille très bien tout seul. Il est très fort en orthographe. En calcul, il retient tout par cœur. Et, quand il se promène avec moi, il retient les adresses et retrouve les chemins que j'ai oubliés. »

F. D. : Tout ceci a été dit en présence du garçon?

P. : Oui; devant lui. Mais, lorsque son père est là, il fait le cirque.

F. D. : Lorsque vous êtes entré en contact avec l'enfant la première fois, vous êtes-vous adressé à lui nominalement? Vous adressiez-vous à chacun des trois, personnellement?

P. : Oui. Et je lui disais bonjour, en l'appelant par son prénom.

F. D. : Mais lui avez-vous dit que vous étiez psychanalyste, en quoi consistait l'analyse? Car c'est le problème, très important pour cadrer un traitement, de l'entrée en relation.

P. : C'est-à-dire que j'ai eu des entretiens très longs avec les parents, surtout avec la mère. Et l'enfant posait la question : « Mais quand est-ce que je viendrai tout seul? »

F. D. : Eh oui! A douze ans, il va seul à l'école. En classe, il n'est pas obligé de se déguiser, ou, du moins, de camoufler son intelligence. Mais il est évident qu'il est aliéné en objet, par sa mère; aliéné, par son père, au comportement du petit frère. Il n'est pas lui-même. « Quand est-ce que je pourrai venir seul et être moi », telle est sa question.

Où ce traitement a-t-il lieu? Chez vous?

P. : Non. Dans un dispensaire.

F. D. : C'est un dispensaire qui n'autorise pas à recevoir des adultes?

P. : Si. Tout à fait.

F. D. : Mais alors, pourquoi continuer à voir la mère? Pourquoi pas, après tout? Mais ce serait alors pour une investigation vraie de ce qu'il y a, chez elle, de symbolique se rapportant à l'enfant. Car elle-même ne vous apportait rien d'autre qu'une plainte, jusqu'à présent. Son fils n'était que le représentant de cette plainte. Qu'était-il pour elle, sinon cet objet de doléance? Et que représentait-il dans cette demande ou cette revendication de sa mère à l'égard d'un autre? A l'égard de son mari ou d'un frère, ou de son propre père? Et peut-être d'autres hommes.

Tout ce dont l'enfant ne pourra jamais lui-même parler dans la cure, c'est ce qui doit faire le contenu des premières séances avec la mère.

P. : C'est précisément ce que j'ai essayé d'apprendre.

F. D. : Eh bien, qu'avez-vous appris sur les relations de cette femme avec son propre père, avec ses frères?

P. : Tout à coup, je me rends compte qu'il n'y a plus rien.

F. D. : Oui, vous voyez. C'est tellement plus difficile de s'occuper d'enfants que d'adultes. Or, c'est dès le départ que vous êtes passé à côté de quelque chose d'important. Il est bien difficile, maintenant, de vous dire comment agir, puisque vous n'avez pas eu les paroles qui auraient explicité votre rôle à cet enfant. Car on peut supposer que cette question sur le sexe, sur le sien, sur le vôtre, c'est depuis l'âge de trois ans qu'il la porte. « Qu'en est-il du sexe de mon père? Et, tout simplement, du sexe? » En effet, avant que le sexe ne devienne pour lui une question, l'enfant n'a notion que du pipi. C'est à l'époque où le seul intérêt qu'il attribue à cette région de son corps est lié pour lui au pipi que l'enfant perçoit la différence formelle, anatomique, qui existe entre d'autres enfants. Il ne sait pas, alors, avec certitude que cette différence est liée au sexe.

« Qu'en est-il de la nudité de mon corps? » C'était peut-être sa question; car il aurait pu ne vous montrer que son sexe et non pas son corps. Or il a dit : je vais me déshabiller.

P. : Mais ce n'étaient que des paroles.

F. D. : Pardon?

P. : Des paroles seulement. Il ne s'est pas déshabillé.

F. D. : Mais vous avez pourtant dit : « Il s'exhibe. »

P. : Par son...

F. D. : Par son quoi? Il faut parler clair.

P. : Une fois, il a mis les pieds sur le bureau, en disant : « Ah! tu aimes mes mollets? Je crois que je vais venir en short. Et puis non; il fait un peu froid. »

F. D. : Bref, il fait le clown vis-à-vis de vous comme vis-à-vis de son père. Il se comporte avec vous comme avec lui, puisque vous dites que, selon le père, il fait le cirque. Vous aviez déjà là un élément d'interprétation.

Vous n'avez jamais donné d'interprétations? Vous ne lui avez jamais posé de questions? Les questions sont souvent les meilleures interprétations. Lorsqu'il a dit : « Quand est-ce que je viendrai seul? » par exemple, vous pouviez lui demander : « Est-ce que tu désires me parler? Pourquoi veux-tu me voir seul? Veux-tu me dire quel est ton problème à toi, maintenant que je viens d'écouter tes parents? Qu'est-ce qui ne va pas pour toi? Pour *toi-toi*, et non pas pour toi-ta maîtresse, pour toi-ton père, pour toi-ta mère. Qu'est-ce que tu veux changer dans ta vie, sans que tu y parviennes? »

P. : Je pense que je le lui ai demandé... Mais, ce qui ne me décidait pas à commencer vraiment, c'est que j'obtenais de lui des réponses du type : « Pour prendre le bus tout seul... »

F. D. : Oui, c'est ça : pour devenir autonome. C'est ce qu'il vous donnait en réponse. Ce qui amène immédiatement la question : « Prendre le bus, seul? Tu ne l'as donc jamais fait? » – si la séance de psychothérapie est pour lui l'occasion de pouvoir prendre le bus tout seul.

Mais c'est tout? Il ne dessinait pas, ne vous racontait pas de rêves? Vous ne lui avez pas expliqué la méthode psychanalytique? Ça rime à quoi? Ce n'est pas possible. C'est comme si vous étiez là, payé pour être en relation érotique avec un enfant. Il n'en sait rien, lui, puisque vous ne lui avez pas dit pourquoi vous restiez impassible, payé à le regarder et à l'écouter, en y prenant peut-être passivement du plaisir.

Cette cure est partie complètement à la dérive, dès le début. Cet enfant va à la dérive, il cherche ce que vous attendez et, comme son père semble satisfait de le voir faire le clown, il fait la même chose avec vous.

Cependant, la question qu'il pose en s'exhibant est tout autre que ce qu'il dit en paroles. Qu'est-ce que cela signifie, qu'il s'exhibe? Qu'il se montre? Qu'il circule dans la pièce? Il vous adresse de cette façon une question. C'est peut-être : « Comment est-ce que toi tu te meus? » Quand l'inconscient pose une question, notre rôle est de faire en sorte qu'elle se précise.

P. : Je crois que je n'y suis pas arrivé.

F. D. : Et vous n'y arriverez jamais dans cette cure. Est-ce que cet enfant vous paie un prix symbolique lorsqu'il vient en séance?

P. : Non.

F. D. : Non plus? Alors, vous voyez : vous le traitez, à douze ans, comme un citoyen anonyme. Le président de la République, les impôts, les institutions vous commettent là, à une fonction, vous paient à recevoir n'importe qui, c'est-à-dire quelqu'un qui ne se prend pas en charge, puisque vous ne lui avez pas donné la possibilité de le faire, alors qu'au départ il ne demandait que cela. Il en avait marre d'être un objet de plaintes, de n'être pas regardé par son père, de n'être pas écouté comme une parole vivante. Il avait un comportement de bébé, comme si son père était un homme maternant à l'égard du petit frère. Il cherchait comment pouvoir être rival de cet objet phallique qu'était le petit frère pour le père.

C'est le problème de l'Œdipe du père – et certainement aussi de celui de la mère. Mais, pour un enfant de douze ans, cela n'a plus d'importance, car nous pouvons prendre en traitement, dès l'âge de huit ans, un enfant qui s'assume tout seul, c'est-à-dire en tant qu'il reconnaît que c'est lui qui souffre et qui demande comment en sortir.

Mais on ne peut pas tout faire dans une séance. L'enfant est là pour s'exprimer, l'analyste pour l'écouter, pour le comprendre au niveau où il s'exprime. Ce garçon s'exprime de façon muette parce que vous êtes muet.

Je peux seulement vous suggérer de prendre un contrôle individuel pour ce cas. Ce séminaire n'est pas un lieu de contrôle. Il a pour but de faire comprendre comment cadrer le travail analytique dès le début, et pourquoi il est indispensable notamment d'expliquer aux parents de quoi il va être question. Pour cela, il faut leur demander : « De quoi pensez-vous que votre enfant souffre? » C'est la première question.

Une mère vous dit qu'elle souffre. Mais son enfant, lui, de quoi souffre-t-il? Vous entendrez parfois une réponse indirecte à une question que vous n'avez pas posée. Cette mère ne s'est pas projetée dans son fils, mais dans l'imaginaire de son fils. La mère de ce garçon trouve que le père est trop sévère avec lui, ou plutôt qu'il ne l'aime pas. Et c'est quelque chose qu'elle a dit devant l'enfant. Votre rôle de psychanalyste, à ce moment-là, est de demander à cette femme : « Vous pensez que votre mari n'aime pas son fils. Comment votre père vous montrait-il, à vos frères et à vous, qu'il vous aimait? » Toujours ramener les gens à eux-mêmes. Pourquoi projette-t-elle sur son fils sa propre souffrance, en disant que le père ne l'aime pas? A quoi le voit-elle? Il faut bien qu'elle ait une référence; et ce ne peut être que sa relation à son propre père. Mais il est également possible qu'elle veuille que le père de l'enfant soit, en réalité, comme une mère; car elle a l'air de dire – ce qui semble vrai? – qu'il aime le petit. Bien que le second n'ait que cinq ans, ce doit être un enfant qui aime à faire le clown avec son père, ou à être avec lui un objet informe, et non pas un sujet vertical, masculin, allant-devenant homme.

Mais, avec cette femme, vous ne pouviez situer tout cela dans un cadre psychanalytique que dans la référence à son père à elle. Elle vous aurait peut-être donné des éléments fort intéressants à propos de l'arbre généalogique de son enfant, c'est-à-dire sur sa symbolique œdipienne à elle.

Comment cette femme a-t-elle rencontré son mari? Quelle a été la parole muette, dans leur relation de couple, qui a permis à l'enfant de prendre corps, de naître? Comment l'enfant, en tant qu'autre pour elle, s'est-il comporté depuis sa naissance? L'intelligence de ce garçon est vive, il a manifestement une excellente mémoire, puisque le père a remarqué l'acuité de son observation. Il retrouve les chemins, retient les noms, ceci prouve que, depuis qu'il est tout petit, il a dû observer tout autour de lui et tout écouter.

Il y avait donc, là, tout un cadrage de psychothérapie à faire; cadrage indispensable pour que le sujet élucide, lui-même, jour après jour, ce qu'il en est de sa symbolisation d'être autonome, et qu'il puisse désirer être responsable de lui-même, dans son identité sexuée.

4

Psychothérapie d'une infirme

Les aveugles ne deviennent jamais autistes - Traitement d'une jeune fille sourde aveugle.

P. : Pourriez-vous nous éclairer un peu sur les origines de l'autisme?

F. D. : Ne devient pas autiste [1] un enfant qui a toujours eu, d'heure en heure et de jour en jour, des relations langagières avec l'adulte qui s'occupait de lui. Pour qu'il y ait autisme, il faut qu'il y ait eu une rupture, parfois très précoce, dans la relation mère-enfant. C'est sans doute à l'occasion de cette rupture non parlée que l'Autre manquant, la mère, a été remplacée par une partie du corps de l'enfant lui-même. Une partie du sujet est devenue, pour lui-même, l'Autre. Enfin! C'est ainsi qu'on désigne la masturbation. C'est même connu dans le langage courant : « Il fréquente la veuve poignet » est une expression en usage. Tous ces mots – réfléchissez-y – sont d'une clarté totale quand on les réfère à la théorie psychanalytique. C'est de l'Autre qu'il s'agit. Chez les autistes, l'Autre se réduit à une partie de l'image d'un corps, supposé présent. Le sujet est aliéné par ses sensations, dans l'objet de son désir, qui est à lui seul le corps imaginé de l'Autre. Au lieu d'une castration symbolique, c'est une automutilation imaginaire dont l'effet est pseudo-symbolique. Processus imaginaire, le morcellement de soi permet au sujet de se croire en relation avec un autre, et non plus seul. La mastur-

1. Sur l'autisme, cf. F. Dolto, *Séminaire de psychanalyse d'enfants*, t. I, Paris, Éd. du Seuil, 1982, chap. 11, 12, 16, et *l'Image inconsciente du corps*, Paris, Éd. du Seuil, 1984, « Une entrée dans l'autisme à cinq mois », p. 238-243.

bation paraît bien être un processus de lutte contre l'esseulement; en ce sens, elle est de l'ordre de l'autisme, mais d'un autisme si évolué, quant au schéma corporel, qu'en réalité ce n'est plus de l'autisme. C'est pourquoi la masturbation entre dans le cadre du processus qu'on appelle une névrose. Il n'y a pas d'autisme proprement dit sans compulsion. Mais je ne fais pas, quant à moi, de distinction tranchée entre la psychose qu'on appelle autisme et le comportement de repli sur soi avec l'illusion de n'être pas seul.

P. : Mais une déficience organique, la cécité par exemple, n'induit-elle pas nécessairement l'autisme?

F. D. : Sûrement pas. Il est très, très rare qu'un aveugle soit autiste.

P. : Mais s'il s'agit d'un enfant aveugle et sourd?

F. D. : Ah oui! S'il est aveugle et sourd de naissance, cela peut le mener à l'autisme. Alors cela ne vient pas du sujet lui-même, mais de ceux qui l'entourent, car ils ne peuvent communiquer avec un enfant dont le corps est en quelque sorte fermé, du fait qu'il lui manque ces deux sens : la vue et l'audition. Il lui reste le tactile et l'olfactif. Cependant, les adultes sont si peu habitués à communiquer seulement par le toucher et l'odorat qu'ils ne savent pas mettre en code cette communication subtile que l'enfant désire et cherche par ces deux sens. Faute de pouvoir établir une telle communication, on ne pourrait pas les guérir par une thérapeutique psychanalytique. Or c'est possible. Contrairement à ce que l'on croit, les enfants sourds aveugles aiment communiquer psychiquement avec les autres. Ils ont une perception des autres, par l'olfaction et par une espèce de radar cutané que nous avons tous, du moins à la naissance. Ce radar, qui nous permet de percevoir à distance les objets dans l'espace, se développe chez ceux qui, ayant été des voyants, deviennent aveugles, à l'âge adulte.

J'ai lu, quand j'avais peut-être quatorze ou seize ans, l'autobiographie d'un aveugle, un mutilé de la guerre de 1914. Il racontait comment il était devenu, en quelque sorte, voyant, tout en étant aveugle. C'était un récit très intéressant. C'était arrivé un jour J, à une heure donnée. Il se souviendrait toujours, écrivait-il, avoir senti la distance qui le séparait du mur, en entrant dans une pièce. Il a évalué l'éloignement d'un meuble : la première fois qu'il en a eu l'expérience, il en était sans doute assez proche, peut-être à soixante-dix centimètres; plus tard, il pouvait le « sentir » à un mètre. Il a ainsi affiné progressivement ce sens, que nous avions certainement tous, mais que nous avons perdu. Il se comportait donc dans l'espace exactement comme un voyant.

Aujourd'hui, les aveugles de naissance font du ski. Vous ne le saviez pas?

Ainsi, nous avons des quantités de perceptions dont nous ne nous servons pas. La difficulté, dans le cas d'un enfant sourd, c'est que les adultes qui l'entourent ne savent pas entrer en communication avec lui. Ils croient que l'enfant n'a pas de perception d'eux, qu'il n'y a donc pas de langage à établir.

> P. : Le diagnostic d'autisme dépend donc disons, de... l'habileté de ceux qui...

F. D. : Non. Le diagnostic d'autisme est un diagnostic de fait, d'observation. Mais un enfant n'est pas autiste, *il l'est devenu*.

> P. : Je voulais dire : s'il ne devient pas autiste, ce sera grâce à l'ingéniosité ou l'habileté de son entourage.

F. D. : Enfin... de l'« habileté », si l'on peut dire.

> P. : Dans les civilisations occidentales, par exemple, l'odorat a très peu de valeur – il en a eu, je crois, jusqu'au XVIIe siècle –, mais c'est, effectivement, une communication qui, *a priori*, est coupée entre l'enfant et l'adulte.

F. D. : C'est une communication refoulée; du fait que nous, adultes, nous avons refoulé la valeur individuante de l'odeur de chacun, sauf dans les relations érotiques intimes, dont on ne parle pas.

P. : En tout cas, c'est une communication qui n'est plus inscrite...

F. D. : Oui, elle n'est plus inscrite dans le code de la communication verbale. On n'éduque pas, malheureusement, chez les enfants, la discrimination olfactive. Et, à l'exception des quatre couleurs fondamentales, on ne fait guère davantage pour leur permettre de distinguer, de reconnaître les nombreux tons de chacune de ces couleurs, et leurs combinaisons. Il en va de même pour l'intelligence et la mémoire du toucher comme de l'audition. C'est tardivement qu'on initie l'enfant à la musique, quand ce n'est pas : jamais. Ainsi, le code des communications sensorielles est lacunaire ou absent.

P. : Comment retrouver ce code, avec des enfants sourds aveugles?

F. D. : Comme avec tout autiste; cependant, c'est plus difficile avec un aveugle sourd, parce qu'il lui manque deux sens dont nous nous servons, sans nous interroger sur leur fonction et leur valeur signifiantes.

P. 2 : On m'a dit qu'il y avait des thérapies psychanalytiques avec ces enfants.

F. D. : Moi, j'en ai fait une à Trousseau, avec une jeune fille de dix-neuf ans, qui était sourde et aveugle. Au début du traitement, elle avait un dixième d'audition et un dixième de vision à un œil, le seul avec lequel elle pouvait voir un tout petit peu, en portant d'énormes lunettes; à la fin, elle avait trois dixièmes d'audition et deux à trois dixièmes à cet œil.

En tout cas, l'issue de cette cure a été extraordinaire, puisque cette jeune fille sourde aveugle est entrée dans un atelier de maroquinerie pour y travailler exactement comme les autres ouvrières.

C'était une personne très intelligente. Sa mère a eu la rubéole quand elle l'attendait. Il y a eu des conciliabules entre médecins : allait-on avorter cette femme? Celle-ci a refusé, acceptant le pronostic d'une infirmité de son enfant à naître. Tel était le début de l'histoire de l'enfant. Les parents, très catholiques, ne voulaient pas entendre parler d'avortement. C'est un fait très important, parce que, lorsque l'enfant est née – appelons-la Corinne –, on s'attendait à ce qu'elle fût une infirme. Et, comme c'était le cas, « on a remis en chantier »; de sorte qu'un autre enfant est né quand elle a atteint dix mois. « Celle-là, c'était notre petite croix. » On la garderait toute la vie, mais on aurait un autre enfant. Et la « petite croix », on l'a mise dans un couffin. Elle y est restée, jusqu'au jour où elle en est sortie pour commencer à en faire le tour. Elle a marché au même âge qu'un autre enfant, mais elle était idiote; très petite, des yeux aux fentes minuscules, les oreilles au pavillon mal formé. Audition et vision nulles. Son puîné, un garçon, était au contraire vivant, actif, intelligent. Corinne semblait l'ignorer.

Comment vivait-elle? Elle s'accrochait à la jupe de sa mère, de temps en temps, et tournoyait ainsi dans l'appartement. On l'emmenait en voiture, on la ramenait; personne ne communiquait avec elle. Mais elle vivait apparemment sans problèmes, de façon quasi végétative. Envahie de pulsions passives, elle ressentait certainement très intensément tout ce qui se passait pour son petit frère, comme s'il vivait à sa place; pour elle.

Les parents ont eu un troisième enfant – elle avait alors neuf ans. Et un jour, horrifiée, la mère a trouvé Corinne, des ciseaux à la main, cherchant à crever les yeux du bébé. Affolement! Corinne était déjà débile, infirme; voilà qu'elle devenait dangereuse! Il fallait la mettre à part, s'en séparer.

Les parents ont consulté un médecin qui a eu la finesse de leur dire : « Mais elle est très intelligente, pour avoir fait ça! » Il l'a examinée et il a déclaré : « Elle est sourde et aveugle. » Un dixième de vision, un dixième d'audition. On l'a mise au régime des leçons particulières, à neuf ans, avec un professeur pour sourds-muets. En quelques mois, elle a appris à lire en relief (il s'agissait de signes gravés; ce n'était pas le braille) et à écrire.

Elle a vécu ainsi, sur cet acquis de lecture et d'écriture. Sa mère s'est mise à penser qu'elle était intelligente. Elle s'est occupée d'elle, l'a entourée. Corinne participait davantage à la vie de la famille. Elle a appris à mettre le couvert et à faire des tas de petites choses, comme tout enfant. Elle tâtait tout. Et elle est devenue une petite fille à qui l'on permettait des quantités de privautés tactiles. Grâce à quoi, elle s'adaptait à une vie familiale qui restait, bien sûr, très réduite; car, si elle avait des relations par contact avec la grand-mère, le grand-père, le père ou la mère, elle devait toujours demeurer à une place d'enfant infirme.

Le frère qui n'avait que dix mois de moins qu'elle – il était comme son jumeau –, s'était développé de façon très normale. Le petit dernier aussi; mais, dès qu'il avait commencé à marcher, il s'était mis à agresser sa sœur. La dame qui s'occupait de l'instruction de Corinne avait été assez intelligente pour dire à la mère qui voulait toujours séparer la sœur et le petit : « Mais non, cet enfant n'est pas dangereux pour elle, parce qu'elle est beaucoup plus grande. Laissez-les. » Et il est heureux, d'ailleurs, que Corinne se soit coltinée ce petit frère qui l'agressait.

C'est quand le petit est entré à l'école maternelle que Corinne a commencé à s'éteindre, à vivre comme un chat ou un animal domestique, dans la maison. Et ce fut la stagnation de tous ses progrès scolaires.

Sa mère lui a appris, alors, à faire de la tapisserie. Du reste, Corinne m'a montré le travail qu'elle faisait à cette époque-là; il était parfait. Elle utilisait, bien sûr, n'importe quelle couleur, mais elle faisait de la tapisserie à longueur de journée. Elle épluchait les légumes. Elle était assez habile. C'est pourquoi un atelier pour handicapés l'avait acceptée. Elle s'y plaisait.

Puis, quand elle a été réglée, elle est devenue nerveuse. (Tout cela, on me l'avait expliqué, ce n'est pas elle qui me l'avait dit.) Elle s'est mise à dérober les cigarettes de son père et à fumer, refusant les tâches qu'on lui proposait. On a dit : « Tant pis! Qu'elle fume! » *(Rires.)* Et on l'a laissée fumer – c'était le cas de le dire. D'ailleurs, quand je l'ai vue, elle avait l'habitus de quelqu'un qui semble indifférent, balançant une jambe qu'elle croisait sur l'autre, fumant cigarette sur cigarette (c'étaient des Gauloises), dès qu'elle n'était plus occupée à une tâche à la cuisine – ce qu'elle aimait bien faire encore, à condition que personne ne le lui demande. Et puis, elle n'était pas commode, piquant des colères si l'on voulait la distraire de son farniente. Vers dix-sept ans, elle était devenue méchante, intolérable dans les moments de crise; on l'avait placée dans un hôpital psychiatrique.

Or, dans cet hôpital, elle, qui ne voyait ni n'entendait rien, dès qu'une assistante sociale passait, elle sautait sur elle pour l'agresser. Un jour – c'était peu après son entrée –, elle s'en est prise à l'une d'elles, et lui a enlevé, par morsure, une partie de la joue. C'était deux ans avant le début de sa cure avec moi. Elle se jetait sur les assistantes sociales, comme une tigresse; seulement sur les assistantes sociales! *(Rires.)* Elle devait les reconnaître, plus ou moins, à la couleur bleu marine de leur uniforme. J'ai appris que la première qu'elle avait attaquée était celle qui avait indiqué à sa mère la solution de l'hôpital psychiatrique, et qui d'ailleurs l'y avait amenée. Les autres ont pris la suite. Jusqu'au jour où un médecin du cadre de l'hôpital, récemment nommé, a vu cette tigresse du Bengale se précipiter sur une proie – c'était la énième fois qu'elle agressait une assistante sociale circulant dans les allées sans s'attendre à être ainsi assaillie. Le médecin a voulu étudier le dossier de cette pensionnaire désœuvrée et passablement dangereuse. Il a pensé qu'elle pourrait peut-être venir à Trousseau, et qu'on pourrait tenter une psychothérapie. On n'avait jamais rien fait pour elle, depuis trois ou quatre ans qu'elle était là. On ne pouvait quand même pas la mettre en cellule, ni la tenir en laisse quand une assistante sociale passait dans le couloir.

C'est ainsi qu'elle est venue à Trousseau, à dix-neuf ans. Objet partiel de sa famille et de la société, elle n'avait jamais eu le statut de sujet. J'ai commencé une psychothérapie avec elle. Sa mère allait la chercher à l'hôpital psychiatrique et l'y ramenait ensuite.

Je ne peux pas vous raconter ce cas en entier; ce serait trop long. L'une des difficultés a été de lui faire comprendre des mots abstraits.

Le transfert sur ma personne s'est vraiment fait lorsque j'ai mis une crème de mains. C'était l'hiver, j'avais les mains gercées, et j'avais mis une crème qui sentait le citron – je l'aimais bien, d'ailleurs. Elle a mimé, avec son nez, l'expression de quelqu'un qui est alerté par une odeur. J'ai vu qu'elle flairait un air qui l'intéressait. Alors j'ai rapproché ma main d'elle; elle l'a prise;

je lui ai montré que c'était ma main. Elle l'a mise sous son nez, en donnant l'expression d'un véritable plaisir. C'est ainsi que le contact s'est vraiment établi.

Peu à peu, je l'ai castrée de son envie de fumer. Ce fut un drame la première fois que j'ai essayé de faire en sorte qu'elle ne fume pas tout le temps d'une séance. Finalement, comme elle m'aimait, elle a accepté. Je lui ai proposé crayon, papier et modelage, car, occupée à fumer sans arrêt, elle ne pouvait rien faire d'autre, restant ramassée sur elle-même. Elle a donc consenti volontairement à la privation en séance.

Un autre moment difficile fut de lui faire reconnaître – je ne sais pas si j'y suis parvenue, mais je le crois – que l'amitié et l'affection n'étaient pas la sensualité. Je lui prenais le bras ou je lui touchais l'épaule, puis j'écrivais sur une ardoise magique, de celles qui s'effacent quand on tire la partie mobile : « amitié », « madame Dolto, amie de Corinne ». Elle lisait du coin de l'œil droit, la tête penchée, tout près de l'ardoise. Elle faisait : « Hun... hun... hun... » On avait l'impression qu'elle comprenait peu à peu. Puis, les effets s'en sont reportés sur madame Arlette, la surveillante, et sur d'autres : elle commençait à regarder les personnes de la consultation, et je les lui présentais.

Il s'est produit alors quelque chose de très étonnant. Comment comprendre cela chez une aveugle? La mère est venue, un jour, et m'a dit : « Il s'est passé un drame ce matin. » Cette femme allait chercher sa fille, tous les quinze jours, le samedi; elle la gardait jusqu'au mardi matin, jour de la consultation, puis la reconduisait à l'hôpital. Or, ce jour-là, Corinne s'était levée de bonne heure, elle était allée dans le cabinet de toilette de sa mère, pour se pomponner avec les fards – bien timides – de cette dame catholique et très « comme il faut » *(Rires.)* Enfin, elle s'était mis du rouge à lèvres, du rose aux joues, et de la poudre partout. Le père, la voyant comme ça, lui a donné deux formidables claques, en disant : « Ça y est! Ma fille devient une putain! » *(Rires.)* C'était dramatique. Corinne était arrivée à sa séance dans un état de stress total. La mère était très ennuyée. Quant à moi, j'étais admirative, car cette jeune fille ne s'était nullement attifée de façon ridicule : ce n'était pas trop. Et pourtant, Dieu sait ce que nous voyons parfois comme mascarade chez des filles de quatorze ans, quand elles veulent se mettre du rouge aux lèvres ou du fard aux yeux! Il faut voir ce que c'est! Mais, chez elle, rien de semblable. Elle était un peu fardée, mais avec assez de goût. Elle était à son avantage. C'était pour moi, et pour les personnes de la consultation, qu'elle s'était faite belle.

Il n'a pas été facile de réparer ce traumatisme. J'ai fait venir le père et j'ai parlé avec lui. Je lui ai dit que sans doute la solution de l'hôpital psychiatrique l'avait soulagé, lui, à l'époque où il n'y en avait pas de meilleure. Maintenant, Corinne changeait.

Elle avait, vous savez, ces gestes que l'on voit parfois aux mongoliens, quand ils sont narcissisés dans leur corps et dans leurs toilettes. Elle aimait se montrer, elle attendait qu'on lui fasse des compliments. On ne comprenait pas ce qu'elle voulait dire. Elle écrivait : « Corinne belle. » C'était très émouvant.

Par la suite, elle a commencé à être de plus en plus humaine, s'occupant à la maison, faisant la cuisine. Sa famille pouvait désormais la garder une journée par semaine, sans être gênée. Puis, la mère a retrouvé l'atelier où Corinne avait travaillé avant d'être hospitalisée. Cet atelier, qui occupait surtout des jeunes filles débiles, a accepté de la reprendre à l'essai, un après-midi par semaine, le jour où elle avait une séance à Trousseau. Elle a ainsi recommencé, peu à peu, à travailler avec d'autres. Ce qui est important, c'est qu'elle les aimait et qu'elle était aimée d'eux.

Ce changement-là, elle ne l'avait pas connu auparavant, même à quatorze ans. A cette époque-là, elle faisait ses exercices avec sa maîtresse, mais elle n'entrait en relation avec personne. C'est à l'atelier seulement que cela est devenu possible.

Puis, un beau jour, on a décidé qu'elle quitterait l'hôpital psychiatrique. Il s'est passé alors quelque chose d'extraordinaire. Il était bien convenu qu'elle poursuivrait sa psychothérapie. Après la séance qui précédait sa rentrée définitive dans sa famille, elle retourne près de sa mère, dans la salle d'attente. Madame Arlette lui demande ; « Alors, Corinne, vous rentrez chez vous? Vous quittez l'HP? » et, s'adressant à la mère : « C'est bien aujourd'hui qu'elle retourne à la maison? » A ce moment, la mère, qui était assise, tombe à terre, tout de son long. La voilà évanouie. Madame

Arlette m'appelle, affolée. Je lui dis : « Surtout, n'y touchons pas! » Et nous l'avons laissée par terre. Nous avons juste mis un petit coussin sous sa tête, et nous avons attendu. Corinne restait là, à fumer une cigarette, comme si elle regardait sa mère, en balançant sa jambe. Elle était très contente et ne manifestait aucune émotion. En tout cas, elle n'était nullement effrayée. Enfin, je me suis mise à genoux à côté de la mère et, dès qu'elle a entrouvert un œil, je lui ai dit : « Quand est-ce que cela vous est déjà arrivé? – Mais qu'est-ce qui m'est arrivé? » Je lui redis alors les paroles que la surveillante avait prononcées avant son évanouissement. Que répétait cette femme? C'est ce que je me demandais. Elle s'est exclamée alors : « Ah! mais c'est vrai. Je ne m'en souvenais pas, mais, la première fois que j'ai eu mes règles, je me suis évanouie; et, la seconde fois, je me suis évanouie à nouveau. Depuis, cela ne m'est jamais arrivé. » Et puis, ce fut tout. Cet événement n'a pas eu de suites. Si... Il a tout de même été décidé que cette dame irait voir un thérapeute pour elle-même. Ce qui était singulier, c'est que le retour de Corinne signifiait qu'il y aurait désormais deux femmes en activité génitale à la maison, la mère et la jeune fille. La mère de Corinne s'était retrouvée à la place qui était devenue la sienne vis-à-vis de sa propre mère, lorsque, fille unique, elle avait eu ses règles pour la première fois, devenant ainsi la seconde femme au foyer de ses parents.

C'est une histoire très curieuse, une de ces observations psychanalytiques dont on ne connaît jamais tous les détails, parce qu'on ne sait pas tout ce que le patient a vécu dans le transfert.

Actuellement, Corinne est complètement adaptée à son atelier. Elle gagne peut-être six cents francs par semaine. Elle fait des sacs, elle travaille même à la machine à coudre, lorsque c'est son tour.

Elle a fait une rage épouvantable, voulant casser toutes les machines, parce que la monitrice lui interdisait de s'en servir. Quand celle-ci m'a téléphoné, je lui ai dit : « Peut-être pourriez-vous essayer? – Mais elle va se percer les doigts! Tout le monde a peur. » Or, elle s'est très bien débrouillée. Elle a commencé à piquer à la machine des lanières toutes droites. Maintenant, elle peut faire toutes les piqûres de sac à la machine.

Elle peut conduire la fabrication d'un sac, du début jusqu'à la fin.

Voilà le traitement psychanalytique d'une jeune fille de dix-neuf ans, sourde et aveugle; on l'avait, évidemment, étiquetée « débile », alors qu'elle a toujours été fort intelligente!

P. : Elle ne parle pas?

F. D. : On ne la comprend pas bien; mais elle a repris des cours d'orthophonie. Elle écrit, elle dessine, elle se fait comprendre de qui l'aime, en particulier de ses camarades d'atelier.

Je dois apporter à cette observation un élément, qui a été le boom du développement de Corinne. C'est qu'à l'hôpital psychiatrique, elle a eu des échanges de cigarettes avec un Nord-Africain, un homme « bien », c'est-à-dire qui n'était pas très malade mais un peu dépressif. Elle allait lui demander des cigarettes et il lui en donnait; elle-même lui en offrait quand elle en avait. Et puis, un beau jour, elle a couché avec lui. Les éducateurs étaient affolés; et sa mère aussi, bien sûr. Corinne avait alors vingt et un ans; elle était en psychothérapie depuis deux ans; elle connaissait cet homme depuis quelques mois.

Le seul dommage dans cette affaire, c'est qu'un autre malade, les ayant vus – cela se passait en plein jour, dans le dortoir –, en a profité pour essayer de la violer. Elle était furieuse – c'est grâce à cela qu'on a su l'histoire. Elle hurlait qu'elle ne voulait pas de cet homme-là. Elle a fait comprendre que c'était l'autre qu'elle aimait et qu'elle voulait retrouver. C'est ce que, prudemment, on a fait en sorte d'éviter. Grâce à cet incident, j'ai pu lui dessiner et lui représenter en modelage les organes sexuels masculins et féminins. Je lui ai dit et écrit les mots : « Maintenant, tu es femme. » Comme je ne connaissais pas le nom de l'homme, je l'ai appelé « l'homme qui te donnait des cigarettes ». Elle était tout à fait ravie. Naturellement, la mère et l'équipe de l'hôpital psychiatrique étaient dans l'attente, pour un mois : serait-elle enceinte, ou non? Elle a eu ses règles. Ouf! Il n'y a pas eu d'autres fois, puisqu'on a évité, ensuite, qu'elle aille du côté du pavillon des hommes. C'est après que nous avons pu parler, elle et moi, de cette expérience génitale, qu'elle a commencé à se développer véritablement. Sa mère a dit : « Mais alors, elle a des besoins sexuels! C'est terrible! » Elle en avait déjà auparavant. Or, tout de même, cet événement avait eu lieu trois mois avant que la mère ne tombe évanouie, à l'idée de reprendre sa fille à la maison.

Je ne sais pas du tout s'il aurait été possible d'entreprendre une cure psychanalytique plus tôt. Un traitement à un âge plus précoce aurait pu être envisagé, peut-être, si l'insertion sociale de la patiente avait été meilleure. Mais je m'en suis tenue, ici, à la seule observation de ce qui s'est passé.

J'ai accepté de cesser la psychothérapie de Corinne qui me signifiait son désir ainsi : elle entrait, me disait bonjour, s'asseyait deux secondes, puis me disait au revoir. Un jour elle m'apporta un sac qu'elle avait entièrement assemblé et cousu elle-même. Heureuse de me remercier. Au revoir, et aussitôt partie. La mère disait que tout allait bien pour Corinne à son atelier et à la maison. Elle avait repris des leçons d'orthophonie pour se faire mieux comprendre, et quand elle n'y parvenait pas elle écrivait ce qu'elle voulait dire grâce à l'ardoise magique (qu'elle avait inaugurée avec moi).

5

Enfants mutiques

Comment aborder le traitement d'un enfant mutique – Le secret généalogique – Le cadavre dans le placard – L'identification au masque.

P. : J'ai en cure un enfant silencieux chez lequel je n'avais pas perçu de demande, la première fois.

F. D. : Est-il motivé ou non? C'est là la première question que l'on doit se poser à propos de l'enfant qui vient nous voir. Il est très fréquent qu'il n'y ait pas de demande à la première séance. Les enfants ne savent pas encore en quoi cela consiste, ni pourquoi ils viennent. Celui-ci n'avait peut-être pas été préparé par ses parents, ou par le premier contact qu'il a eu avec vous, ou même par la personne qui l'a accueilli au centre où vous le recevez.

P. 1 : Mais je n'ai pas fini d'exposer mon cas! *(Rires.)*

F. D. : Oui, mais la première question c'est ça, tout de suite : est-il, lui, demandeur d'aide ou n'est-il pas demandeur?

P. 1 : Finalement, je l'ai pris, à la demande des parents, parce qu'il avait des symptômes scolaires : des difficultés pour la lecture, et puis... il ne parlait pas trop. Il est donc en psychothérapie, depuis près de trois mois. Aux dires des parents, non seulement il a du mal à parler, mais surtout il fait trop de grimaces chaque fois qu'il s'apprête à dire quelque chose. Les mots ne sortent pas. Il y a tellement d'efforts dans son visage que tout se coince. J'ai institué avec cet enfant le paiement symbolique, qu'il a beaucoup de mal à assimiler. Depuis la deuxième ou la troisième séance, je lui ai demandé d'apporter un dessin. Mais c'est à moi de lui demander, à chaque fois, s'il a ou non apporté quelque chose, parce qu'il est toujours silencieux. Si je lui dis, quand il garde le silence : « A quoi penses-tu? » il répond toujours : « A rien. – Est-ce que tu as quelque chose dans ta tête? – Rien. » Que ce soient des questions très précises ou presque banales, il n'a pas l'air de comprendre. Il a un regard perdu. Lorsque je lui répète la question, deux ou trois minutes après, c'est comme s'il l'avait oubliée ou qu'il ne l'avait pas entendue : « Je ne sais pas ce que vous avez dit. »

Alors, je ne sais pas. Cet enfant me pose, en tant que thérapeute, un problème. Faut-il, j'allais dire, lui extorquer ses paroles, comme pour exorciser ce silence en lui, ou bien faut-il supporter son mutisme?

Le problème est : comment faire parler un enfant silencieux?

F. D. : Mais, dans le langage, il n'y a pas que la parole. Et, jusqu'à présent, cet enfant n'est pas du tout entré en langage avec vous : en aucune sorte de langage.

P. 1 : Il commente un peu ses dessins.

F. D. : Il fait un commentaire verbal ou écrit?

P. 1 : Il verbalise ce qu'il a dessiné. A ce propos, je me suis posé la question de savoir s'il fallait lui faire commenter les dessins qu'il apporte en paiement symbolique. Car, d'ordinaire, je prends cette petite paie symbolique, et on n'en parle plus.

F. D. : Le caillou, le ticket de métro, la pièce de cinq centimes ou même un simili-timbre, selon le contrat établi avec l'enfant, sont, en effet, un préalable à la relation analytique. Ce paiement n'est pas destiné, en tant que tel, à faire parler. Mais ce ne peut être un dessin. Car, si un enfant apporte un dessin, ce n'est plus un paiement symbolique, c'est un « dire », un fantasme, comme ce qu'il représente en séance pour communiquer avec vous.

Il n'est pas certain d'ailleurs que, ce dessin, il ne vous l'apporte pas sous l'effet d'une intimidation de ses parents qui sont au courant de votre demande, et qui veulent qu'il soit soigné. On n'établit le contrat du paiement symbolique que pour être sûr du désir de l'enfant : non pas du désir de venir nous voir, mais d'être soigné, aidé, sachant que nous sommes payés réellement pour ce que nous faisons.

On ne peut pas prendre un enfant en cure sous prétexte qu'il a un symptôme. Du ou des symptômes, il faut parler, en présence de l'enfant, avec les demandeurs, en l'occurrence les parents. Il faut connaître la genèse du langage somatique qui a été le sien dans sa relation à ses parents; apprendre d'eux comment l'histoire de l'enfant s'est d'abord inscrite dans ce langage somatique (puisqu'ils sont les seuls à pouvoir nous en parler). Comment l'enfant a-t-il été conçu? En accord avec leur désir conscient, ou contre ce désir? A-t-il été conçu par surprise? Et, dans ce cas, a-t-il été accepté rapidement ou non? Y a-t-il eu désir ou tentative de procéder à une IVG? Menace de fausse couche spontanée? Le couple était-il constitué, ou bien est-ce la grossesse qui a décidé de la formation du couple?

Puis, il faut interroger les parents sur les circonstances de la naissance, ses modalités physiologiques, morales, affectives, leurs réactions concernant le sexe de l'enfant, la nomination; mais aussi sur l'aspect de ce nouveau-né, sa santé, celle de la mère, la lactation, l'allaitement.

Ainsi, le désir de cet enfant, qui se montre peu expressif, est à repérer dans ce que disent les parents de son langage somatique. C'est l'histoire de l'enfant qui fait le contenu des premières séances, surtout lorsque, amené par ses parents ou ses éducateurs, il n'est pas lui-même demandeur. Pourtant, beaucoup d'enfants entrent immédiatement en contact avec le psychanalyste grâce à un objet : dessin, pâte à modeler, papier que l'on déchire; ou bien par des actions : montrer; allumer ou éteindre la lumière. Ceux-là sont d'emblée en relation. Et c'est du langage, sans pour autant qu'il soit verbal. Mais il y a de quoi établir une communication.

Or il me semble que, dans le cas dont vous parlez, tout se passe dans le non-dit. Qu'est-ce que répète cet enfant – puisque, la psychanalyse, c'est savoir ce que le sujet répète? Il répète peut-être le besoin d'une écoute qu'il n'a jamais trouvée, ou le fait de n'avoir jamais été qu'un objet de projections. Je ne sais pas. Vous le recevez en institution?

P. 1 : Oui.

F. D. : C'est la difficulté; surtout lorsqu'un enfant a été vu, auparavant, par quelqu'un d'autre, qui nous l'envoie ensuite; les parents étant « suivis » par une autre personne.

Pendant les premières séances, vous n'avez rien pu éclaircir de son histoire, avec ses parents?

P. 1 : J'ai pris cet enfant en traitement, moyennant ses symptômes, mais non pas pour ses symptômes.

F. D. : Mais vous n'avez pas demandé aux parents de vous expliquer comment il en était arrivé là?

P. 1 : Apparemment, le fond de l'histoire était banal, au sens où rien de spécial ne ressortait de sa petite enfance. Il y avait, chez les parents, une certaine angoisse, une préoccupation pour cet enfant qui n'était pas très mignon, ni très sympathique. Mais ce n'était pas la « grosse histoire ».

F. D. : Enfin, c'est tout ce qu'il a entendu dire, lui-même. Qui parlait à la maison? Qui lui parle? Et de quoi? A-t-il toujours été silencieux en séance?

P. 1 : C'est justement le problème. Comme il ne disait rien spontanément, j'ai imposé un délai – de juin à novembre – dans l'attente qu'il formule une demande. Ce ne fut pas le cas. Mais, face à l'angoisse de ses parents, je l'ai pris tout de même, et j'ai essayé, alors, de le rendre responsable de sa parole, grâce au paiement symbolique.

F. D. : Vous avez eu tout à fait raison.

P. 1 : Mais ça n'a rien donné.

F. D. : Mais non! ce n'est pas que ça n'a rien donné; ça n'a pas été donné. Car il ne savait pas encore ce que c'était que d'avoir des échanges avec vous. Ce n'est qu'une fois installée une relation de transfert que le paiement symbolique prend valeur. Il semble que cet enfant soit actuellement avec vous dans un transfert – si c'en est un – qui n'est que phobique : un monsieur le regarde, il regarde ce monsieur; un monsieur lui demande un dessin, il lui en apporte un; ce monsieur lui demande ce qu'il y a sur le dessin, il le dit; mais il n'a pas compris pourquoi il vient en cure.

P. 1 : Il va peut-être arriver à s'expliquer.

F. D. : Non, non. Qu'il parle d'abord avec ses parents pour savoir s'il est, lui, désireux de faire une psychothérapie. Le fait de ne pas vous apporter son dessin doit le conduire à parler avec ses parents. Je suis convaincue qu'il aurait besoin que vous parliez avec eux. Quand il parle, c'est par la bouche de ses parents, à travers leur angoisse.

Comment a commencé son inhibition vocale? Vous ne le savez pas? Les parents n'auraient sans doute pas refusé de vous éclairer sur l'origine de ce trouble et sur tout ce qui a concerné l'oralité chez cet enfant : la façon dont il a été élevé, nourri; par qui? était-ce une gardienne? sa mère? sa grand-mère? y a-t-il eu des événements mortifères (parce que l'inhibition vient très souvent en réponse à un événement mortifère dans la famille)?

Sauf en ce qui concerne un enfant assez grand, qui parle, et dont on sent que les parents ne diront jamais rien, tout en donnant leur accord pour une psychothérapie, il est important, à mon avis, surtout pour un petit enfant, que les parents aient dit tout ce qu'ils avaient à dire sur la genèse de son inhibition vocale, ou d'une inhibition qui n'est d'ailleurs pas seulement vocale. L'enfant dont vous parlez est peut-être encore torché par sa mère. Dans ce cas, il est impossible qu'il vous parle. A-t-il acquis la propreté sphinctérienne?

P. 1 : Depuis très longtemps, il n'a pas eu de problèmes majeurs dans ce domaine. Il est très autonome.

F. D. : S'habille-t-il seul?

P. 1 : Oui.

F. D. : Quel âge a-t-il?

P. 1 : Neuf ans. Il a deux frères, plus jeunes que lui.

F. D. : Son inhibition à la parole...

P. 1 : C'est une inhibition gestuelle. Surtout à la maison. Il fait tellement de grimaces qu'il se bloque.

F. D. : C'est donc qu'il s'exprime par d'autres moyens. Il ne peut pas parler avec sa bouche. Mais peut-il parler avec ses yeux? Commence-t-il déjà à pouvoir le faire?

P. 1 : C'est ce qui me frappe : le vide de ses yeux.

F. D. : *A priori*, on peut penser qu'il n'est pas le fils de son père [1]. On peut, en effet, penser que s'il en est à ce point, à neuf ans, c'est qu'il a pu avoir connaissance d'un tel fait, en entendre parler, et que sa parole de garçon – qu'il a acquise vers sept ans – s'en est trouvée complètement bloquée. Il y a certainement un secret dans sa famille. Pour garder la face, il lui faut taire...

P. 1 : C'est le seul enfant chez lequel j'ai vu, depuis le début de ma pratique, se faire cette sorte de vide devant la parole. Je sais, cependant, qu'il entend chacune de mes questions. Et, lorsque je les lui répète, il déclare ne penser à rien.

F. D. : N'a-t-il subi aucun traumatisme, physique ou d'une autre sorte?

P. 1 : On m'a dit que, depuis sa naissance, il ne parlait pas.

1. Hypothèse qui n'a été ni confirmée, ni infirmée par le thérapeute de l'enfant, à une séance ultérieure du séminaire.

F. D. : Mais il ne s'agit pas ici de quelqu'un qui ne parle pas, mais de quelqu'un qui ne communique pas.

P. 1 : Oui. Vous faites allusion à un secret. Ne sachant pas quel genre de secret il pouvait avoir, je lui ai demandé : « Qui est-ce qui, chez toi, ne parle pas? – Eh bien, il y a moi, en tête, et l'idée de la mort. »

F. D. : Il vous a répondu ça? Non. C'est vous qui aviez l'idée de la mort.

P. 1 : C'est-à-dire qu'il est tellement silencieux qu'il est déjà mort. Je lui ai dit : « Tu es déjà mort, en toi, quelque part, chez toi? » Et j'ai ajouté, aussitôt, pour expliquer ma question : « Qui est mort, dans ta famille? » Il m'a répondu : « Mon oncle. » Au mois de juin, précisément au moment où l'on a reçu l'enfant à la consultation, son oncle s'est pendu. On a donc parlé un peu de cet oncle qu'il aimait bien.

F. D. : Quel oncle était-ce par rapport à lui?

P. 1 : Son oncle maternel. L'enfant a appris cette mort par téléphone; ça lui a fait quelque chose, m'a-t-il dit. Donc, c'est ça.

F. D. : Enfin, c'est déjà ça. Mais cela s'est passé au mois de juin. C'est donc un événement très récent. Alors qu'il semble que l'enfant avait une inhibition de la parole et des échanges scolaires bien avant.

P. 1 : La première séance a eu lieu au mois de juin.

F. D. : Oui, mais la mort de cet oncle était récente?

P. 1 : Vers le mois de septembre.

F. D. : Oui, mais, derrière cet oncle pendu, il y a d'autres cadavres dans le placard. *(Rires.)* Il y a d'autres choses.

P. 1 : Il y a la parole.

F. D. : Mais non. Ce n'est pas la parole qui est en jeu dans cette histoire-là, c'est la face. Sa face ne peut pas laisser passer le courant d'air qui devrait faire entendre sa parole. Vous dites qu'il fait des grimaces, c'est donc qu'à essayer de parler, il perd la face. C'est important, parce que la face commence à prendre valeur pour le sujet au moment de l'acceptation par lui de son image scopique dans le miroir.

C'est pour cela qu'il faudrait savoir s'il n'a pas été inhibé antérieurement; inhibé du cri, par exemple, quand il était petit.

La mort de cet oncle ne peut pas être cet événement prétendument traumatique, ce secret. Mais c'est déjà important qu'il vous en ait parlé.

P. 1 : Oui, même si cet événement a quelque chose de traumatisant, il est trop récent. Il est, disons, anecdotique.

F. D. : Non, ce n'est pas anecdotique, puisqu'il s'agit de l'oncle utérin. Le frère de la mère, à plus forte raison s'il est le frère aîné, a toujours une grande importance, surtout s'il se trouve que l'enfant porte le même patronyme que lui – lorsque, par exemple, le père ne l'a pas reconnu (ce que vous ne savez pas dans le cas de ce garçon). Les hommes de la lignée maternelle sont très importants, du fait que le grand-père et l'oncle maternels portent le même patronyme que la mère lorsqu'elle était jeune fille, et qu'ils sont situés par rapport à elle selon l'interdit de relations sexuelles.

On voit très souvent des enfants inhibés pour avoir été reconnus tardivement par leur géniteur ou par le père adoptif. C'est-à-dire pour avoir vu changer leur nom, et leur statut de fils et maître exclusif de la mère, portant le même patronyme qu'elle, jusqu'à l'apparition d'un homme dans leur vie à deux.

Dans le cas dont vous vous occupez, je ne peux rien vous dire, les racines de cette inhibition n'ayant pas été étudiées. Très souvent, le mutisme est une inhibition de ce type; c'est le symptôme d'un enfant qui garde son secret pour protéger son père ou sa mère. C'est alors qu'on travaille avec la mère, par exemple – tandis que l'enfant va et vient comme il veut, écoutant ou non –, celle-ci déclarant, après une période de silence : « Non, il y a quelque chose que je ne pourrai jamais vous dire »; et puis, finalement un jour, elle arrive à le dire. Ce jour-là, on ne voit même pas l'enfant : il s'est démutisé tout seul, parce que sa mère s'est, elle-même, démutisée en découvrant ce qu'il y avait de symbolique dans sa relation à un homme. Il peut s'agir de son premier mari, de son frère, de son père ou de son amant.

> P. 1 : Mais, ce genre de choses, la mère ne les dit pas en présence d'un enfant de neuf ans. Elle parvient peut-être à en parler quand il n'est pas là.

F. D. : Oui. C'est ce qui fait toute la différence d'un entretien avec la mère seule, ou avec le père seul.

Les deux parents sont présents aux premières séances. Dans la suite, on continue si possible avec le père – qui, en général, ne revient pas aussi souvent que la mère. On explique à la mère pourquoi on ne la recevra que la fois suivante, lorsque son mari s'est dérangé. Et l'on étudie l'Œdipe du père : comment il a accueilli cette paternité; s'il se sentait mûr pour être père; si l'enfant perturbait son sommeil; s'il a dérangé des projets de vie; les débuts de la vie de son enfant ont-ils représenté pour lui une dominance de bonheur ou de charge? Bref, il faut saisir le langage somatique de l'enfant tel que le père, lui, l'a entendu – car l'enfant n'a pas eu avec lui le même langage somatique qu'avec la mère.

Et puis, se pose la question du désir du père : « Que voudriez-vous pour votre enfant? Comment vous occupez-vous de lui? Est-ce qu'il joue avec vous lorsqu'il est seul? Le croyez-vous heureux? malheureux? »

> P. 1 : Est-ce que vous pouvez préciser comment le fait que le psychanalyste parle avec les parents peut permettre à l'enfant de récupérer quelque chose de son histoire?

F. D. : Mais vous le voyez, dans une séance, quand un enfant entre et sort. D'ailleurs, les enfants sont extraordinaires : ils sortent toujours au moment où il est bon pour leurs parents qu'ils ne soient pas là. (Il faut les en remercier, en faisant remarquer aux parents cette pudeur et cette délicatesse de sensibilité.)

> P. 1 : Puisque j'ai entamé la psychothérapie de cet enfant depuis trois mois, je voudrais vous demander comment, techniquement, résoudre ce problème. Dois-je voir les parents individuellement? ensemble? devant l'enfant? hors de sa présence?

F. D. : Demandez à voir les parents. Vous pouvez leur dire : « Maintenant que je connais mieux votre fils, j'ai à parler de nouveau avec vous. » Vous pouvez les recevoir en présence de l'enfant, que vous aurez prévenu, en lui expliquant : « Pour mieux te comprendre, je dois savoir des choses de tes parents. Tu peux t'en aller quand tu veux, ou rester. »

Lorsqu'un parent vous déclare : « Je voudrais vous dire des choses, mais je ne peux pas le faire devant lui » – ce qui est très fréquent –, vous en référez à l'enfant, en lui demandant s'il accepte de sortir un moment. S'il ne le veut pas, vous dites à son père : « Votre enfant ne veut pas vous céder son temps de séance. Je vais vous fixer un rendez-vous. »

Lorsqu'une thérapie n'est pas entamée, cela ne pose pas de problème; mais, une fois qu'elle est commencée, comme dans le cas dont nous parlons, vous dites à l'enfant que vous voudriez le voir avec son père. Vous lui demandez s'il croit que son père viendrait, et si lui-même en serait d'accord. (Qu'il réponde non m'étonnerait beaucoup.) Remettez-lui une lettre pour son père, dans laquelle vous demandez à celui-ci d'accompagner son fils à une séance.

Sinon, nous risquons de voir les parents projeter que leur enfant est en psychothérapie, alors qu'il n'y est pas : parce qu'il est dans un transfert inanalysable.

Ces situations bloquées sont, hélas, fréquentes en institution. Et l'enfant aura, ensuite, une très forte résistance à faire une analyse, au moment où il pourrait le désirer de lui-même.

C'est pour cela, je crois, qu'il faut que vous sortiez de cette relation duelle.

P. 1 : Mais si l'enfant refuse?

F. D. : S'il refuse quoi? Un enfant comme celui-ci ne refuse jamais. Car sa parole – bien plus, son langage – est inclus actuellement dans celui de ses parents. Non seulement il ne refusera certainement pas, mais il sera soulagé. Car il porte l'analyse de toute la famille, de ses parents dont vous avez déjà ressenti la réticence à parler. C'est trop lourd pour cet enfant seul.

P. 1 : Et quelle est alors la fonction du paiement symbolique?

F. D. : Le paiement symbolique est la seule preuve qu'il désire venir, jusqu'à présent. Bien qu'on n'ait pas souvent le temps de le faire, vous êtes, semble-t-il, parti pour une analyse de cinq ans, puisque les parents, trop contents d'envoyer leur enfant à leur place, auront la patience, et le CMPP aussi. Mais c'est tout à fait inutile de vous y engager, parce que ce n'est déjà plus une analyse : vous remplacez pour cet enfant un père qui ne parle pas avec lui; je dirai même : qui n'entre pas en communication. C'est tout de même curieux de voir un enfant rester assis à une table, si longtemps, sans regard. Si seulement il avait un regard... Mais, visiblement, il regarde à l'intérieur de lui. Ce qu'il a à dire est encore enfermé dans le soma.

C'est par les parents que vous pourriez savoir ce qui se cache derrière l'oncle maternel qui s'est pendu, et peut-être ce qu'il en est de la relation de la mère à ce frère, et à l'ensemble de sa famille à elle.

Il y a toujours un commencement à l'inhibition d'un enfant, ne serait-ce que des otites à répétition pendant deux années consécutives, par exemple, car alors il arrive à l'enfant de rester couché, dans l'impossibilité de parler avec autrui.

Il y a aussi la mimique, « masque » de la mère, et la mimique, « masque » du père. Vous pourriez vous apercevoir – c'est peut-être le cas – que cet enfant s'est identifié à quelqu'un qui ne dit jamais un mot et qui porte un masque. Il ne pourrait donc que persévérer dans cette attitude. Il suffirait de demander au père, avec des mots qui ne blessent pas le narcissisme : « Vous-même, étiez-vous aussi timide que votre fils lorsque vous étiez petit? Et lui, a-t-il crié à sa naissance? Et lorsqu'il était bébé? A quel âge avez-vous remarqué qu'il ne criait plus? qu'il ne jouait plus bruyamment? »

Le langage est d'abord moteur avant d'être verbal. Il faut d'abord avoir un corps avant d'avoir un visage. Or, il semble que cet enfant n'ait pas même de corps. Son visage, n'en parlons pas, puisqu'il se crispe dès qu'il tente de vous parler. Alors, je ne sais pas. Est-ce un enfant qui a été précocement contrarié parce qu'il était gaucher? C'est possible également. Il y a des bébés qui, à six mois, dès qu'ils tendent le bras gauche pour faire quelque chose, reçoivent une tape sur la main : pour qu'ils aient la « bonne main ».

Savez-vous seulement ce qu'aime cet enfant : quels animaux, quels végétaux? Quelle sorte de dessins vous apporte-t-il? Sont-ils très variés?

P. 1 : Ce sont de très jolis dessins, en général petits, mais très bien faits. Des arbres. Des choses courantes pour un enfant.

F. D. : Assez gaies?

P. 1 : Plutôt. Bien coloriées. Effectivement, dans ses dessins, « ça » parle de lui. C'est, du reste, pour cette raison que je le laissais en parler. Il m'a apporté par trois fois des dessins dans lesquels il y avait le même signifiant : des messieurs, avec des haches, coupant des arbres qu'ils emmenaient dans une charrette pour faire du feu. D'après les dessins, j'ai pu lui exposer quelque chose.

F. D. : Vous lui avez parlé des arbres abattus, morts; mais lui avez-vous demandé s'il avait vu un mort? Il n'a rien dit, à ce moment, de la mort de l'oncle?

P. 1 : Non. Il dit ce qu'il y a sur le dessin, mais il n'imagine rien.

F. D. : Il n'associe pas. Il ne dit pas s'il connaît quelqu'un qui abat des arbres?

P. 1 : Il décrit son dessin; c'est tout. D'ailleurs, à ce moment-là, il s'anime, sans inhibition, sans faire de grimaces. C'est que, justement, en séance, je n'ai jamais vu son symptôme.

F. D. : Avec qui a-t-il ce symptôme?

P. 1 : Avec ses parents. A la maison, à l'école.

F. D. : Quant au signifiant « hache », son nom de famille commence-t-il par la lettre H?

P. 1 : Non.

F. D. : Connaissez-vous les prénoms de ses parents?

P. 1 : Non.

F. D. : Mais cela fait partie de ce qu'il faut absolument savoir, au début d'un traitement, surtout pour un enfant scolarisé, pour lequel l'H muet a une valeur très importante. Au cours d'un entretien avec les parents, vous devez fixer au passage les prénoms de chaque membre de la famille.

Cette hache qui revient tout le temps est d'autant plus signifiante qu'il a appris à lire et à écrire; elle renvoie donc au souvenir de quelque chose qu'il a observé; ou bien il répète : « hache, hache, hache », en s'adressant à vous pour en comprendre la valeur signifiante.

P. 2 : Je me pose la question de la belle-mère dont le rôle peut être important. Je me dis qu'au fond je suis peut-être trop systématique lorsque je fais, lors de la première rencontre avec les parents, l'arbre généalogique avec les grands-parents, les collatéraux.

F. D. : Moi, je procède toujours ainsi, non pas avec un schéma, mais en parlant avec les parents, en les interrogeant sur les relations affectives à l'intérieur de la famille et sur celles de l'enfant à l'égard des autres personnes. Ainsi je saurai de qui il parle et si, par exemple, la personne qu'il appelle « mémé » est sa grand-mère maternelle ou paternelle. Je demande donc les noms, les prénoms des personnes de la famille; je cherche à savoir si l'enfant les aime, s'il est aimé d'eux. J'inclus, naturellement, les cousinages. Et j'explique aux parents : « Lorsque votre enfant, en séance, dira un prénom, je pourrai lui montrer tout de suite que vous êtes d'accord pour qu'il parle de telle personne de la famille, en lui disant : " Ah oui! c'est tata Un tel. " »

Il faut que les parents soient toujours perceptibles en filigrane dans la permission donnée à un enfant de parler de sa famille. Les parents le comprennent très bien, et cela ôte à ce genre de consultation le caractère d'enquête policière qu'ils craignent souvent d'avoir à affronter.

Mais ces entretiens font découvrir parfois, inopinément, ceux qu'on oublie : ceux qui habitent avec la famille sans en faire partie. Je suis tombée, plusieurs fois, sur le pot aux roses de cette manière-là. Il s'agit, en réalité, de ménages à trois. Ce sont des situations très difficiles parce que l'enfant a à faire à une dichotomie du père, ou de la mère. Il y a même des grand-mères assez jeunes pour être la maîtresse de leur gendre, dont leur propre fille est l'épouse. Ça produit justement des enfants muets, au fond parapsychotiques, mais qui donnent le change. Ils viennent chez le psychanalyste pour des symptômes d'inhibition; mais ils ne sont inhibés que dans certaines circonstances, non pas à tout moment.

Cependant, puisque c'est la vérité et que l'enfant vit cette situation, c'est à nous de l'aider à reconnaître avec des mots ces amis inséparables pour lui permettre d'en parler et de se poser des questions.

6

Enfants abandonnés. Fausse débile

On peut tout dire à un bébé - Enfant adopté : « le coup de la robe de grossesse » - Autisme et dépression des enfants abandonnés - Sevrage des nourrices - Une erreur de diagnostic psychiatrique : une pseudo-débile.

P. : J'ai vu une femme donner la nourriture à la petite cuiller à un bébé de trois mois dont la mère était partie. Il ne pouvait strictement rien avaler, mais apparemment il tétait la cuiller. J'étais étonnée...

F. D. : Surtout si on ne lui dit pas que la cuiller est en métal. *(Rires.)*

P. : Mais l'enfant avait trois mois.

F. D. : Oui; et alors? Il faut le lui dire, bien sûr : « Je te donne du lait à la cuiller. C'est le sein d'aujourd'hui. » Sinon, il ne comprendra rien : quand le sein reviendra, il le prendra pour une cuiller. *(Rires.)* Tout peut être dit à un bébé, de ce qui peut soutenir ses perceptions de la réalité.

P. : Mais comment le lui dire?

F. D. : Comme vous le diriez à une autre personne : « Ta maman n'est pas là pour te donner le sein et, comme ça a faim dans toi, je te le donne avec une cuiller, parce que je ne peux pas te le donner autrement. » Voilà comment vous pouvez parler à un bébé de huit jours. Pourquoi pas?

P. : Vous pensez que cela fait quelque chose?

F. D. : Ah oui! Ça fait sûrement quelque chose, parce qu'il se dit : « Bon. Il faut bien bouffer. Ce n'est pas le sein, je suis d'accord : c'est la cuiller. » Et pourquoi pas? On peut très bien habituer un bébé à d'autres manières de se sustenter, de satisfaire sa soif et sa faim, qu'avec le sein, à condition de lui en parler. Et quand il n'en veut pas, on peut lui dire : « Eh bien, tu n'aimes pas la cuiller? Pourtant, ça a faim dans toi. » Et c'est vrai : il a faim, il a soif. Il peut rester un certain temps sans téter ni boire, mais non sans absorber de liquide au moins sous perfusion.

Un bébé, c'est bien plus intelligent qu'on ne croit. C'est-à-dire que chacun de nous, quand il était bébé, était bien plus intelligent que ce qu'il est devenu, adulte. *(Rires.)* Il comprend tout à fait le langage quand quelqu'un lui parle pour lui communiquer ce dont il a la perception par ailleurs, et pour lui mettre en paroles ce qu'il est en train de vivre, d'expérimenter.

Certains psychanalystes même ont beaucoup de peine à admettre qu'on puisse parler à un bébé immédiatement, dès sa naissance. Pourtant, ce sont les premières choses entendues, dès sa naissance, qui le marquent toute sa vie et qui restent indélébiles sur la bande magnétique de sa mémoire.

P. : Il s'est posé à moi le problème d'une mère qui refusait de dire la vérité à l'enfant qu'elle avait adopté. Le père, lorsqu'il m'en a parlé lui-même, m'a dit la première fois : « Non. Je ne veux pas briser mon ménage. » Cependant, j'ai pu faire avec la mère un travail qui lui a permis de parler de sa propre enfance. Sa mère était morte, son père s'était remarié. Sa marâtre l'avait obligée à l'appeler « maman » sans lui avoir révélé la vérité. Une voisine avait dit un jour à cette belle-mère : « Vous avez bien du courage d'élever cette enfant », ce qui était une manière d'amener la vérité à la surface. La belle-mère s'était évanouie, et ce moment avait été terrible pour elle comme pour l'enfant. Cette femme que je recevais a pu ainsi aborder ses souvenirs douloureux, et finalement, accepter de dire la vérité à l'enfant adopté, sur lequel elle avait projeté jusque-là des émois très pénibles.

F. D. : Souvent, chez les parents adoptifs, les projections sur l'enfant s'accompagnent d'un mépris à l'égard du père et de la mère de naissance qui représentent pour eux une agression, un danger. Ils ont une véritable haine pour les parents de sang, auxquels ils doivent pourtant la joie d'être parents adoptifs. Je me souviens du cas d'un garçon de quinze ans dont les parents adoptifs se désignaient mutuellement par des « monsieur Un tel, mon époux », « madame Un tel, mon épouse » – c'étaient des bourgeois. Et « monsieur Un tel » disait : « Madame Un tel ne voudra jamais qu'on en parle à l'enfant. » Elle prêtait les mêmes intentions à son mari. Je les recevais séparément. Alors, un beau jour, j'ai dit à chacun, tout de go : « Vous savez, on dirait qu'on est au guignol. Vous venez chacun de votre côté. Madame, vous me dites que c'est votre mari qui ne veut pas. Il me dit, lui, que c'est vous qui ne voulez pas. » La femme m'a répondu : « C'est donc qu'il n'y serait pas opposé. » Je lui ai fait remarquer qu'ils étaient en contradiction, en précisant : « Si l'enfant pose la question, je ne pourrai pas lui cacher la vérité, je pourrai seulement le renvoyer à l'un de vous deux. »

Or, justement, ce garçon a fini par poser à son père cette question qui s'était formulée en lui progressivement. Il trouvait qu'il avait une drôle de famille, avec beaucoup de tatas et de tontons qu'il ne connaissait pas. *(Rires.)* Et il a ajouté qu'il avait le souvenir – c'était très curieux – d'être arrivé chez lui dans un panier : ce jour-là, il était un petit chien. C'était son souvenir d'adoption.

Je lui ai dit : « Demande à tes parents s'il y a un secret dans cette drôle de famille. » Et le père lui a raconté la vérité, puis il a ajouté : « Parles-en à ta mère. »

Là-dessus, la mère lui a fait le coup de descendre le carton dans lequel se trouvait sa robe de grossesse mauve. Elle lui a montré des petits souliers de bébé.

Il est revenu en séance pour me dire : « Vous comprenez, elle m'a fait le coup de la robe de grossesse. Alors je ne pouvais pas lui faire ça ! Mais je lui ai dit que je préférais maintenant loger dans la chambre de bonne » (cette femme faisait habiter ce garçon de quinze ans dans une petite pièce commandée par sa chambre). La mère a accepté. Lorsque je l'ai revue, elle m'a demandé s'il savait la vérité. Je lui ai répondu : oui. Elle a déclaré : « C'est très bien. Je lui ai montré ma robe de grossesse, et je ne lui ai rien dit. » *(Rires.)*

Les choses en sont restées là. Ce garçon a bien accepté de préserver chez sa mère adoptive l'illusion d'avoir enfanté. Il savait quel drame elle avait vécu dans sa jeunesse. « Je n'en parlerai pas avec elle, a-t-il dit. Qu'est-ce que cela changerait? Je l'aime, elle m'aime. »

Il y a eu pourtant un contrecoup quelque peu dramatique, qui m'a préoccupée, je peux vous le dire, pendant quinze jours. Ce garçon a fait une fantastique acné de la face. Cette irruption s'est déclarée le lendemain de sa conversation avec son père. Bien sûr, cela se préparait depuis quelque temps; il avait des petits boutons, comme un garçon de son âge. Mais un soir, en rentrant chez lui, il s'est aperçu qu'il avait changé de face, si l'on peut dire. Je lui ai expliqué par la suite : « Vous changez probablement votre face de chien pour une face de jeune homme qui découvre la vérité de la souffrance de ses parents et de ses parents de naissance qu'il n'a pas connus. »

Son intelligence, qui était complètement en panne sur le plan scolaire, lui est revenue. Il avait, bien sûr, un retard, mais il a pu s'en sortir complètement; il s'est mis à travailler. Il s'est tout à fait rassuré.

P. : Je voudrais vous demander si vous pouvez expliciter ce que vous avez écrit à propos des enfants abandonnés : vous dites qu'on se trouve avec eux dans une situation d'analyse.

F. D. : Oui. Mais je peux dire tout de suite – parce que j'en ai vu pas mal *(rires)* – que je crois que, dans de tels cas, tout dépend du transfert de l'analyste. A partir du moment où nous avons à entrer en relation avec un enfant qui n'a plus ses parents de naissance – qui ne sont plus là, dans l'espace et le temps de sa vie –, nous pouvons lui dire qu'il est à lui seul ses parents. A représenter à lui tout seul la scène primitive, il est, de fait, dans une situation de sujet; mais c'est à nous, psychanalyste, de lui donner la possibilité de devenir un sujet désirant sa naissance, désirant vivre, s'il trouve en nous l'autre idoine pour l'aider. S'il veut travailler avec nous, il sera, à sa place de sujet, beaucoup plus libéré que les autres enfants, puisque, par fatalité, il s'est identifié, lui, aux nourrices qu'il a eues. Mais qu'a-t-il transféré sur celles-ci? Il a transféré la mère et le père de la vie fœtale. Cela, nous pouvons le lui dire d'emblée.

Il n'a pas été l'objet de projections de la part d'adultes. C'est en ce sens que je disais, peut-être d'une façon un peu raccourcie, que l'enfant abandonné est en situation d'analyse : c'est-à-dire que, contrairement aux autres enfants, il n'a pas à se dégager des projections que des parents auraient pu faire sur lui, d'un enfant imaginaire ou du sexe imaginaire qu'ils auraient voulu avoir, eux.

P. : Mais il y a des parents nourriciers, parfois...

F. D. : Mais les parents nourriciers n'ont fait que des transferts sur l'enfant. On peut très bien expliquer à l'enfant que ses parents de naissance ont fait tout ce qu'ils pouvaient, et les parents nourriciers aussi, mais que c'est lui seul qui a voulu survivre dans cette situation d'abandon.

Moi, je travaille justement avec des enfants de la DASS, qui sont abandonnés dès la naissance. Or je trouve que les traitements vont à une vitesse grand V, en raison précisément de leur situation; ça ne va pas sans produire quelques dégâts – momentanés, n'est-ce pas? – chez les nourrices. On parle à l'enfant de son père et de sa mère de naissance, devant la nourrice. On lui dit que cette personne a fait ce qu'elle a pu pour lui, mais qu'elle ne lui est rien. Il ne faut pas s'étonner si celle-ci demande bientôt à être accompagnée du chauffeur, de la stagiaire ou de n'importe qui d'autre, faute de pouvoir supporter ce langage, pour finalement déclarer un jour, à la surveillante : « Moi, je ne peux pas rester. Je suis obligée de le laisser tout seul » – du moment où l'enfant supporte de rester sans elle – « parce que je vomis tout l'après-midi. »

Il n'empêche qu'il y a des nourrices merveilleuses, qui sont soulagées qu'on parle ainsi. Ce sont elles qui disent à l'enfant, quand il se tourne vers elles : « Oui, madame Dolto a raison. Je suis payée pour m'occuper de toi. Tu n'es pas mon enfant. » Aussitôt, le traitement va à toute allure.

Il arrive que certaines nourrices aient déjà travaillé en groupe avec un psychologue ou un pédiatre de l'institution. D'autres ne parviennent jamais à faire un tel travail; pour elles, je suis la bête noire. Pourtant elles amènent leur enfant, parce qu'elles veulent tout de même qu'il s'en sorte. Mais c'est très douloureux.

P. : Et les vomissements?

F. D. : Les vomissements expriment leur rejet du psychanalyste. Ils viennent de ce que ces femmes ne sont pas sevrées; elles ont besoin de cet enfant comme objet oral à dévorer d'amour. Le résultat c'est que l'enfant n'en sort pas. Alors, il faut bien qu'on le soigne. On lui dit, au fur et à mesure, sa vérité, ce qu'on en sait : qu'il a eu un père et une mère de naissance; qu'il a pensé et espéré qu'ils reviendraient un jour, puisqu'il voyait des mamans venir reprendre leur enfant. Or sa maman, elle, ne revenait pas.

L'enfant ne s'écroule pas tout de suite après l'abandon, lorsqu'il est placé dans une pouponnière. Il vit de cet espoir, pendant un certain temps, en transférant sa mère de naissance sur le groupe qui l'entoure, sur les autres enfants, sur la « tatie [1] » qui a vu les parents ou la mère seule, une ou deux fois.

Mais, lorsque cette tatie est remplacée par une autre, dans les quinze jours qui suivent ce changement, l'enfant s'écroule et tombe en autisme, parce qu'elle était pour lui le dernier lien avec sa mère.

Dans de tels cas, on peut dire la vérité à l'enfant, lui expliquer ce qui s'est passé : on est évidemment dans une situation privilégiée puisque l'on sait depuis quand il en est là.

Il y a une chose étonnante qui est arrivée à une petite fille qui avait été sortie de son autisme, alors qu'elle était involuée en rond, dans son lit, se laissant réellement mourir de faim. Jusqu'à neuf mois, les tests étaient prometteurs et son intelligence tout à fait normale. C'est alors qu'elle s'est écroulée. Je l'ai vue à onze mois : elle était grabataire, ne voulant plus manger, ne

1. C'est ainsi qu'on appelle, dans une pouponnière, la personne qui, sans lien de parenté avec l'enfant, s'occupe de lui.

dormant plus. Puis, elle est remontée très rapidement; en trois mois, elle était sortie d'affaire. Or, voilà qu'à seize mois elle redégringole complètement : pipi, caca, « re-mutisme », « re-pas-manger »; je dis : Qu'elle vienne à Trousseau. Je lui ai parlé : « Tu te rappelles? Tu es venue ici, quand tu étais petite et que tu voulais mourir. » Elle m'écoutait, elle m'écoutait et, pendant la séance, elle a retrouvé ses jambes; elle a regardé tout le monde. Or, je lui avais seulement dit : « Je ne sais pas ce qui s'est passé, mais tu as eu une raison que toi seule connais, pour t'être à nouveau démolie comme ça. »

P. : N'est-il pas possible qu'un diagnostic, psychiatrique par exemple, fasse obstacle au traitement d'un enfant?

F. D. : Oui. Cela me rappelle le cas d'une petite fille qui perdait cinq points aux tests d'intelligence, chaque année. On la suivait depuis l'âge de cinq ans. Le psychiatre qui la suivait avait dit à la mère : « Il n'y a aucun espoir. » Tous les ans, il lui disait : « Revenez l'année prochaine. » Au début, l'enfant avait un QI de 80; puis il était descendu à 70, à 65, et, lorsque je l'ai vue, il était à 60.

L'institutrice de la petite avait dit à la mère : « Essayez tout de même quelque chose; allez voir madame Dolto. » J'ai vu arriver une enfant complètement abrutie, les yeux en coucher de soleil. Je ne pouvais rien tirer d'elle, pas même un mot. Elle était nulle comme un rond sur la table. Vraiment la grosse débile. Le tableau correspondait bien aux tests, il était même pire, car d'habitude un enfant de ce niveau garde encore un contact, et ce n'était plus le cas.

La mère m'a raconté qu'elle avait eu cette enfant avec un jeune homme qui le jour du mariage avait voulu refuser de se marier. Et puis, ils ont conçu l'enfant. Lorsqu'elle a été enceinte, son mari a fait une crise d'angoisse épouvantable, il a sorti toutes ses affaires de l'armoire conjugale, il est allé les mettre dans un placard, en disant : « Je ne peux plus rester ici. Je ne peux pas supporter que tu sois enceinte. » Puis, un beau jour, il est parti, et il n'est pas revenu.

Ils ont divorcé six mois après leur mariage. Cette femme est retournée vivre chez sa mère, et elle a commencé à travailler. Elle a entrepris des études pour devenir assistante sociale. C'est sa propre mère qui a élevé l'enfant. Mais, quand cette grand-mère maternelle est morte, c'est la grand-mère paternelle, sourde, qui est venue vivre avec sa belle-fille. C'est à ce moment que l'enfant a commencé à poser problème – elle avait alors six ou sept ans. Jusque-là, elle semblait avoir suivi sa scolarité. C'est lorsque sa grand-mère paternelle est venue s'installer qu'elle a commencé à dégringoler.

Un jour, cette petite fille a demandé à sa mère : « Pourquoi je n'ai pas de papa? » Et la mère de répondre : « Mais tu n'as pas besoin de papa, puisque tu as une grand-mère. » C'est ainsi qu'elle a été littéralement flanquée dans l'abrutissement.

J'ai reçu la mère; elle était assise en face de moi, la petite était devant une feuille de papier. Ma table se trouve près d'une fenêtre, les enfants peuvent y écrire. Je regardais l'enfant de côté tandis que la mère me racontait le drame de la naissance. La petite n'entendait rien, elle était tellement gaga que la mère pouvait dire n'importe quoi devant elle. *(Rires.)* Et je voyais les yeux de l'enfant qui « se coulaient », en un regard qui montait, descendait et semblait suivre quelque chose. A l'endroit où je suis assise d'ordinaire, entre les deux fenêtres, il y a des rangées de livres. Brusquement, je lui ai dit : « Mais qu'est-ce que tu fais avec tes yeux? » Prise de court, elle a dit : « Je compte les livres. » Je lui ai demandé : « Tu en es à combien? – A cinquante-deux. »

C'était donc une obsessionnelle *(rires)*, et non pas une débile. Je lui ai dit : « Tu comptes les livres pour t'empêcher d'écouter? – Oui. – Tu ne veux pas écouter ton histoire? C'est ton histoire que raconte ta mère. » A ce moment-là, elle a fait un geste comme pour signifier que c'était quelque chose de très mal.

J'ai expliqué à la mère l'importance du regard de cette enfant qui comptait les livres. « Votre fille n'est pas débile, elle est obsessionnelle. » *(Rires.)*

Le traitement de cette petite a été extraordinaire. Elle marchait comme si son bassin était dévissé; comme si elle n'avait pas de bassin. Elle n'avait qu'un haut de corps. Comme elle était très gentille et que les bonnes sœurs l'aimaient bien, elle ne quittait pas le cours préparatoire. On avait pitié de sa mère qui avait eu tant de malheurs. Alors, j'ai pris les devants et j'ai dit à cette femme : « Ça va durer longtemps, votre vie de bonne sœur ratée? » Elle m'a déclaré finalement : « Mon mari m'a dit qu'il était homosexuel; et moi, je ne savais pas ce que c'était. – Alors, vous avez regardé dans le dictionnaire? *(Rires.)* – Oui, et j'ai vu que c'était grave, que c'était une perversion. » *(Rires.)* Je lui ai demandé si son mari connaissait ou non son enfant. « Oui, il la voit, mais le juge a interdit qu'il reste seul avec elle. »

Le juge avait obligé le père à voir sa fille devant témoin, hors de son domicile. Son ex-femme ne voulait plus le recevoir; quant à la grand-mère sourde, elle lui disait : « Veux-tu parler plus haut », car elle craignait l'influence de son fils sur sa petite fille. Elle le tenait pour homosexuel : ce qui était pour elle synonyme de délinquant. Cet homme était son cinquième fils. « Or, figurez-vous, disait cette grand-mère, que mon mari aussi était homosexuel, et je ne l'ai appris qu'après avoir eu mon cinquième enfant. » *(Rires.)* Je lui ai demandé : « Vous avez donc vécu douze ans avec cet homme sans vous apercevoir qu'il était homosexuel? Mais il allait tout de même au lit avec vous, puisque vous avez des enfants? – Oh, oui. – Il s'occupait d'eux? – Très bien. Mais il m'a dit qu'il était homosexuel seulement quand mon dernier a eu dix ans. C'est pour cela que j'ai voulu que mon fils se marie. – Vous voyez bien que le fait d'être marié ne change rien, puisque votre mari était lui-même homosexuel. – Ah oui! »

Tout d'un coup, elle se rendait compte que le mariage qu'elle avait voulu pour son fils ne servait à rien, que ce n'était pas une solution à l'homosexualité. Elle m'a raconté alors les circonstances du mariage de son fils – mariage arrangé entre dames, mais aussi entre amis. Cet homme ne se savait pas homosexuel jusqu'à ce moment. Un ami qu'il aimait beaucoup, dont il était inséparable, s'était fiancé avec une jeune fille qui avait elle-même une amie. Les quatre jeunes gens sortaient ensemble. Lorsque son ami de cœur s'est marié, il s'est senti tellement seul qu'il a cédé aux instances de celui-ci, et il a épousé l'autre jeune fille. Sa mère m'a confirmé ce qu'il m'a raconté lui-même : dans le taxi qui le conduisait à l'église, il s'est mis à genoux devant sa mère, hurlant et suppliant : « Je ne veux pas me marier. » « C'est trop tard », lui a dit sa mère, qui pensait : « comme ça, il ne sera pas homosexuel ».

Il a donc divorcé, puis il s'est remarié. Mais, dans son désarroi, sentant qu'il devenait fou, il est retourné voir les éducateurs chez lesquels il avait été en pension depuis l'âge de cinq ans, depuis le divorce de ses parents. Ceux-ci lui ont déclaré que son père était un homme « très bien », et qu'il vivait dans un autre pays. « Votre père en avait ras-le-bol de votre mère, lui a-t-on expliqué; il s'est fait passer pour homosexuel pour pouvoir divorcer, seule excuse acceptable par un milieu très fermé comme celui de votre mère. »

L'homme est alors allé voir son propre père qu'il ne connaissait pas. Ils sont tombés dans les bras i'un de l'autre; il sont devenus amis.

Quant à la petite fille, la pseudo-débile, elle est devenue extrêmement intelligente : en huit mois, elle est parvenue à un QI de 120. Son blocage mental a complètement disparu, et l'amélioration de la motricité de son bassin se voyait dans tous ses dessins. Au début du traitement, elle ne dessinait que des enfants Jésus. (Elle était élevée chez des bonnes sœurs!) Ces petits Jésus étaient des espèces de larves, de petits phallus saucissonnés. C'était toujours une même figure qui se répétait : un petit saucisson collé sur un bout de tréteau, une larve fixée à l'une de ses branches.

Ces représentations correspondaient tellement au déhanchement de son bassin que j'ai demandé à la mère de chercher une psychomotricienne. Je pensais, en effet, que cette enfant avait besoin, parallèlement à sa psychothérapie, de se retrouver dans son image du corps et dans son corps. Il fallait lui faire faire un travail couché, puisque les saucissons de ses dessins étaient toujours couchés.

La petite est revenue de sa première séance de psychomotricité épuisée : « Tout va craquer, là, dans mon ventre et dans mes jambes », a-t-elle dit à sa mère. Elle a dormi comme un plomb. Le lendemain, elle était incapable d'aller à l'école. Et, en quelques jours, elle a retrouvé son bassin.

Lorsque je me suis occupée de ce cas, il était encore temps. Je crois que c'est par l'effet d'une prudence, d'une prévoyance, si l'on peut dire, que cette enfant est restée inconsciemment arriérée sur le plan psychique tant qu'elle avait une pareille arriération du bassin. Son bassin était, pour ainsi dire, hémiplégique.

Le plus difficile a été de persuader la grand-mère sourde d'accepter que la petite voie son père ailleurs que dans la rue. C'est devenu possible dans des situations triangulaires, du fait que le père venait à la consultation, rencontrait sa fille, racontait sa propre histoire.

Mon rôle de psychanalyste m'a conduite à demander à la mère : « Pourquoi ne pas vous remarier, comme votre mari? » Elle s'y refusait : c'était le curé, c'était le Bon Dieu. Je lui ai dit : « Je ne crois pas que le Bon Dieu soit aussi con. Vous pouvez demander la transformation de votre divorce en annulation de mariage. » J'en ai parlé à son ex-mari. J'ai expliqué à la petite que, dans cette éventualité, rien ne serait annulé de la paternité de son père; au contraire, cette paternité était devenue symbolique du fait que le père avait pris la parole, en son nom et pour sa fille.

L'homme a donné son accord à son ex-femme. Ils ont entrepris les démarches pour l'annulation du mariage. J'en ai moi-même confirmé le motif.

La mère a attendu que sa fille ait quinze ans et que sa belle-mère soit morte pour venir me dire : « C'est terrible. Mon mariage est annulé, et j'ai bien plus peur qu'avant. » Je lui ai répondu : « Bien sûr, vous avez peur de tomber encore dans une histoire semblable. Si vous faisiez une psychothérapie? » Je lui ai donné une adresse; je ne sais pas si elle y est allée. Mais j'ai reçu des nouvelles de sa fille deux ou trois ans plus tard : elle était complètement sortie d'affaire, elle était sur le point de devenir infirmière. Plus tard, elle m'a adressé le faire-part de son mariage. Sa propre mère s'est remariée un an après.

Mais vous voyez le travail qu'il faut faire. Le psychiatre m'avait dit : « C'est une débilité progressive. Il n'y a rien à faire. Ça finit en psychose. » Or je lui avais demandé : « Est-ce que vous connaissiez l'histoire de cette enfant? Il n'avait pas cherché à en savoir quoi que ce soit, il se contentait de faire des tests.

Ce qui est intéressant, c'est de comprendre ce qui se jouait dans la charnalisation chez cette enfant, dans son bassin qui ne lui appartenait pas, qui était boiteux. Tout était boiteux. Je crois, toutefois, que ce psychiatre lui a rendu un grand service. Car, s'il avait pensé qu'il y avait quelque chose à faire, il aurait prescrit d'abord des séances de rééducation motrice qui n'auraient pas permis d'aller au fond du problème. La situation aurait été bien pire après.

On peut se tromper en face d'enfants qui entrent apparemment dans la psychose par une névrose obsessionnelle carabinée. Cette névrose obsessionnelle, j'ai pu la repérer, cette fois-là, parce que l'enfant comptait des livres pour ne pas écouter.

Tout ceci nous montre que c'est ce travail analytique qu'il faut faire pour restituer à l'enfant son père : non pas seulement le père de sang, le père « spermique », si l'on peut l'appeler ainsi, mais le père symbolique que l'enfant a connu dans les premiers mois de sa vie, car ce n'est pas le père de sang qui est important, c'est le père symbolique, celui au nom de qui sont valorisées les pulsions actives de tous les stades et les castrations successives de la libido par un adulte éducateur, modèle castré mais non frustré, c'est-à-dire un être humain qui se montre accompli dans son comportement et accordé à la loi, vis-à-vis de son âge et de son sexe.

7

Paiement symbolique

Le paiement symbolique est un contrat - Ce n'est ni un cadeau ni un objet partiel - Il n'a pas à être interprété - Effet thérapeutique du paiement symbolique pour une vieille femme paranoïaque - Dialectique anale et dialectique du sujet - Fonction positive de la dette.

P. 1 : Lorsqu'un enfant n'apporte pas son paiement symbolique, ne risque-t-il pas de se sentir en faute?

F. D. : Le paiement symbolique ne doit, en aucune façon, être pour le thérapeute une occasion de culpabiliser l'enfant. Au contraire, que ce dernier ne le donne pas prouve qu'il est libre; on l'en félicite; on se trouve alors dans une relation sociale tout à fait positive avec lui, mais ce n'est plus une relation thérapeutique. Son refus même le signifie : « Je ne veux pas être soigné par toi. Je veux bien te rencontrer, pour mon plaisir, et peut-être pour le tien. » C'est à nous, dès lors, de lui faire comprendre que nous l'aimons bien, mais que nous faisons un métier. Nous devons lui expliquer que ses parents – ou les personnes de l'organisme qui nous l'ont adressé – ont payé trois séances pour dire les raisons pour lesquelles il a, selon eux, besoin d'une psychothérapie. Et qu'il est libre de rester dans ces difficultés; si, pour lui, ce n'en sont pas, c'est donc aux autres seuls qu'elles apparaissent comme telles.

Nous ne sommes au service que de celui qui demande, de celui qui souffre et qui a quelque chose à dire.

Lorsque c'est vraiment compris ainsi, il est étonnant de voir comme le paiement symbolique devient un levier du sentiment de liberté, permettant à l'enfant de travailler pour lui-même, grâce à quelqu'un qui l'aide ou de s'y refuser.

Mais si, au contraire, on lui dit : « Ah! tu n'as pas apporté ton paiement, je te mets à la porte », comme si l'on était fâché, on ne le respecte pas comme sujet, dans sa liberté de « faire avec » le Moi qu'il a; il n'est pas considéré dans un rapport d'égalité à nous. Certains thérapeutes ont du mal à comprendre cela. Pourquoi? Parce qu'ils pensent : « Je vais me faire engueuler par le CMPP, si je ne reçois pas cet enfant. »

P. 1 : Quand un enfant n'apporte pas son paiement symbolique plusieurs fois de suite, est-ce que vous intervenez?

F. D. : Je lui fais toujours remarquer qu'il ne me l'a pas apporté. Puis je lui pose une seconde question : « Est-ce que tu voulais venir? – Non, je ne voulais pas. – Eh bien, tu avais raison de le dire. Peut-être ta mère n'a-t-elle pas compris que ton refus, c'était sérieux. Mais peut-être avait-elle raison de t'amener, car aujourd'hui tu ne voulais pas de séance, mais tu voudras peut-être revenir une autre fois. Qui peut le savoir? Peut-être pas même toi. »

Les enfants sont, en effet, comme les adultes, angoissés devant le retour du refoulé tout autant que devant l'importance des émois transférentiels. Le non-désir d'une séance est à analyser; la résistance doit s'exprimer. Si l'enfant est angoissé, on lui dit : « La dernière fois, peut-être était-ce désagréable. Tu ne faisais peut-être pas de cauchemars avant de me voir, et tu en as peut-être fait depuis. Tu penses : " C'est ennuyeux de voir cette dame "; et tu as raison. »

On parle de résistance à payer – si c'en est une –, alors que, dans le même temps, la liberté du sujet se trouve prise dans le désir des adultes, qui le poussent à venir en traitement. Mais, nous, nous ne voulons pas que les parents usent de leur pouvoir pour obliger un enfant à venir se livrer comme objet de plaisir à une personne, sous prétexte que celle-ci est payée pour cela, puisque c'est son activité.

Ce n'est jamais la première fois que l'enfant oublie d'apporter son paiement symbolique. Du reste, on lui a signifié qu'il devrait payer, à l'avance. S'il l'oublie plusieurs fois, on lui dit : « C'est que tu ne veux plus me voir. Bravo. C'est à moi de faire comprendre maintenant à ta mère et à ton père que ce sont eux qui sont inquiets. Ils viendront parce qu'ils sont inquiets pour toi. Mais toi, tu n'es pas inquiet pour toi. »

Cela s'avère toujours payant, dans la mesure où cela peut déjà aider les parents à reconnaître la liberté de leur enfant. C'est un premier pas dans l'éducation d'un être désirant vivre et se développer. Si les parents désirent qu'un enfant qui veut se développer reste dans leur désir à eux, ils vont à l'encontre de son désir de sujet. C'est donc beaucoup de leur en parler : « Oui, je comprends que vous soyez inquiets; il n'est pas conforme à la norme des enfants; mais, l'important, c'est d'abord qu'il se rende compte par lui-même qu'il est en difficulté. Actuellement, il n'en a pas conscience. C'est vous qui souffrez. Lui, ne souffre pas du tout. »

C'est même grâce au symptôme que l'enfant ne souffre pas. Un enfant énurétique, un enfant encoprésique ne souffre pas, jusqu'au moment où, vers ses neuf, dix ans, il s'entend dire par ses camarades : « Tu pues, va-t'en! » Mais c'est autre chose; et, d'ailleurs, il peut encore sauver la situation en se lavant tout seul.

Mais, quelquefois, il a été plus important pour un enfant de ne pas investir une région de son corps, région qui appartient encore à la mère, qu'il a véritablement laissée à une mère imaginaire bien sûr; or, cette mère imaginaire a été représentée autrefois par la mère réelle; et, il ne peut pas, avant que n'apparaisse un certain investissement de sa sexualité génitale, renoncer à cette dépendance à l'égard d'un adulte.

P. 1 : Vous voulez dire qu'alors l'enfant a une zone érogène hypothéquée dans l'image du corps de sa mère et qu'il ne peut pas en jouir?

F. D. : Oui, c'est cela.

P. 1 : Le paiement symbolique est l'un des thèmes sur lequel vous revenez au cours de presque tous vos séminaires, donc depuis longtemps. C'est, pour vous, comme un critère de discrimination essentiel de la possibilité d'un traitement. N'avez-vous pas cependant l'impression que votre insistance sur cette question est inversement proportionnelle à une résistance, assez visible, des analystes au paiement symbolique?

F. D. : Une résistance terrible.

P. 1 : Certains disent : « J'ai essayé, mais je ne vois pas très bien à quoi ça sert; je ne sais pas si ça marche. » Quelqu'un pose la question : « Est-ce que son effet ne dépend pas de la manière dont on le dit à l'enfant? »

F. D. : Mais si, certainement. Et surtout de la manière dont le psychanalyste lui-même le vit. Comme s'il fallait tout donner gratuitement à ce pauvre petit. Car les thérapeutes se prennent tantôt pour une mère, tantôt pour un père, lesquels ne sont, en effet, jamais payés par leur enfant pour l'éducation. C'est une situation fausse pour le psychanalyste.

P. 1 : On vous a posé aussi, souvent, la question : « Comment faisiez-vous avant de songer à introduire le paiement symbolique? »

F. D. : Avant? Je voyais justement des cas d'enfants qui ne désiraient pas leur traitement. Ça se sent, quand un enfant n'apporte pas de matériel. Il devient la chose de ses parents. Je disais : « Il faudrait que tu fasses comprendre à tes parents – et moi je vais essayer de le faire, de mon côté – que tu n'as pas envie d'être soigné. C'est peut-être ta mère que je dois aider, si elle est inquiète. »

Tandis que, chez un enfant qui veut venir pour lui-même mais qui se trouve en période négative de refus, l'effet du paiement symbolique se fait sentir sur-le-champ. On le constate chez ceux qui font un transfert négatif. C'est, du reste, avec des révoltés que j'ai eu l'idée d'instaurer le paiement symbolique. Ont-ils besoin que cette révolte soit écoutée? Seraient-ils prêts à payer pour cela? Ou bien ne s'agit-il que du refus de s'adapter à ceux de leur âge, au langage de leur âge? Telles étaient pour moi les questions. L'enfant disait par exemple : « Je ne veux pas, je ne viendrai jamais vous voir. » Et je répondais : « Mais moi non plus, je ne veux voir que quelqu'un qui a quelque chose à demander à un autre dont c'est le métier d'aider un enfant malheureux. Si tu ne veux pas, si tu n'es pas malheureux, ou si tu l'es, mais que tu préfères le rester, je ne me sens pas le droit de m'occuper de toi. »

Ce respect de l'autre, respect qu'il mérite au moins autant que moi, est aussi nécessaire envers un enfant qu'envers un adulte. Je ne vois pas pourquoi je voudrais qu'un adulte revienne à une séance s'il ne le veut pas. Il y a pourtant des analystes qui obligent à revenir des patients qui leur ont déclaré : « Je ne reviendrai pas. » S'ils l'ont dit sur le divan, c'est à analyser. Quand ils l'ont répété trois ou quatre fois, on doit les avertir : « Savez-vous que ce que vous dites sur le divan, je ne l'écoute pas comme un désir mais comme un fantasme de désir? Si c'est bien votre désir d'arrêter l'analyse, il faut me le dire debout, l'assumer en tant qu'être social. On verra donc la prochaine fois. » Souvent ils recommencent, toujours sur le divan : « Comme ça m'a rassuré de pouvoir vous injurier. » Ça fait tellement de bien de pouvoir dire « merde », « salope » et puis ensuite de s'en aller en disant : « Au revoir, madame. » Ils aiment fantasmer la réalité.

Mais certains ne savent pas que le psychanalyste les dédouble, entend de deux manières différentes. Sur le divan, on peut dire tout ce qu'on veut : c'est du fantasme; tandis que, debout, c'est une personne qui soutient son désir, face à une autre, en disant qu'elle ne reviendra pas.

J'ai connu un psychanalyste qui ruinait, sans s'en rendre compte, un homme dont toutes les ressources passaient dans l'analyse. Cet homme avait d'abord épuisé un petit héritage; puis, finalement, il s'était trouvé sans rien. Il disait à son psychanalyste qui ne voulait rien savoir de cette réalité : « Je n'ai plus un sou; il me reste seulement mon salaire, pour mon loyer, pour mon enfant. » Enfin, il a parlé de la réalité, debout, face à l'analyste, sur le pas de la porte. « Vous auriez dû me le dire plus tôt », lui a répondu l'analyste; mais c'était fini. L'expérience n'a pas été complètement néfaste pour le patient qui en a compris le sens après coup.

Je crois, tout de même, qu'un psychanalyste doit expliquer la différence entre ce qui se dit sur le divan et ce que le patient assume de son désir, en face à face, comme toute personne sociale. C'est essentiel, mais bien des thérapeutes ne comprennent pas toujours la nécessité d'avertir l'analysant.

Aussi, grâce au paiement symbolique, l'enfant sait lui-même à quel moment il a une attitude négative. Il peut venir pour dire : « Je te déteste », mais il a payé pour cela, il est venu à l'heure. C'est qu'il en avait besoin. C'est cela – payer pour le dire – qui va le libérer d'un refoulement des pulsions anales qui l'étouffait.

Quand l'enfant fait un transfert positif, la question du paiement symbolique n'est pas aussi cruciale, car l'enfant apporte du matériel, des éléments de son passé. Mais c'est toujours par le transfert que le travail se fait; c'est pourquoi il faut payer pour le transfert, surtout s'il est négatif.

> P. 1 : Le paiement symbolique ne risque-t-il pas de passer pour une sorte de cadeau déguisé? Un thérapeute vous demandait s'il fallait ou non interpréter les dessins qu'un enfant lui apportait en paiement. Qu'est-ce qui fait la valeur symbolique du caillou, du timbre? En quoi est-ce différent d'un gage, sur la signification duquel l'enfant pourrait se méprendre en apportant cet objet?

F. D. : Mais l'enfant se méprend souvent une première fois. Il croit qu'on demande un cadeau. Pour lui, c'en est un. Il veut me faire plaisir. Je lui dis : « Je suis payée et je fais un métier. Je n'ai pas besoin de cadeaux. Je suis là pour que tu fasses des progrès dans ta vie, non pas pour que tu m'offres un cadeau. C'est pour toi que tu paies. Si tu as fait un dessin, si cela te fait plaisir de me le donner, laisse-le là. C'est très bien. (Mais je ne dis pas merci.) Cela n'empêche pas que tu doives apporter un caillou. » C'est tout à fait différent.

Lorsque quelqu'un paie avec des billets de banque, on ne les analyse pas, même s'il est écrit dessus : « Je vous emmerde. » On les prend. Leur valeur est celle d'une monnaie, rien d'autre.

Mais un dessin contient du matériel analytique. S'il est donné en paiement, on ne saurait l'analyser. Dans ce cas, on n'a pas à interpréter ce que l'enfant a représenté sur le dessin. Si un enfant précise, à propos du caillou qui sert au paiement : « Je l'ai choisi noir, exprès », on répond : « Très bien. Mais moi, je t'ai seulement demandé un caillou. Qu'il soit noir, c'est ton affaire. »

Un petit garçon m'a apporté, deux fois de suite, un coquillage, au lieu d'un caillou. « Je t'avais demandé un caillou. Est-ce un caillou? – Je ne sais pas. – Personne ne t'a dit que c'était un coquillage? – Si. – Ce n'est pas un caillou. – Non, mais c'est beau. – Oui. Tu veux me donner un caillou, mais tu veux en même temps me donner du beau. Peut-être veux-tu devenir beau? Qui t'a dit que tu étais beau? » Cet enfant de la DASS avait été rejeté par sa mère. Abandonné, il s'était refermé sur lui. Et, en effet, s'il avait été beau, sa mère ne l'aurait pas laissé. Enceinte de lui, elle voulait une fille. Il avait donc remplacé pour elle une fille morte avant qu'il naisse.

Dans un cas comme celui-ci, on laisse parler l'enfant, sans donner d'interprétation. Je n'ai pas analysé à ce moment-là, à propos de la valeur symbolique du coquillage, son désir que je dise : « Ce caillou est beau » – ce qui lui aurait donné un petit reflet du désir qu'il voulait m'entendre formuler; comme si, moi, nouvelle maman pour lui, j'allais lui dire qu'il était beau; comme si, à travers l'objet partiel, il allait obtenir les reflets du beau, du désir de sa mère – reflets de l'objet partiel que je lui aurais renvoyés, en admirant le coquillage par lequel il se représentait. J'étais peut-être de nouveau, pour lui, dans la relation du placenta à son corps, à l'intérieur de ce demi-coquillage – car ce n'était tout de même qu'un demi-coquillage : la coquille n'en étant que la moitié. Apporter une valve de coquillage quand c'est un caillou qui est demandé, c'est très intéressant du point de vue de ce que cela représente. Mais je n'ai analysé ni son geste ni l'objet. Vous voyez? C'est la valeur du contrat.

P. 1 : Ce qui déconcerte peut-être certains analystes, c'est l'idée que, non seulement l'enfant peut payer pour son désir et pour son transfert, mais qu'il le doit, pour que l'analyse soit possible.

F. D. : Oui; il paie pour n'être pas inféodé, pour l'être moins. Il l'est par ses fantasmes. Mais l'analyste ne fait rien pour qu'il le soit. Il l'aide même en le félicitant lorsqu'il n'apporte pas son paiement.

L'important, c'est le premier manquement volontaire, non pas l'oubli. L'oubli est intéressant aussi : « Je voulais, mais j'ai oublié. » On dit alors à l'enfant : « C'est comme si tu étais deux : l'un qui voulait, l'autre qui ne voulait pas; l'un prend le dessus sur l'autre. Mais tu ne sais pas lequel commande, quand tu viens : si c'est celui qui oublie qu'il est responsable, qui veut que ce soit moi qui décide pour lui, ou si c'est celui qui veut décider pour lui-même. Tu réfléchiras à ça. »

On lui parle exactement comme à un adulte. Dans la psychanalyse d'enfants, il y a peut-être – comment dire? – de la suggestion de la part de l'analyste. Mais le sens d'une telle suggestion, c'est que tout être humain assume son désir pour peu qu'il soit reconnu l'assumant. Je ne dis pas qu'une telle suggestion n'existe pas, mais elle se révèle si opérante à restituer le droit de vivre à un être humain qu'elle fait partie, je crois, de toute thérapie. C'est le sentiment de sa liberté qui est ainsi rendu à un être humain. Je crois que celui qui ne l'a pas n'est plus un être humain – enfin, c'est une idée qui est mienne. Certains pensent peut-être qu'ils prennent en analyse un objet dépourvu de liberté; c'est que, faute sans doute d'en éprouver eux-mêmes la certitude, ils sont incapables de donner aux autres le sentiment de la liberté. Je ne sais pas quelle est la marge de liberté qui me reste dans l'existence – aucun de nous ne le sait –, mais, si je n'avais pas toujours le sentiment d'être libre, je crois que je ne me sentirais pas un être humain. Il y a là un point de départ métaphysique, si l'on peut dire, en chacun de nous.

Il existe des psychanalystes qui refusent l'idée que chacun garde une part de liberté, tant cela les angoisse. Leurs traitements marchent, ils sont eux-mêmes narcissisés, même si les enfants n'apportent aucun matériel : ce sont des administrés qui leur appartiennent. Beaucoup d'analystes d'enfants disent : « Ce cas est à moi. Ne vous en mêlez pas. »

Ce sentiment de possessivité, on le perd dès que l'enfant peut s'y dérober lui-même. C'est ce que le travail rend possible.

L'enfant se rend compte progressivement que ce n'est pas le thérapeute qui est important, c'est lui, advenant à un point où il n'a plus besoin ni de nous ni d'un autre; il y parvient grâce à quelqu'un qui a éveillé en lui le sentiment qu'il n'est plus seul, qu'il y a en lui deux instances : par l'une il s'auto-materne, par l'autre il s'auto-dirige, sans être sous la dépendance de sa mère ou de son père, comme lorsqu'il était petit. Une sorte de dialectique va structurer sa personne.

Contrairement à ce psychanalyste qui ruinait, sans y prendre garde, un patient, nous soignons quelqu'un pour qu'il puisse se servir de son pouvoir d'achat pour lui, dans la réalité qui est la sienne. Il n'est donc pas question d'entamer ce pouvoir d'achat au fur et à mesure, mais au contraire de le lui rendre disponible progressivement. On n'investit pas tout son argent dans l'étude des fantasmes de son désir. Il y a une réalité que l'analyste doit respecter, jusque dans l'estimation du budget qui doit être laissé à l'analysant.

C'est la même chose avec un enfant. Si vous alliez lui prendre un franc, alors que c'est là tout son argent de poche, renoncez-y, même s'il est d'accord. Vous lui dites : « Non, vos parents paient pour vous. Ce que je veux, c'est quelque chose qui prouve que c'est bien vous, et personne d'autre, qui voulez ce traitement. Un signe. Par exemple : un ticket de métro décoré, ou un faux timbre. Parce que c'est un message que vous apportez, sans savoir lequel. Ce message est une partie de vous, que vous ne connaissez pas, et qui gêne la partie que vous connaissez, laquelle est coincée dans des difficultés. »

C'est déjà faire la part de l'inconscient, mais cela ne peut pas signifier que la réalité doive être subordonnée à la préoccupation exclusive de l'inconscient. Certainement pas. C'est en cela que l'éthique et la technique de la psychanalyse s'articulent. Je crois qu'elles sont si étroitement mêlées qu'il est vrai que parler, dans un séminaire, de technique, c'est en même temps parler d'éthique. La finalité de la psychanalyse, qu'est-ce que c'est? C'est être au service de quelqu'un par une compréhension qui le restitue à lui-même comme sujet, au lieu que son désir soit entièrement pris dans des conflits internes. C'est pourquoi notre technique, notre éthique respectent les lois de son développement : elles doivent rester souples sur le sujet; elles ne doivent pas être inféodées à nous, psychanalystes; ni dépendre, pour nous, d'un autre que le sujet lui-même.

La première fois que j'ai pris en contrôle une thérapeute qui travaillait dans un dispensaire de secteur, c'était à propos d'une femme qui était restée quinze ans en hôpital psychiatrique. Elle était post-ménopausée. Elle était entrée à l'hôpital avec sa fille – c'était un délire à deux. La fille y était restée, la mère en était sortie, parce qu'elle était « tassée ». Et, depuis six ans, cette femme venait, deux fois par semaine, en psychothérapie, au dispensaire. Elle était toujours dans le même délire; et, comme elle avait au moins cinquante-cinq ans, j'ai dit à son analyste : « Il faut changer ça. S'il y a une chance de lui redonner de la liberté, enfin de lui donner la possibilité de faire quelque chose – car cette malade ne faisait absolument rien, elle était complètement entretenue –, c'est de lui demander un paiement symbolique : un ticket de métro. » C'est ce qu'a fait l'analyste, après avoir dressé avec elle un petit bilan de la cure : « Qu'est-ce que vous a apporté ce traitement, durant ces six années? – Rien du tout; ça continue, c'est pareil. – Bon, eh bien, nous allons changer à dater du premier janvier. Vous m'apporterez dorénavant un ticket de métro en paiement symbolique. »

Cette affaire est allée jusqu'au procureur de la République! On avait demandé le prix d'un ticket de métro! Cette femme était complètement assistée, puisque l'administration lui fournissait même le prix du transport quand elle venait en psychothérapie. Elle passait son temps à emmerder les voisins, doucement, mais, tout de même, ça suffisait. L'assistante sociale devait calmer les gens, car la malade poussait des meubles contre la porte, sous prétexte d'empêcher qu'on ne lui envoie je ne sais quels projectiles. Elle vivait complètement seule. Elle n'avait pour toutes rencontres que ses séances avec sa thérapeute.

Le médecin chef – c'était une femme – a reçu la lettre du procureur de la République. Elle s'est étonnée auprès de la psychothérapeute : « Vous faites payer madame Un tel? Vous savez que le secteur n'a pas le droit. » Elle a demandé des comptes, et l'analyste a expliqué la situation, indiquant que c'était sur mon conseil qu'elle avait introduit ce paiement, pour permettre peut-être à la malade, qui « croûtonnait » derrière ses meubles, de s'en sortir. Le médecin chef l'a avertie qu'elle risquait sa place si le procureur donnait suite à la plainte. J'ai dit à cette jeune analyste : « C'est engagé ; il faut tenir le coup. » On n'avait pas pensé que ce paiement symbolique pourrait être un ticket de métro perforé. On a étudié le problème. Or, il n'y avait que trois stations entre le logement de la malade et le dispensaire, et trois bancs le long du grand boulevard, sur lesquels elle pouvait s'asseoir pendant un trajet à pied.

C'est ainsi que l'affaire s'est réglée. Elle s'est résolue à venir à pied à ses séances et à donner en paiement symbolique le ticket de métro que lui fournissait l'administration. Et cela a été fantastique, car cette femme a guéri. Le recours du procureur s'est terminé par un non-lieu – je pense que mon nom y était pour quelque chose. Le médecin chef a été convaincu que le paiement symbolique méritait d'être expérimenté. Bien qu'elle n'en eût jamais entendu parler auparavant, elle a pensé : on verra bien ; surtout lorsqu'elle a vu cette malade – qui était une espèce de souris fuyante, qui se faisait parasiter et qui parasitait tout le monde – commencer à se révolter. C'était tout à fait nouveau. On ne l'avait jamais vue ainsi. Jusqu'alors, elle n'avait que la révolte muette d'une persécutée élevant des murs ; mais, cette fois, tout en reportant toute sa persécution sur la thérapeute, elle parlait à tout le monde dans le dispensaire. Elle disait, parlant de l'analyste : « Si c'est pas malheureux ! Elle me dit que je peux aller chez une autre ! Mais c'est chez elle que je veux aller. Elle n'a pas le droit de me faire ça. » Il y avait, en effet, quatre thérapeutes dans ce dispensaire ; et celle que j'avais en contrôle avait laissé toute liberté à sa patiente d'aller en traitement chez un autre. Elle refusait. Certains avaient beau lui dire : « Venez donc continuer votre psychothérapie avec moi », elle répondait obstinément : « Non ! Non ! » On voyait vraiment ce que c'était que le transfert.

Alors, on s'est dit : « Mais ça change quelque chose » ; le médecin chef, assez fine mouche, l'a remarqué.

Or, non seulement cette femme a guéri, mais elle est arrivée un jour à sa séance en déclarant : « Qu'est-ce que ça fait du bien de marcher ! Moi, le métro, j'en avais marre ! Aller et venir en métro! Mais j'étais bien obligée de le prendre puisqu'on me donnait le ticket. » *(Rires.)*

Quelque temps après, elle a demandé à l'analyste de changer l'heure d'une séance, parce qu'une voisine lui avait demandé un service. Mais, en fait, elle voulait tout changer à cause d'un seul événement, c'est-à-dire modifier définitivement les horaires des séances. L'occasion s'est reproduite à nouveau, et peu à peu, elle a pris des heures de travail chez quelqu'un. Elle a cessé de se barricader chez elle. Progressivement, elle en est venue à travailler à plein-temps chez une personne qui avait besoin d'aide : elle faisait la cuisine, s'occupait des enfants.

Enfin, c'est formidable. Cette femme s'est sauvée, alors que cela faisait vingt et un ans qu'elle était assistée : quinze ans d'hôpital psychiatrique et six ans de secteur.

> P. 2 : J'ai l'impression qu'il y a une ambiguïté, une oscillation qui s'inscrit dans la conjonction des termes « paiement » et « symbolique ».

F. D. : Oui : le paiement réel en quelque chose et le paiement symbolique en autre chose.

> P. 2 : Il suffirait peut-être de garder simplement la notion de paiement, sans celle de symbolique. Car, derrière cette notion de paiement, il y a toujours l'idée que ça coûte quelque chose.

F. D. : Oui, mais l'argent prend place dans la dialectique anale, or le paiement symbolique n'est pas fait pour ça : il ne sert pas à situer l'analysant dans une dialectique anale, mais à le faire accéder à une dialectique de sujet, à une dialectique de l'être. Il s'agit pour l'analysant, par le paiement symbolique, de prouver à l'autre, son psychanalyste, comme à lui-même, qu'ils sont bien ces deux sujets idoines qui ont à communiquer quelque chose d'important. Le psychanalyste, lui, reconnaît, par ce paiement symbolique, l'analysant comme un sujet attendant de lui une écoute analytique. Vous me faites penser à quelque chose dont je n'avais pas encore tout à fait compris le sens à l'époque, sinon intuitivement. Cela s'est passé à Trousseau. J'avais demandé un paiement symbolique à un adolescent qui avait peut-être dix francs par semaine. Il venait tous les quinze jours et il voulait me payer cinq francs sur son argent de poche en les donnant, pour moi, à la surveillante. Cela ne posait pas de problème à Trousseau, puisque c'est lui qui déclarait vouloir payer. Or, sa mère lui faisait payer ces cinq francs au bureau comme contribution au prix de la consultation qu'elle payait – on l'a su par madame Arlette, la surveillante. Ainsi la mère donnait à l'hôpital la somme moins cinq francs, pour que le garçon donne lui-même les cinq francs restants à l'hôpital.

Ça voulait dire – et c'est ce qui était en jeu – que la mère n'aurait pas voulu payer pour son enfant si celui-ci n'avait payé sa part *au bureau* de l'hôpital, c'est-à-dire directement à l'institution, *et non pas à l'analyste*.

Madame Arlette savait qu'il s'agissait d'un paiement symbolique, qu'il pourrait donc se réduire à un franc – et même à dix centimes, tout dépend du contrat établi. Elle m'a signalé l'affaire. L'enfant rouspétait beaucoup. C'est à moi qu'il voulait donner ses cinq francs et non pas à une caisse anonyme en bas de l'hôpital. Ils sont venus me voir en se disputant. J'ai demandé ce qui se passait. « Ah! monsieur ceci, monsieur cela, disait la mère. Il ne voulait pas donner ses cinq francs à la caisse. Il voulait les donner à madame Dolto. » Lui était furieux.

Alors on en a parlé. La mère a dit : « Mais moi, je lui ai interdit de vous donner cinq francs, parce que, si je paie pour lui, il n'a pas besoin de vous payer. » C'est donc la mère qui lui interdisait d'être lui, en son propre nom, d'être pour quelque chose dans sa psychothérapie. Elle voulait qu'il l'aide à payer mais non pas qu'il paie, lui, en son nom propre.

Nous étions dans une position difficile tous les trois. J'ai demandé à la mère : « Et si, vous, vous n'aviez rien à payer du tout, est-ce que vous lui permettriez de venir? » Elle a réfléchi et elle a dit : « Ah non! Par exemple! C'est tout de même moi qui commande! » Nous étions coincés vraiment de tous les côtés. Elle voulait payer et elle voulait qu'il l'aide à payer dans la réalité.

Cette femme, divorcée, jouait du reste un rôle phallique dans le village où elle habitait. C'était un personnage de choc; elle avait de plus un rôle important dans la vie sociale; elle s'occupait d'organisations diverses. C'était une femme très bien, d'ailleurs.

Son fils était complètement annihilé. Lui, comme il avait un peu d'argent de poche, il était prêt à payer pour lui-même; mais sa mère, qui gagnait bien sa vie, ne voulait pas qu'il me donne de son argent, considérant que les cinq francs qu'il me payait directement étaient, en quelque sorte, un surplus, puisqu'elle devait acquitter le montant de la consultation. Elle voulait qu'il paie en association avec elle. Comme j'avais demandé à cet adolescent un paiement, c'était toujours autant de moins à payer pour elle.

Vous voyez, chaque cas est un cas spécifique.

A ce moment-là, j'ai demandé au fils de ne plus payer que dix centimes, mais à moi; et je l'ai dit à la mère. Là, cela devenait vraiment symbolique.

> P. 3 : A propos du paiement symbolique, je voudrais vous parler d'un cas. Il s'agit d'un garçon de huit ans à peu près, qui souffre de dégâts consécutifs à une hémiplégie très légère. Son père est en analyse. Sa mère est diabétique. Et c'est un peu à cause du diabète de la mère que l'enfant a eu ce problème hémiplégique à la naissance : l'accouchement a été provoqué.
> J'ai vu cet enfant d'abord avec ses parents; très souvent; et plus tard, à sa demande, sans ses parents. Sa mère l'accompagne...

F. D. : Et qui paie?

> P. 3 : Ce sont les parents. Je n'ai jamais pu obtenir un paiement symbolique de l'enfant.

F. D. : C'est qu'il ne voulait pas venir.

> P. 3 : Mais si.

F. D. : Mais non. Il ne fallait pas le prendre. Puisqu'il ne payait pas, vous pouviez seulement discuter de ce non-paiement avec lui, en disant devant lui : « Moi, je reçois la personne qui paie;

donc, c'est ta mère que je vois. » Mais il a demandé à évincer sa mère, sans prendre à partir de ce moment en main son traitement. Qu'est-ce que ça veut dire : évincer sa mère? Ça signifie : transfert hétérosexuel sur vous – ou homosexuel, on n'en sait rien; mais, *a priori*, puisque vous êtes une dame, et qu'il est, lui, un petit garçon, il veut avoir une dame pour lui tout seul. Cela n'a rien à voir avec un travail analytique; du moins, pas encore. Cela devient un travail à partir du moment où il vous paie de faire votre métier pour lui. S'il reste un enfant pour papa et maman, si ce sont eux qui paient, il n'est pas encore en traitement.

Qu'est-ce que vous jouez dans cette relation? je n'en sais rien. Peut-être est-il un objet partiel, un objet transitionnel de la mère, que celle-ci vous prête? C'est à vous d'exiger de voir la mère chaque fois tant que lui ne paie pas. Dites à l'enfant : « Si tu veux me voir seul, tu paies ta part. Si tu ne paies pas, c'est que tu n'es pas responsable de toi-même. Alors, ce sont tes parents qui sont responsables de toi; ce sont eux qui paient; ce sont eux que je verrai. » Et c'est d'autant plus important que cela se passe en clientèle privée.

> P. 3 : Je n'ai pas su, c'est vrai, imposer ce paiement symbolique dès le début. J'aurais dû l'introduire au moment où, à la demande de l'enfant, j'ai cessé de recevoir sa mère.

F. D. : Je crois que vous n'avez pas cadré la psychothérapie de sorte qu'elle devienne pour lui un travail psychanalytique en son propre nom. Il fallait demander à la mère si elle était d'accord pour que l'enfant vienne seul.

> P. 3 : Ah oui! Elle était d'accord.

F. D. : Et le père?

> P. 3 : Le père aussi.

F. D. : Dans ce cas, on dit à l'enfant : « Tu réfléchiras; mais, maintenant, si tu viens, tu paieras. Combien as-tu d'argent de poche? » On lui demande au moins un cinquième de son argent de poche.

Je me rappelle que, dans les institutions, les enfants avaient six francs par semaine. Aujourd'hui, ceux qui sont à la charge d'une nourrice spécialisée reçoivent dix francs par semaine de la DASS. Eh bien, il faut leur demander deux francs.

P. 4 : Mais, quand on demande un cinquième de l'argent de poche, pour moi, c'est de la mathématique, c'est de l'ordre de la finance.

F. D. : Mais non. C'est symbolique. En ce sens que l'enfant montre qu'il désire; et qu'il estime que cela vaut de se priver de deux ou trois caramels – ou de ce qui représente pour lui une unité.

P. 4 : Selon moi, ce n'est pas symbolique. C'est la même utilisation de l'argent que celle qu'en fait tout le monde pour acheter...

F. D. : Non, tout le monde n'utilise pas l'argent de cette manière. D'ordinaire, on se sert de l'argent pour obtenir quelque chose de quelqu'un qui, lui, s'estime payé en échange : c'est à bénéfice réciproque. Or, le psychanalyste n'a pas de bénéfice à toucher deux francs de cet enfant.

P. 4 : C'est donc une somme symbolique, mais pour le psychanalyste seulement.

F. D. : C'est symbolique pour le psychanalyste et pour l'enfant : pour l'analyste, ce n'est pas un pouvoir d'achat; pour l'enfant cela représente le fait qu'il se prend en charge comme sujet, tout en sachant qu'il est encore à charge de la Sécurité sociale ou de ses parents.

P. 4 : C'est donc symbolique pour l'enfant à partir d'une certaine somme?

F. D. : Mais non, puisqu'un timbre est tout autant symbolique. Donner un faux timbre est symbolique : c'est le prix d'une lettre – de l'être. Mais aussi bien un caillou est symbole de ce qui est resté en terre, de ce que nous laissons à la terre. Nous payons pour un « taire » qui n'a ni masculin ni féminin.

P. 4 : Ce qui est symbolique dans cette histoire de caillou, de timbre ou d'image, je peux le concevoir, mais, dès qu'il s'agit d'argent, on se met à compter. Par exemple, on vous dira : « Si vous voulez louer une maison, il faut que vous gagniez tant de fois le montant du loyer. » On fait les comptes.
En fixant le prix d'une séance à un adulte, le psychanalyste ne prend pas en considération une valeur symbolique; cet argent lui sert pour vivre. Je connais le cas d'un enfant qu'un psychanalyste a refusé de prendre en cure parce qu'il ne donnait pas assez.

F. D. : Et alors?

P. 4 : Eh bien, entre dix centimes et deux francs, il y a donc une différence...

F. D. : Dix centimes ou deux francs? Cela dépend de l'âge. Que l'enfant n'ait pas donné assez, c'est cela qu'il faut analyser : ce « pas assez ». Si, au contraire, il veut donner plus, il faut en analyser le pourquoi; ce qui ne signifie pas qu'on gardera cet « en plus ». On met cette somme de côté. Il arrive dans certaines séances d'analyse – c'est assez rare, mais c'est très intéressant – que des patients aient besoin de payer beaucoup plus, alors qu'on n'a même pas laissé supposer qu'un jour, ils devraient donner une somme plus élevée. Or, il est indispensable pour eux de le faire; cela est à analyser. Ce qui ne veut pas dire qu'on ne le leur restituera pas cette somme quand cet *acting out* aura été analysé.

Quelquefois, un enfant ne veut pas donner sa pièce; cela ne signifie pas qu'il soit tout entier dans un transfert négatif, dans le refus. Il ne peut pas, aujourd'hui; comme quelqu'un qui n'a pas les moyens de payer à telle date. Pourquoi veut-il être en dette? C'est ce qu'on analyse et qu'on respecte. Il devra.

Car il y a des personnes qui veulent rester en dette. J'en ai vu une dans mes premières analyses – je peux dire « premières », parce que c'était avant 1940. C'était un homme qui avait voulu rester en dette jusqu'à ce que son fils ait sept ans – il avait déjà une fille aînée. C'est seulement lorsque son fils a atteint cet âge qu'il m'a envoyé la somme qu'il me devait, augmentée de ce qu'il estimait devoir mettre au compte de la dévaluation. Vous imaginez! Je n'y pensais plus du tout, puisque c'est quinze ans plus tard que j'ai reçu cette somme, qui, d'ailleurs, n'était pas très importante. Cet homme m'expliquait dans unc lettre, qu'il avait fait exprès de se mettre en dette : « C'est maintenant que je peux vous payer. Et vous ne pouvez pas savoir à quel point cette dette m'a aidé à vivre : jusqu'à me permettre d'avoir un fils, et de rester avec ma femme – car le début de notre vie commune a été très difficile. Ma famille va bien. Mon fils a sept ans : l'âge que j'avais quand ma mère est morte. »

Cet homme était l'aîné d'une famille de cinq enfants. Et toute son histoire venait de cette rupture complète dans sa vie : la mort de sa mère.

Ce qui est fantastique, c'est qu'il a fallu que cet homme attende que son fils ait l'âge qu'il avait lui-même à la mort de sa mère – perte à laquelle il avait survécu – pour pouvoir faire le deuil de ce cordon ombilical qu'il avait voulu garder avec moi. Il était certain, maintenant, de ne plus jamais en avoir besoin. Tandis qu'il l'avait gardé pour avoir une occasion de me revoir, en chair et en os. Ça l'aidait; il pensait : « Puisque j'ai une dette, je pourrai toujours aller la lui rendre, sans prendre rendez-vous. » De cette dette, il aura donc fait, tout ce temps, la possibilité de renouer avec moi.

Ce cas montre bien que l'argent est à la fois réel et symbolique. Toujours. De notre place d'analyste, nous ne pouvons recevoir de l'argent que comme réel, mais nous en connaissons la valeur symbolique pour l'autre, l'analysant, quand nous comprenons le sens qu'il a pour lui.

Pour un enfant, le paiement est toujours et véritablement symbolique, car il le représente comme sujet se prenant en charge, même si l'enfant reconnaît que, pour la réalité, ce sont ses parents qui sont responsables de lui, avec bourse commune pour la famille.

8

Le Nom-du-Père

Le sein, porteur de la fonction phallique - Le Nom-du-Père n'est pas le patronyme - Le cas du fils Sèchebœuf - L'amour entre des êtres parlants n'est pas un rut - Freud et l'interdit de l'inceste - Le rôle du Nom-du-Père dans la structure et la sexuation du garçon et de la fille.

P. 1 : J'aurais aimé que vous nous parliez des signifiants du *père. (Rires.)*

F. D. : C'est tellement grand! C'est si important à chaque moment de l'évolution de l'enfant! Il est très difficile de vous dire leur incidence, structurante ou fragilisante, sur le Moi, dans une névrose. Mais il est facile de la repérer dans le déroulement de la vie d'un enfant, depuis sa conception jusqu'à l'âge de trois ans – car c'est le moment où le père, en tant qu'homme responsable, prend toute sa valeur, sur quoi se fonde une vibrante certitude, pour la sexualité de l'enfant et pour la fierté que celui-ci a de son sexe; c'est aussi bien le moment où il peut manquer à l'humanisation de son fils ou de sa fille. Le père, relativement à la loi dont il est avec la mère l'exemple, confirme ou non à l'enfant la place qui lui est reconnue en société : ce dont il tire sa dignité narcissisante.

C'est pendant l'Œdipe que le nom de celui que l'enfant connaît comme son père prend une très grande importance. Mais avant que l'enfant ne soit nommé légalement par le patronyme, associé à tous les prénoms qu'il porte à l'état civil, ce qui s'est inscrit chez lui, sans référence signifiante au père, provient de ce qu'il a ressenti de l'imaginaire de la mère. Ce qui se transmet alors du cœur de la mère à la chair de l'enfant, au fur et à mesure de leur relation duelle, n'est interrompu par la relation triangulaire que par moments. A cet âge, les sonorités joyeuses ou sourdes de la voix de la mère lorsqu'elle parle du père ou qu'elle s'adresse au père ont plus de valeur signifiante pour l'enfant que le nom du père en tant que mot. Cependant il est important qu'une mère parle de cet homme à son enfant en disant « ton père », et non « papa » (comme si elle était aussi sa fille).

Il ne faut pas oublier qu'avant de le connaître comme une personne, le petit enfant a du père une image partielle, qui porte le nom de sein : *le sein de la mère, c'est le père dans la mère.* Voilà quelque chose d'archaïque chez l'être humain : le sein de la mère est phallique. Il y a une érectilité du téton; et, de même que téter provoque l'érectilité pénienne du garçon, cela excite, probablement, l'érectilité orbiculaire vaginale de la fille. C'est donc en tant que phallique que le sein est déjà porteur du sens du nom du père; peut-être pas du père de l'enfant, mais du père en général. C'est pourquoi, dès l'époque de l'allaitement, cette signification de la paternité peut subir une inversion de sens affectant le tube digestif de l'enfant, lorsque celui-ci ne ressent pas la relation que sa mère a avec lui comme nécessairement liée à un homme, en qui s'originent, pour elle, le désir et la joie d'être mère.

P. 2 : N'est-ce pas aussi le fait que le sein soit donné et retiré qui lui donne valeur...?

F. D. : Oui. Comme éclipse, dans l'espace et le temps, du père; le sein est ainsi associé au pénis visiteur du corps de la mère, lors de la vie intra-utérine du fœtus. C'est cette éclipse qui donne au sein sa valeur d'attente, d'abord quand l'enfant en a besoin, puis ensuite quand il le désire, par-delà le besoin; parce que le désir est, en soi, déjà désir de communication avec la personne porteuse du sein. Le sein est à la fois réponse au besoin et signalisation d'un désir complice probable chez la mère, lorsqu'elle s'apprête à allaiter l'enfant. C'est ce qu'il y a de terrible dans la tétine ou le biberon calé dans les coussins, n'est-ce pas? Il n'y a pas de visage pour humaniser le besoin qui s'accompagne chez le nourisson du désir de communiquer avec l'autre, au-delà de la faim et de la soif. C'est en cela que le sein est un référent phallique d'origine orale.

Si la mère n'est pas liée à un homme, elle représente, à elle seule, les deux parents pour l'enfant : elle est, à la fois, père et mère. Cette relation paraît suffire à l'enfant quand la mère n'est pas complétée par le compagnonnage avec un homme qu'elle a élu. Car c'est par la présence et la parole d'une autre personne associée à elle que la mère devient un être en totalité, un objet total, comme on dit, distinct des objets de l'enfant; alors que, durant l'allaitement et les soins corporels, l'enfant se sent comme un objet partiel, un attribut de l'être de sa mère, en même temps qu'elle lui apparaît comme objet partiel de lui-même, fusionnel à elle. L'objet total, sujet bicéphale, c'est *lui-sa mère nourrice,* en une image du corps, phallique, fusionnelle, dont le schéma corporel n'est pas perçu clairement avant la marche et l'autonomie motrice pour la satisfaction des besoins.

Vous voyez donc combien c'est complexe! Car, en ce qui concerne le père originel, dans l'inconscient de l'enfant, tout dépend de l'attitude inconsciente archaïque de la mère à l'égard de son propre père; puis de sa relation émotionnelle à l'égard de ses frères, des premiers hommes de sa vie; puis du père de l'enfant (du père légal, s'il n'est pas le géniteur). Il ne faut pas non plus négliger la sthénie de la mère dans la relation à son enfant.

C'est la focalisation de ces multiples attitudes émotionnelles inconscientes de la mère à l'égard des trois personnes importantes de sa vie qu'il faut, sinon analyser, du moins aborder, brièvement, dans les premiers entretiens. Car le frère de la mère, par exemple, qu'il soit plus jeune ou plus âgé, ne fait que redoubler, pour elle, l'interdit de l'inceste : soit parce qu'elle a imaginé, étant petite, que son frère était (tout comme elle-même) un enfant parthénogénétique de sa propre mère; soit parce qu'il a pris, pour elle, la place de l'enfant incestueux qu'elle attendait de son père. De toute façon, dans son imaginaire, son frère, s'il était aimé, peut avoir préfiguré un rôle de mari, à la place du père, ou un rôle tutélaire de mère. Et, s'il s'agit d'un frère plus jeune, redisons-le, il peut avoir représenté l'enfant incestueux qu'elle n'a pas eu, mais qu'elle a imaginé avoir reçu de son père ou de sa mère.

Dans tous les cas, frères et sœurs sont, dans leurs relations imaginaires réciproques, les supports de fantasmes grâce auxquels l'interdit de l'inceste – homo- et hétérosexuel – vis-à-vis des parents géniteurs se réduplique et se réitère, assurant ainsi l'humanisation de la sexualité et la sublimation dans l'amitié chaste et dans une mutuelle assistance. Tout enfant, fille ou garçon, est particulièrement sensible au dit et, plus encore, au non-dit de la mère – et de la famille maternelle – concernant ses frères à elle. Les filles sont également intéressées à cc qui concerne les sœurs de leur père et de leur mère. Le rôle des oncles paternels (à travers les géniteurs) n'est pas d'une incidence structurante aussi importante dans l'inconscient d'un enfant, pendant les premières années de la vie. Leur influence est ressentie plus tardivement, et consciemment. Il faut faire une exception cependant pour des enfants morts en bas âge, et du même sexe que leur neveu ou que leur nièce. Car leur courte vie revient en mémoire à leurs frères et sœurs quand ceux-ci deviennent parents. Ce souvenir, ou plutôt le non-dit qui vient à sa place, voile d'angoisse la joie des parents si leur bébé s'exprime par un incident de santé, ou si sa complexion rappelle à l'un d'eux un frère ou une sœur décédé en bas âge (même s'ils ne l'ont pas connu). La crainte qui assombrit les parents à cause de ce passé, les enfants la perçoivent toujours.

Quant au père, il est symbolisé par son nom pour l'enfant qui a dépassé l'âge de cinq ans; que cet enfant le porte ou non, c'est ce nom qui le porte, dans la société, ou qui, au contraire, l'alourdit, selon le style et la valeur affective des relations personnelles qu'il a avec ce père. Un garçon risquera d'autant plus d'être écrasé par la valeur que la société reconnaît effectivement à son père que celui-ci n'aura pas été pour lui un soutien dans ses épreuves d'enfance ou de jeunesse, et que, trop occupé de sa carrière ou de lui-même, ce père aura abandonné l'éducation de son fils à la mère, indifférent à l'un et à l'autre, et notamment à la mère en tant que femme.

Pour un garçon, c'est l'homme qui lui a marqué de l'amour, de l'attention, en soutenant son émancipation, qui est son père : que ce soit son géniteur ou non, et que le fils porte ou non son patronyme. Le père est à la fois un maître à vivre et un soutien narcissique du jeune garçon.

Au contraire, il est possible qu'un homme, attaché narcissiquement à son fils, attendant de lui qu'il comble ses manques, qu'il réussisse pour le flatter, soit bien son géniteur – que l'enfant porte ou non son patronyme –, mais sans que sa mémoire soutienne le garçon dans les moments difficiles. Alors, qu'il garde le nom de ce géniteur, pourquoi? Pourquoi pas, aussi bien? Un père de ce genre laisse son fils en demande, à la recherche d'un modèle qu'il ne trouve parfois que tardivement, sur lequel transférer une admiration homosexuelle ou des sentiments de rivalité, dans une situation signifiante pour lui, que ce soit vis-à-vis d'une femme, ou dans une passion, dans une activité culturelle.

Les pères impuissants à donner la castration sont des frustrés frustrants. Mais, à condition qu'ils comprennent assez tôt les difficultés qui sont celles d'un tel homme, un jeune peut aimer vraiment son père, sans attendre vainement que celui-ci lui serve de maître et de modèle. Les pères de cette sorte sont souvent des hommes socialement estimables, mais décevants au foyer, parfois même jaloux de la réussite de leur fils, si elle ne s'inscrit pas dans la voie tracée par leur désir secret et frustré.

Une psychothérapie peut sortir un jeune des entraves de cette situation familiale, car, en soutenant la force d'intégration sociale et l'enthousiasme qui caractérisent la période de latence et le début de la puberté, le thérapeute (masculin ou féminin) aide le jeune à oser des expériences relationnelles et à tirer la leçon de tout ce qui lui arrive; en particulier, il le met en garde face à ce qu'il cherche à répéter, soit pour se sécuriser, soit par manœuvre d'évitement. Il y a, heureusement, un écart entre le Moi idéal qu'enfant il s'est formé à l'image d'un père réel pusillanime, ou dans la carence du père, et l'Idéal du Moi qui est maintenant le sien, dans son adolescence.

La vie, elle aussi, amène à souffrir des castrations ceux qui ne les ont pas reçues à temps de leurs parents. Ce n'est jamais au psychothérapeute de donner ces castrations, mais c'est à lui d'aider un jeune à symboliser son déni de la réalité sans en être déprimé. Bien au contraire, l'écoute du thérapeute peut permettre à un jeune de trouver un ressort nouveau et de nouvelles voies.

Faire de son propre nom celui d'un homme qui sera heureux de le donner, à son tour, à ses enfants, c'est retrouver, pour soi, le nom du père : c'est-à-dire d'abord le nom d'un fils qui a honoré son père, au su ou à l'insu de celui-ci.

Le Nom-du-Père et le père réel n'ont pas le même impact sur la structure de la fille. Comme le garçon, la fille dépend de sa relation à sa mère (ou à la femme qui est sa nourrice). Chez le garçon, cette relation première à sa mère phallique est stimulatrice pour la santé somatique et pour la sexuation. La personne de la mère érotise hétérosexuellement la sexualité du garçon, mais homosexuellement celle de la fille. C'est le père (ou l'homme vivant avec la mère) qui éveille chez la fille l'hétérosexualité, laquelle diffère du lien à la mère, qui continue de représenter la sécurisation dans la satisfaction des besoins. La mère phallique orale reste longtemps en opposition, pour la fille, avec l'attraction que le père exerce sur celle-ci. En outre, cette attirance de la fille pour l'homme se distingue du lien qu'elle a avec lui pour ce qu'il représente quant à sa sécurité existentielle référée à ce que j'appelle l'image de base [1]; l'attirance de la fille pour l'homme se trouve même parfois en contradiction avec cette sécurité.

Le Nom-du-Père est également symbolique pour la fille, après l'âge de cinq ans, tant dans la relation personnelle et affective qu'elle a avec lui que dans la relation de couple du père et de la mère, selon que ce dernier apporte ou non sécurité, vie et fécondité à la rivale de la petite fille : la mère. C'est dire que, même en l'absence de relation affective, le père joue un rôle important pour la fille, en tant qu'il est associé à la mère et qu'à la limite il est un objet partiel de la mère. Un père qui ne marque guère la maison de son style peut cependant permettre à la sexualité et à la personne de sa fille de se construire, de se développer, en attendant sa nubilité. Plus ou moins bien comprise par sa mère, ou même jalousée par elle, lorsqu'elle cherche à affermir sa valeur de femme désirable par les hommes, la fille

1. Cette sécurité lui vient de ce que quelqu'un répond de l'image fonctionnelle phallique. S'il s'agit du père, c'est en tant qu'il est associé à la mère génitrice. La zone érogène génitale de la fille se trouve donc en sécurité, d'avoir été assumée par ces deux adultes d'origine. Le père est pour la fille le signifiant de la valeur du fonctionnement génital phallique (cf. Françoise Dolto, *L'Image inconsciente du corps*, *op. cit*).

conserve indépendamment de la fonction symbolique du Nom-du-Père le désir d'être, en quelque sorte, l'élue du père qu'elle fantasme.

Autant le fantasme du désir incestueux pour le père est structurant pour la féminité de la fille, autant il est ravageant pour sa libido s'il vient à se réaliser (avec le père ou le frère). C'est aux dépens de sa dynamique qu'elle s'y soumet – coupable ou non, d'ailleurs –, avec le sentiment d'être une victime sacrificielle déshumanisée. Dès lors, porter le nom de cet homme qui a voulu jouir d'elle, hors de la loi dont il était le représentant, c'est pour la fille un déshonneur (par opposition à la fierté de celle qui peut, en son nom de jeune fille, donné par le père, conserver la mémoire et les idéaux d'un père attentif à sa personne, mais chaste à son égard).

Le nom de son géniteur, l'enfant le connaît par sa mère. Ce nom s'origine dans les dires de la mère, et dans la valeur phallique qu'elle a reconnue, implicitement ou explicitement, aux hommes qu'elle a connus avant celui qui l'a rendue mère. Elle-même s'est trouvée liée, dans sa féminité, au patronyme d'un homme et à sa force génitrice – qu'il ait été ou non son géniteur, connu ou non de sa propre mère.

L'enfant, même s'il n'en porte pas le patronyme, est la réponse d'un père au désir d'une mère; mais il n'est pas moins sujet, dans son désir à lui de prendre corps (d'homme ou de femme), de l'étreinte de ses géniteurs.

Encore cette petite note clinique : je ne crois pas qu'il y ait d'enfants arrivant à la puberté qui ne couvrent du papier de la signature de leur père. Tous, filles ou garçons, le font à un moment donné. Chacun cherche alors sa propre signature par rapport à celle de son père – et la fille imite celle de son père et celle de sa mère pour trouver la sienne. Et c'est un jeu qui se fait tout à fait consciemment. Mais ni le garçon ni la fille ne reproduisent jamais le nom de jeune fille de la mère. C'est précisément l'époque où l'on accepte le Nom-du-Père. Ceci n'empêche qu'on voit des adultes qui, en un paraphe éloquent, barrent, annulent d'un trait le nom de leur père (qui est aussi le leur) sur leur propre signature.

Bien que je ne sache pas comment ce que je vous ai dit aujourd'hui est articulé dans la théorie de Lacan, je suis sûre que vous le retrouverez dans son enseignement. Lacan vous dit des choses justes dans l'ordre symbolique, dans un registre d'abstraction qui recouvre un nombre de cas considérables; c'est un travail de métaphore et de théorie, au sens où il vise des concepts. Je conçois mon rôle comme une manière à la fois métaphorique et métonymique d'illustrer son travail. C'est pourquoi je crois que ceux qui, parmi vous, comprennent les formulations de Lacan sur le Nom-du-Père y retrouveront ce que j'ai dit de l'archaïque avant la phonématisation et l'écriture.

Voici l'exemple clinique d'un enfant dont nous dirons qu'il avait pour patronyme le nom de *Sèchebœuf*. Il avait de gros problèmes depuis qu'il allait à l'école. Ses parents ne savaient pas pourquoi. C'est par lui que j'ai appris qu'il avait été aussitôt un souffre-douleur pour ses camarades, à cause de son nom. Si un enfant est touché qu'on se moque de lui du fait du nom de son père, c'est que quelque chose n'est pas clair dans sa relation à son père. Il est donc venu à Trousseau pour un échec scolaire massif. Sa cure n'a duré que cinq à six semaines, à raison d'une séance par semaine. Eh bien, c'est par deux rêves qu'il a guéri.

Dans le premier, il se trouvait dans un monde sans êtres humains, un monde où les animaux disaient : « Il vaut mieux ne pas être un humain, parce que, si on est humain, on ne reconnaît pas l'animal dont on est sorti. » Ces animaux avaient donc la parole; mais si ces *parlêtres* se présentaient sous forme animale dans le rêve du jeune Paul Sèchebœuf, c'était par phobie d'être des humains. C'est par ce rêve, d'ailleurs, que j'ai appris, de lui, la réalité du malaise, devant ses camarades, qu'il avait de s'appeler ainsi.

C'était un enfant masochique, constamment harcelé physiquement par ses camarades qui se moquaient de lui. Les maîtres ne savaient que faire (ils peuvent se sentir responsables, dans d'autres circonstances, lorsque, par exemple, ils peuvent craindre les retombées de plaintes officielles; mais ce n'était pas le cas). Quelles qu'en soient les raisons, cet enfant était souvent mis à la porte, sous prétexte que son comportement dérangeait la classe. Il se débrouillait, semble-t-il, pour être lui-même complice de l'agression dont il était l'objet de la part de tous. Cette situation de victime chronique était-elle antérieure ou secondaire à l'échec scolaire? Je ne l'ai pas su.

A la suite de son premier rêve, il m'avait dit, en pleurant, que c'était à l'école qu'on se moquait de lui, mais qu'il n'avait jamais osé en parler à son père, parce que celui-ci lui aurait flanqué une raclée. Tel était donc le fantasme de cet enfant dont le père ne m'était pas apparu comme un être insensible. Il en voulait à son père de lui avoir donné ce nom-là et il pensait que, s'il lui disait qu'on se moquait de lui à cause de son nom, son père le battrait.

Ainsi, les camarades remplaçaient le père : leur attitude signifiait qu'ils n'acceptaient pas l'insertion de Paul dans la société. Il était un animal à battre.

Voici le second rêve :

Il montait un chemin très abrupt, comme un torrent à sec, couvert de pierres que ses pieds faisaient rouler, tandis qu'il avançait, ce qui risquait de le faire tomber. « Mais je donnais la main à mon papa. »

Ils étaient ainsi arrimés l'un à l'autre, et lui ne tombait pas. Dans ce rêve, le père était secourable puisqu'il donnait la main à son fils. Paul a associé : « C'est comme à la mer, quand les vagues emportent le sable sous les pieds. » Cette image de la mer, risquant de faire perdre pied, quand elle se retire, renvoyait aussi bien à sa mère qu'à son père, lesquels pouvaient lui faire perdre son équilibre. Or c'était le père qui le tenait pour l'aider à monter un chemin difficile.

Après ces quelques associations, Paul a repris le récit de son rêve :

Et puis voilà qu'on entendait un grand bruit et que, du haut du chemin, fonçait sur eux un troupeau de taureaux, les cornes baissées en avant, épouvantables. Et, lui, il était sur ce sentier. Il fallait qu'il lâche la main de son père, sinon ils allaient être tous les deux renversés, piétinés, écrasés. Il fallait les laisser dévaler... Puis, ensuite, il ne savait plus où il était (il s'était aliéné à lui-même, au point de ne plus savoir s'il était encore dans son rêve). Les taureaux étaient passés, il y avait un beau ciel, les oiseaux chantaient. Et son père, qui était à côté de lui,

lui disait, tout à coup : « Alors, ça va, mon grand? » comme ça, tout simplement.

Associant sur son rêve, sur sa terreur, puis sur sa propre absence et ce qui avait suivi son évanouissement de la scène du rêve, Paul a dit : « C'est comme si papa n'avait pas vu que les taureaux nous arrivaient dessus. »

Ce rêve, très intéressant, nous a amenés à parler des taureaux, des vaches, des bœufs, bref, de tous les bovins. Je lui ai demandé : « Le veau est l'enfant de qui? – L'enfant de la vache. » Mais il ignorait le rôle du taureau. Paul en était resté au niveau de ce que j'appelle la « castration primaire bis » chez les garçons, qui s'accompagne chez eux d'un sentiment d'infériorité terrible, parce qu'ils croient que le père n'est pour rien dans la conception. Le père n'est bon qu'à apporter sa paie à la mère, et à vous donner un nom ridicule. C'est la mère qui détient la toute-puissance, phallique, génitrice et nourricière.

Or, dans le rêve, Paul était attaqué par des taureaux. Il n'y avait pas de vaches. Il l'avait dit lui-même, sans rien savoir de la différence entre les uns et les autres, ni en quoi d'autre part, les taureaux se distinguaient des bœufs. « Les bœufs? C'est aussi des vaches », m'a-t-il dit. « Pourquoi est-ce qu'on les appelle des bœufs, alors? Est-ce que les bœufs ont des veaux? – Je ne sais; je crois que ce sont les vaches qui ont des veaux. – Et les taureaux? – Eh bien, je ne sais pas. Ils sont méchants. Ils me font peur. Parfois, on les attache. » Il n'en savait pas plus.

C'est par l'analyse de ce rêve et par ses associations que cet enfant a eu la révélation de la castration qui de taureaux fait des bœufs, dociles au travail. Il a compris que, si on ne les châtrait pas, on ne pourrait pas les faire travailler, que l'un impliquait l'autre. De même chez les humains, qui conservent, physiologiquement, leur fécondité sexuelle tout en étant marqués par la loi qui leur interdit le meurtre et l'inceste. Ils ne pourraient, sinon, être féconds et comme géniteurs et pères, et dans leur travail.

Le père de Paul était ouvrier, grand travailleur. Cet homme était estimé par la mère, laquelle faisait des ménages. Ils s'entendaient bien. Mais ils étaient humiliés, parce qu'au lieu de se développer leur enfant faisait une petite obésité; à leurs yeux, il cédait à une sorte de lâcheté devant la nourriture, ce qui prouvait sa mollesse comme son rôle de tête de turc, incapable de se défendre. Un médecin qui avait vu l'enfant avait dit à son père, inquiet, que Paul n'avait pas les testicules bien en place. Mais ni le médecin ni l'un des parents n'avait expliqué au garçon ce qu'étaient les testicules et pourquoi on avait examiné cette partie de son corps. Il était donc bien un taureau, mais on ne le lui avait pas dit. Il restait dans la méconnaissance de la fécondité de son père comme de la sienne, qui lui avait été transmise par des « testicules en place ». J'ai pu l'éclairer sur ces énigmes. Paul s'est transformé rapidement. En fait, il s'agissait de verbaliser la castration symbolique, la loi de la sexualité humaine.

Il m'a déclaré, dans les séances suivantes : « Vous savez, j'ai pu parler à mon papa. Je lui ai demandé si, quand il était petit, on se moquait de lui à l'école. Et il m'a répondu : " Naturellement! Mais j'étais fier qu'on se moque de moi, parce que mon grand-père était un Sèchebœuf, mon père était un Sèchebœuf, et moi aussi. Les Sèchebœuf sont des gens courageux. " »

Voilà ce qui lui a été dit dans la dimension du signifiant, par son père. Mais, jusqu'au moment où je lui ai donné quelques explications sur la vie, Paul n'avait jamais osé lui dire quel rôle il lui attribuait : celui d'une pièce rapportée, d'un compagnon contingent de la mère. Jusque-là, ce père qui travaillait comme un bœuf, n'était pour rien, selon l'enfant, dans la fécondation de la femme. Cet enfant n'avait pas la clef de la conception, ni le sens des mots exprimant le désir et l'amour conjugal, dont ses parents semblaient pourtant un exemple. A partir du travail que nous avons fait sur ces deux rêves, il a complètement réinvesti les phonèmes de son nom. Comme je l'interrogeais sur l'attitude de ses camarades, il m'a répondu : « Non, ils ne se moquent plus de moi. Je ne sais pas, mais ils n'ont plus envie de me taper. »

Paul était de ces enfants qui provoquent ce qu'on appelle la correction paternelle, quand ils ne peuvent pas recevoir la castration symbolique. Ils incitent le père à les agresser, en restant par rapport à lui dans les pulsions masochiques femelles, comme une vache par rapport au mâle, bœuf ou taureau, pourvu qu'il se montre tel. C'est Paul qui parlait de « raclées »; les parents, eux, le disaient « lâche » (il était donc le contraire de l'idéal transmis dans la lignée paternelle : les Sèchebœuf sont courageux).

Pour un garçon avant l'Œdipe, à l'époque de la castration primaire, ce n'est pas le mâle, le père, quoique pénien qui a valeur phallique, procréatrice, c'est la mère. Le petit garçon peut considérer le pénis comme un objet pénétrant ou un fouet tant qu'il n'en connaît pas le rôle fécondateur et qu'il ignore l'existence du désir sexuel du père, associé à l'amour, à l'égard de sa femme.

Être tapé, qu'on lui rentre dedans, c'est ce que cherchait Paul en provoquant ses camarades, en fantasmant des raclées de son père, en restant dans des pulsions homosexuelles passives, jusqu'à ce qu'il ait compris le rôle actif génital du père par rapport à lui et qu'il se soit rendu compte que le père, également secourable, se montrait inquiet de la sexualité de son enfant.

Paul était resté dans le fantasme d'un phallisme urétral magnifié, dévolu au père et aux autres qu'à lui. Et ce phallisme urétral n'ouvre pas nécessairement à la génitalité. Laquelle est, chez les hommes, le désir signifié par le corps, menant à la paternité par la médiation de l'amour et de la parole, alors que l'observation des animaux montre qu'il ne s'agit pas pour eux de désir mais de rut, cas particulier de l'agression.

L'origine des potentialités du désir de viol chez un homme provient certainement de cette époque où le père est admiré en tant qu'urétral-phallique, indépendamment des paroles d'amour qu'il pourrait dire à la mère. C'est un désir de maîtrise de l'autre, de rentrer dans l'autre. Pourquoi pas? Pour un garçon, c'est magnifique de voir ça; pour une fille, c'est en même temps terrifiant, mais cette scène n'est nullement une initiation à la génitalité. C'est comme un rut respectable. Beaucoup d'enfants ont de la scène primitive une imagerie de rut accompli, spectaculaire, avec la représentation d'un patriarche qui a tous les droits. Cela fait partie pour l'enfant de quelque chose qu'il semble admettre. Or, si on ne lui dit pas que le rut n'est pas l'amour entre humains, ou bien si on lui signifie de se taire, au cas où il assiste à une étreinte sexuelle, comme s'il avait mal agi, alors il ne peut pas y avoir d'Œdipe chez un tel enfant. C'est dans ce cas, justement, qu'il y a désir de meurtre du père.

Aucun garçon, aucune fille ne peut admettre que son père se comporte comme une bête en rut sur la mère soumise; un être qui parle ne peut admettre être né d'un acte dont ni le père ni la mère ne peuvent lui parler comme d'un acte beau et humain.

Dans les débuts de la psychanalyse, c'est comme si Freud, parlant du meurtre du père, était resté en deçà de ce qu'est vraiment l'Œdipe chez l'humain. En effet, Freud ne fait pas mention de paroles d'amour que le père dirait à la mère et aux fils qu'il aurait engendrés avec elle. Si bien qu'il ne reste que la lutte des pulsions urétrales des fils, lorsqu'ils se développent, contre un père chez qui les mêmes pulsions commencent à fléchir avec l'âge. Cependant, la mère, source de vie des fils, leur est interdite. Ainsi, dans le mythe freudien, l'interdit de l'inceste prend place avant même que les humains n'aient accès à la parole. Mais Freud n'a pas tort, puisque nous savons par ailleurs que, dans des groupes familiaux génétiques de singes, les plus jeunes ne peuvent pas monter leur mère ni leur sœur; le mâle dominant leur interdit de monter les femelles qui sont les siennes. (On voit la même chose avec les chevaux de Camargue.) Ça veut dire que l'inceste est signifié, mais non interdit, pour certains animaux qui ont des mœurs d'adaptation et des rites de groupe. L'inceste n'est pas interdit puisqu'il n'y a pas de paroles, mais il est empêché, barré, par exclusion, par rétorsion, par expulsion du groupe de celui qui ne se soumet pas à sa loi.

Freud a inventé un interdit dans la nature, et je pense qu'il avait raison, parce qu'il s'y trouve déjà une vie sociale, du fait de l'apprentissage à vivre de petits mammifères debout dans leur rapport aux mammifères adultes debout, représentant la croissance achevée. De plus, je crois que le fait de désirer fusionner sexuellement avec l'adulte qui l'a représenté tout le temps de sa croissance fait retourner le petit à sa source; cela ralentit toute dynamique. Accomplir le désir incestueux produirait une sorte d'autisme à deux, entre des êtres fusionnés. Car il y a dédynamisation, s'il y a possession génitale de celui qui a été le modèle pour grandir.

Freud a très justement vu, dans *Totem et Tabou,* ce qui est préalable à la parole; mais c'est la parole qui permet une sorte d'inceste parlé. *Le désir peut se parler*, se fantasmer culturellement, *il ne peut se réaliser* dans le corps-à-corps, sans conséquences destructrices à l'étage de la culture.

C'est en quoi ce cas clinique peut montrer comment le nom du père, articulé ici au patronyme, Sèchebœuf, a cessé de poser problème pour l'enfant dès que s'est éclairci pour lui le rôle du père dans sa génétique. Sur le plan social, le père était estimé, il tenait son rôle; mais sa place n'était pas marquée dans l'incarnation du corps de ce garçon qui, parmi les possibles, avait eu le développement d'un être féminoïde – ce que, physiologiquement, il n'était pas. Dans sa relation à ceux de sa classe d'âge, il avait le comportement d'un infécond mental, phobique, provoquant l'agression. Ses pulsions urétro-anales pouvaient faire de lui un objet de rejet pour ses camarades, à cause de son nom, qui en même temps, le désignait comme fils de son père. Se faire attaquer par son père était bien une façon, pour lui, de s'assurer qu'il en était le fils, mais sans savoir comment il l'était : voilà comment il le défendait, ce nom! C'est-à-dire, naturellement, sans que puisse opérer la métaphore créatrice des pulsions agressives orales et anales qui sont nécessaires à l'acquisition du savoir scolaire comme à l'exécution des devoirs. Toute la scolarité primaire se fait avec les pulsions orales et anales. Apprendre des notions, avaler et en faire des « rendus » et comptes rendus. Tout le monde le sait bien. Tous les étudiants sont constipés avant un examen; puis, au dernier moment, on court aux WC, on est plein à bloc de ce qu'il faudra rendre au prof, phallique et tout-puissant, qui donnera le fouet si on ne satisfait pas son attente! *(Rires.)* Il y a toujours une teinte de cette anxiété dans les façons d'apprendre, d'avaler : ce ne sont pas, d'ailleurs, de véritables sublimations puisqu'elles ne sont pas génitalisées.

Ces pulsions pré-génitales continuent de jouer un certain rôle, toute la vie, mais surtout dans les situations où l'on se sent en danger de ne pas obtenir une promotion.

P. 1 : Est-ce que vous pourriez en dire un peu plus, sur le sein porteur de la fonction phallique, et sur son articulation, dans ce cas?

F. D. : Cette articulation se fait par expérience vécue dans le corps : du fait même que l'enfant est, dans son corps, confirmé dans son droit à vivre, par la plénitude que lui apporte le sein gonflé de lait. Et, s'il voit cette mère, qui lui donne le sein, en compagnie d'un autre; s'il voit qu'elle le réfère à cet homme et qu'à son tour cet homme le réfère à sa mère; alors, ce qu'il reçoit de la mère vient de la parole du père – ce que présentifie l'enrichissement de la vitalité de l'enfant : lequel se regonfle du fait que le père est le ressourcement affectif de la mère, laquelle, référée à celui-ci, devient le ressourcement affectif de son enfant. Ils sont tous trois responsables, chacun l'étant déjà à l'égard des deux autres par le lien génétique; puis, après la naissance, par la relation de l'objet partiel phallique satisfaisant le besoin; tandis que la relation triangulaire d'amour va s'adresser au désir : c'est parce qu'il la voit couplée avec un autre que le couple que l'enfant forme avec sa mère prend sens pour sa future sexuation consciente, à l'envi du désir de l'autre dans l'amour.

P. 2 : Mais, du fait que l'enfant entend la parole du père quand sa mère lui donne le sein, par exemple, une association se produit, en lui, entre le sein et la parole?

F. D. : Absolument.

P. 2 : En même temps, l'enfant doit bien percevoir que cette voix, c'est un autre?

F. D. : Oui.

P. 2 : Est-ce cela qui explique le fait que, pour l'enfant, vont se distinguer d'une part la voix, d'autre part la chaîne signifiante, la parole? La parole n'est pas la voix. Vous dites que le Nom-du-Père se trouve là, dès l'origine; qu'il ne tient pas à la présence du père, mais au fait que la mère se réfère à lui par des paroles. Donc, cette parole du père entendue par l'enfant n'est pas seulement une voix?

F. D. : Non, cette parole n'est pas qu'une voix. La voix est un des signifiants partiels de l'émoi qui charnalise symboliquement le père dans l'enfant, à l'image des sentiments suscités par cet homme pour la mère. Mais il y a d'autres éléments que la voix : le regard, la gestuelle, la mimique du visage sont porteurs de sens. Finalement, c'est l'« abstract » de toutes ces signifiances que le Nom-du-Père va condenser et symboliser. Qu'est-ce que le père? C'est tel nom. C'est un mot. Mais, à n'être qu'un mot, il va représenter pour l'enfant, dès sa naissance, toute la lignée paternelle à travers cet homme-là. Le Nom-du-Père, c'est aussi ce qu'il y a de valeureux chez cet homme dans ce que la mère dit de lui à l'enfant. C'est également la complémentarité affective qu'elle a trouvée en cet homme, la réfection de ses propres manques grâce à lui, comme la joie qu'elle a ressentie de répondre à ses manques à lui. L'apparition de l'enfant dans le couple fait partie de ce qui fait la signifiance des dons de la mère au père, et réciproquement. Enfin, la présence même du père vis-à-vis de l'enfant peut être l'un des signifiants de sa fonction symbolique. Pour le petit Paul, cette présence était probablement très pauvre en paroles. C'est pour cela qu'il regardait ses parents comme des animaux, qui devaient se cacher d'être des humains. Ils n'avaient jamais donné d'éducation sexuelle à leur enfant; ils n'en voyaient pas la nécessité. Vivant à Paris, mais tous deux originaires de la campagne, ils n'étaient pas d'un « niveau culturel » élevé, comme on dit. Cet enfant n'avait pas eu de réponses à ses questions sur la sexualité, en aucun vocabulaire approprié. Cependant, tout était en place, pour lui, sur le plan symbolique, car il aimait son père, il était en sécurité avec lui – son rêve le montrait. Mais le danger était représenté dans ce rêve par les cailloux qui pouvaient rouler, et l'entraîner. Or les cailloux sont associés aux excréments que l'on donne à la mère. Si elle met en faute l'enfant à cause de ses excréments, à cause de ces « faire » qui ne viennent pas au bon moment, elle le dénarcissise.

De même en ce qui concerne les expériences au bord de la mer : on est courageux d'aller dans les vagues, mais, si le sable se dérobe sous les pieds, on est sauvé en donnant la main à papa. Le petit Paul avait une bonne mère et un bon père, mais rien ne lui avait été verbalisé de telles expériences comme de son observation de la différence des sexes et de leur rôle. Il faut saisir tout ce que cela signifie symboliquement.

Cet enfant sentait qu'en compagnie de ses parents, il ne lui serait pas arrivé malheur; mais, dans la société, il perdait toute certitude. Pour faire face, il n'avait trouvé d'autre solution que de s'identifier à sa mère.

P. 1 : De s'identifier à sa mère ou de faire corps avec elle?

F. D. : C'est une identification que d'*être corps comme* tel autre. Il ne pouvait qu'être un objet, dans une « scène primitive », vis-à-vis de la masse des autres garçons. Voilà comment cela se manifeste dans la clinique; mais, lorsqu'on le dit dans les formules de Lacan, on en comprend le sens. Il faut chercher comment les cas en sont l'illustration. Avant même de pouvoir analyser les textes des rêves, il a fallu, ici, décoder les fantasmes de l'enfant, pour l'aider : au niveau de la castration primaire, et de la castration primaire bis (qui lui font admettre que les garçons n'ont pas d'enfants; que les enfants sont ceux des femmes *et* des hommes).

Pour les filles, la castration primaire [1], c'est de reconnaître qu'elles n'ont pas de pénis; la castration primaire bis, d'accepter de ne pas avoir de seins. Elles s'en sortent, d'une façon qui n'est pas visible comme chez les garçons, par une croyance imaginaire dans le « faire » magique des mères qui produiraient les enfants de manière digestive, parthénogénétique. Si on ne les en dissuade pas, les filles peuvent rester, toute leur existence, attachées à ce fantasme, qui n'empêche pas la vie du corps mais qui fait obstacle aux relations mixtes comme à la castration symbolique; qui fait barrage à un Œdipe complet, comme au désir d'avoir un enfant du père. Laissées dans cet état d'ignorance, les filles imaginent que les enfants sont les produits magiques de la consommation orale d'un objet partiel, ou le résultat d'une piqûre, par exemple. C'était la théorie d'une jeune fille qui avait suivi, à l'âge de douze ans, des cours d'éducation sexuelle, que sa pauvre mère, veuve, lui payait fort cher. Elle en avait retenu que les filles avaient depuis toujours des bébés dans leur corps, mais qu'il fallait une piqûre que les messieurs font avec leur « truc », pour

1. Cf. *L'Image inconsciente du corps, op. cit.*, « La castration primaire », p. 164-185.

que les bébés puissent se développer et sortir. *(Rires.)* Voilà ce qu'avait retiré de l'instruction sexuelle cette innocente, fille d'innocente! Quant aux hommes, ils avaient un « va-gain »; ils n'avaient pas les mêmes règles que les femmes : elles étaient blanches chez les hommes, alors que pour les femmes c'était du sang.

Vous voyez qu'il ne suffit pas de s'instruire! *(Rires.)*

9
Psychoses

Un enfant psychotique ne demande rien, mais son état demande - L'enfant psychotique est une intelligence pure - A l'origine d'une psychose, la confusion du désir et du besoin - Qui parle dans les voix de l'halluciné? - Fonction de la main dans la relation aux psychotiques.

P. : Vous préconisez le paiement symbolique pour les enfants...

F. D. : Oui. Tout à fait.

P. : Mais cela s'applique-t-il également aux enfants psychotiques? Car ce sont des enfants qui ont des difficultés à faire un traitement en leur nom propre.

F. D. : Eh bien, je ne sais pas. Chaque cas est particulier. Il faut aborder les traitements des psychotiques au coup par coup. Au début d'une cure, en effet, un enfant psychotique ne demande rien; mais son état demande, si je puis dire. Alors, un essai pour introduire le paiement symbolique ne peut pas se faire avec l'enfant seul, mais toujours avec les personnes tutélaires. A partir du moment où l'enfant psychotique met une personne tutélaire à la porte, pour avoir sa séance, on peut lui dire comme à tout autre enfant : « Si tu veux travailler seul avec moi, je suis d'accord pour une fois, deux fois; mais, la troisième fois, tu apporteras un paiement symbolique. » L'enfant psychotique en est tout à fait capable, puisqu'il connaît même les jours de ses séances. Les parents vous le disent : « D'ordinaire, il se lève à neuf heures; mais, le jour de la séance, il est debout, habillé, dès six heures. »

Pourtant, ce sont des enfants qui ne parlent pas et qui n'ont pas le sens du temps. Dès que le transfert est établi, il faut leur dire la date de la séance suivante. On ne sait pas comment ils le savent, mais ils en gardent la mémoire.

Les psychotiques sont une intelligence pure.

Dès qu'un enfant psychotique comprend qu'il fait vraiment un travail, les choses se passent pour lui comme pour un autre enfant; mais c'est au coup par coup qu'on peut en juger. C'est pourquoi je ne peux vous donner de réponse *a priori*. Aucun psychotique n'est dans une structure qu'on pourrait décoder immédiatement pour lui donner la possibilité d'accéder à l'Œdipe et de dire « je »; pourtant, il peut sentir « je », sans être en mesure de le dire; il est donc capable d'apporter un paiement symbolique dont l'analyste aura décidé avec lui.

P. : Ce n'est donc qu'au terme de quelques séances qu'il peut comprendre qu'il fait un travail?

F. D. : Oui. C'est la nécessité des séances préliminaires, pour lesquelles on ne demande pas de paiement symbolique. On ne peut pas se lancer dans une thérapie sans un accord de l'enfant; on doit attendre qu'il soit décidé à faire un travail pour comprendre une angoisse – ce qui ne signifie pas toujours, ou même pas du tout, guérir d'un symptôme dont la société ou les parents voudraient le voir débarrassé. « Qu'est-ce qui ne va pas? Qu'est-ce qui dans toi est malheureux? Où as-tu mal? – Ah oui! J'ai mal à mon père » – parole de schizophrène. « Tu ne peux pas changer ton père, mais, en travaillant avec moi, peut-être pourras-tu guérir ou supporter le mal que tu as à ton père. »

P. : Que voulez-vous dire en affirmant qu'un psychotique est une intelligence pure?

F. D. : Eh bien, c'est une intelligence qui n'a pas de médiations pour se faire apprécier, voilà ce que je veux dire. Comme tout être humain, le psychotique a la fonction symbolique, mais, chez lui, elle tourne à vide, sans moyens de communication perceptibles par nous. Pourtant, il communique, il perçoit, lui; mais nous ne savons pas comment. Il perçoit à travers une grille qui est la sienne, que l'on arrive parfois seulement à déchiffrer. Quelquefois, il a l'air de ne rien percevoir; comme ces autistes qui connaissent la date de leur séance, puisqu'ils se lèvent ce jour-là. C'est un fait, une réalité de la passion de l'enfant psychotique.

L'intelligence est fonction symbolique, et tout être humain en est doué. Mais, comme il n'y a pas de représentation possible sans un code, cette fonction symbolique ne peut se passer de moyens, c'est-à-dire des médiations que sont la perception et la castration.

Accepter un codage, c'est accepter une castration : c'est reconnaître que, pour pouvoir exprimer ses propres perceptions et recevoir celles d'autrui, il est nécessaire de passer par un code commun.

Les psychotiques, eux, ont un code perturbé – ce qui ne veut pas dire qu'ils ne sont pas intelligents. Certains ont avec les animaux un code que nous n'avons pas; ou bien avec la pesanteur : ils sont avec des forces cosmiques dans une relation dont nous n'avons pas l'expérience. Ils sont d'une adresse de somnambule. Un somnambule a une intelligence inconsciente formidable; à sa place, nous nous casserions la figure. Tous ces schizophrènes qui enjambent des fils électriques! On se demande comment. Ils ne voient rien et ne se cognent jamais; tandis qu'un enfant sain, c'est-à-dire normalement névrosé, avec de petits symptômes, se heurte aux coins de tables, se prend les pieds dans les fils. Vous voyez? Ce que je dis, c'est que les enfants psychotiques ont un code trop perturbé pour que nous les comprenions directement. Notre travail consiste à déchiffrer ce code par rapport à eux-mêmes et par rapport à leur histoire : car il fonctionne à un niveau beaucoup plus profond que chez le névrosé.

A l'origine de la psychose, il y a rupture d'un lien de besoin d'un enfant avec sa mère, rupture qui, n'ayant pas été parlée, mutile le corps de besoins de l'enfant. Le germe de la psychose est la confusion du désir et du besoin. La perversion est aussi un peu quelque chose comme cela : la confusion entre un désir actuel et un besoin qui n'est pas en rapport avec celui-ci; c'est un besoin qui se trouve pris dans un désir d'autrefois, et qui cherche à se satisfaire à travers un objet imaginaire qui ne correspond plus au sujet du désir d'aujourd'hui.

Ceci me rappelle le cas de cet adulte, un jeune architecte, qui était tombé dans la psychose vers l'âge de vingt et un ans. Il faisait des « charrettes [1] », comme on dit. On avait parlé de surmenage; il avait dû être hospitalisé. Et cela durait depuis quinze ans. C'était désormais un grand échalas qui déambulait sans cesse, seul avec des voix auxquelles il répondait. Sa famille l'avait laissé tomber. Un jeune psychanalyste qui s'occupait de lui m'avait demandé comment faire pour l'aider. Je lui ai dit : « Demandez-lui d'abord de qui est la voix? d'un homme? d'une femme? d'un garçon? d'une fille? » Or le patient a répondu à l'analyste : « C'est la voix d'une enfant; la voix de ma petite sœur, quand elle avait cinq ans. » A l'époque, il avait lui-même neuf ans. On ne lui avait pas dit, alors, que sa petite sœur était morte, mais il y avait eu de grands remue-ménage à la maison.

L'analyse a pu démarrer, de ce moment. Il a pu faire un deuil non pathologique de sa sœur et libérer ses pulsions d'adulte des culpabilités infantiles.

Aujourd'hui, c'est un homme libre. Je ne connais pas les circonstances qui l'ont fait basculer dans la psychose; je pense que c'est autour d'une relation avec une jeune fille que cela a dû commencer. La non-mort de sa sœur s'est, sans doute, interposée en interdiction à tout projet : d'où le ratage, sa maladresse à l'égard de la jeune fille, sa propre culpabilité envers les filles en général. Dans son désir, à cette époque, il y avait donc confusion d'un besoin génital, adulte, et d'un désir ancien, chargé de culpabilité, à l'égard de sa sœur.

Ce qu'on appelle forclusion dans la psychose venait ici de ce que personne n'avait demandé au malade quelle était la voix qu'il entendait. Il me semble, en effet, que la forclusion n'est que le nom donné aux résistances du psychanalyste.

Un petit être humain a constamment une fonction symbolique – il l'a sans doute dès la vie fœtale. Pour autant que nous

1. Terme par lequel on désigne, dans le jargon des architectes, les moments de presse et d'entraide qui précèdent la remise de projets d'école.

saisissions ce qui se passe chez les enfants psychotiques, lesquels vivent dans l'apport de sens qui leur vient de la vie fœtale, toujours entés sur la scène primitive, continuellement habités par les pulsions de mort, nous voyons que leur fonction symbolique d'humains dépend encore du code d'avant leur naissance, bien que leur corps mammifère ait déjà six ou huit ans.

Lorsque l'on a à faire à un enfant psychotique, il faut connaître les modalités selon lesquelles il satisfait les besoins de son corps : comment ça se passe; comment il mange; comment il dort; qui le torche. Il est également important de ne pas laisser le parent tutélaire sans médiations entre son propre corps et celui de l'enfant. Si, par exemple, l'enfant a besoin de quelque chose, qu'il a faim, et que, du fait de l'incapacité où il se trouve de connaître son corps, il ne peut demander, c'est avec sa main à lui que ses parents doivent le faire manger, jamais directement avec leur propre main; de même pour qu'il se lave ou se torche. Sinon, ce n'est pas la peine de commencer un traitement : vous, psychanalystes, ne savez pas, dans de telles conditions, qui vous soignez puisque vous avez affaire à un corps qui se continue par un autre corps; c'est-à-dire à un sujet qui n'est pas castré, ses parents ne l'étant pas non plus. L'enfant est alors une partie de leur corps et de leur désir. Ils n'ont pas mis entre eux-mêmes et lui la médiation de cette partie distincte du corps de l'enfant : la main, laquelle, chez les humains, sert à faire ce qui est nécessaire à la satisfaction des besoins.

C'est toute la difficulté des psychanalyses d'enfants. On ne peut pas entreprendre la cure d'un enfant si les parents ne vous envoient, en fait, qu'un bout d'eux-mêmes dont ils ne sont pas séparés dans la satisfaction des besoins du corps. C'est dans ce cas précisément que le traitement doit se faire devant les parents, jusqu'au moment où cette séparation sera acquise à domicile. Il faut alors s'adresser à l'enfant lui-même, souligner qu'il est limité à ses téguments pour la satisfaction de ses besoins, tandis que le corps et les mains de ses parents n'ont de contact avec son corps que pour sa sécurité. Les parents n'ont pas besoin que le corps de leur enfant soit collé au leur, comme un parasite. Leur comportement corporel, leurs câlins, leurs gestes, leur aide matérielle doivent être langage d'amour et expression d'une relation tutélaire.

P. : Pourriez-vous nous parler des lésions internes dont souffrent certains enfants et certains adultes, ulcérations de l'intestin ou de l'estomac. Quelle est leur origine? A quel moment apparaissent-elles?

F. D. : On peut se demander si ces lésions, dont personne ne connaît la cause, ne sont pas des moyens de ne pas entrer dans la folie. Leur genèse est probablement tardive. En tout cas, elles n'apparaissent pas dès la naissance. Elles datent, au plus tôt, du moment où l'image du corps se construit, à partir de références à l'estomac, au larynx, etc. Cela explique bien, du reste, l'origine de processus délirants. Une lésion de ce genre peut provoquer une mort réelle comme une mort symbolique. Mais souvent les sujets parviennent à maintenir un entre-deux (entre réel et symbolique), au niveau du psychosomatique : la lésion étant chronicisée, les rémissions succédant à des périodes de réveil cyclique.

P. : Peut-être précisément parce que la lésion survient à la place d'un lien qui n'a pas pu être symbolisé?

F. D. : Oui. C'est de l'ordre de l'inscription, non de la symbolisation.

D'où la question : pourquoi tant de psychoses d'enfants aujourd'hui? N'est-ce pas dû précisément à la rupture itérative, ou plutôt à l'absence de structuration par le corps-à-corps avec la mère? Car l'enfant d'aujourd'hui appartient à ce qu'on peut déjà appeler la deuxième génération du biberon. Lorsqu'une mère, elle-même élevée au biberon, le donne à son tour à son enfant, il n'y a pas pour celui-ci inscription du corps-à-corps à la mère, qui devrait lui donner une sécurité structurante (la mère représentant également le père pour l'enfant; mère et père se trouvant confondus dans la relation fusionnelle de l'enfant au sein). Autrefois, un enfant retrouvait aussi souvent qu'il le voulait le rythme de cette existence fusionnelle. Quand il était porté et allaité par la mère, les vibrations de la voix maternelle parvenaient jusqu'à son estomac. Car, si une mère parle à son bébé en lui donnant la tétée, les vibrations de sa voix seront, bien sûr, portées par ce courant liquide bien chaud qui entre à l'intérieur de lui et qui dépose en son corps même une inscription langagière d'amour. C'est ce qui manque, de nos jours, aux enfants qu'on laisse dans leur berceau, qu'on porte moins souvent; autrefois, on les prenait toutes les trois heures pour leur donner le sein.

P. : Moi, j'ai l'impression qu'un autre problème se greffe sur celui-là : c'est celui des mères qui nourrissent leur enfant et qui doivent reprendre leur travail quelques semaines après leur sortie de la maternité. Elles se mettent donc à hâter le sevrage, parce qu'il faudra confier l'enfant en garde...

F. D. : Vous vous demandez si ce n'est pas la cause de la rupture du sensorium existentiel de l'enfant? Selon Pichon – car le mot est de lui –, ce sensorium était le noyau narcissique d'une existence en sécurité. Mais il y a un autre mode d'existence possible pour un enfant : être une chose lâchée par la mère. Son histoire est alors interrompue. Si les interruptions sont trop fréquentes, ou trop longues, si de nombreux abandons itératifs se succèdent, des changements de lieux, de nourrices, l'enfant en vient à se considérer comme un objet partiel rejeté, ce que nous le voyons être : objet défécatoire ou objet dévoré – ces deux modes d'objets partiels de la communication à la mère auxquels, justement, les psychotiques s'identifient, en répétant perpétuellement le danger où ils se trouvent, à cette place, d'être consommés ou rejetés. Ce qui les sauve un peu, c'est d'« avoir des voix »; cela les fait paraître plus fous encore, mais c'est faux, car c'est tout de même un lien qui continue d'exister pour eux, par cette voix. Ils en sont habités et se croient manipulés jusqu'en leurs oreilles où ils guettent la présence de la mère qui est partie, qui les a abandonnés. Cette voix résiduelle à l'absence de l'autre leur parle pour qu'ils se sentent moins abandonnés; comme si leur mère était là. C'est peut-être l'équivalent d'une phobie : il s'agit, là aussi, de se continuer avec un autre pour exister. Dans l'hallucination même, il y a un lien de désir à un autre, la voix étant soi-disant désirante de l'enfant halluciné.

P. : Non... Moi, ce dont je voulais parler, c'est de quelque chose que j'avais repéré dans les anorexies. Dans plusieurs cas d'enfants nourris aussi bien au sein qu'au biberon, il y avait eu précipitation dans le sevrage, parce que la mère devait reprendre le travail. On sait qu'il y a une sorte d'ultimatum dans cette reprise du travail...

F. D. : Oui... Quand elles sont en train de sevrer brusquement, leur enfant n'est pour elles que l'image qu'elles se font de leurs seins douloureux. Et, lorsque l'enfant est à la crèche, elles continuent de souffrir de leur poitrine. Penser à leur enfant, c'est penser à cette douleur dans la poitrine. C'est tout différent pour une mère qui sèvre parce que, peu à peu, elle n'a plus de lait. Elle ne souffre pas. Elle n'a plus qu'un lien l'amour avec son enfant, mais c'est un lien symbolique : il souffre peut-être d'elle, mais elle peut penser à lui sans souffrir. En revanche, dans le premier cas, il n'y a pas d'autre lien entre la mère et l'enfant que la souffrance. Entre eux demeure l'imaginaire : la souffrance que la mère ressent à la poitrine est la souffrance de l'enfant, puisque le lait qu'il prend n'est plus celui de la mère. Le lait est bien sécrété dans le corps de la mère, mais il est à l'enfant, puisque, sans le placenta, elle n'aurait pas eu de lait. C'est le deuil biologique du placenta qui produit la montée de lait. Et le lait appartient à l'enfant puisque chaque enfant fait sourdre en sa mère un lait différent. (Il paraît que la composition même du lait maternel est différente pour chaque enfant; il correspond donc aux besoins biologiques de cet enfant-là seulement.) Il y a là vraiment une fusion symbiotique, biologique.

P. : Or ces fusions sont scandées par des ruptures. Est-ce à partir du moment où le placenta disparaît que tout se joue?

F. D. : C'est cela! Ce sont des ruptures, mais des ruptures médiatisées par la parole et non par la souffrance, comme lors d'un sevrage brusqué.

P. : C'est donc qu'il n'y a, en ce dernier cas, pas de vraie rupture?

F. D. : La souffrance est le signe qu'une rupture n'a pas encore eu lieu. C'est peut-être l'une des causes des psychoses d'enfants. D'autres phénomènes ont aussi, souvent, une incidence : les changements de lieux par exemple. Certains enfants ne peuvent supporter d'être constamment changés de territoire, d'autres le tolèrent. C'est toute la question du capital génétique, accompagné ou non de telles potentialités symboliques, chez tel ou tel. Nous ne savons pas. Il y a des enfants qui, sevrés aussi brusquement que d'autres, continuent d'être enracinés dans leur corps; ils font des maladies, mais ils survivent. D'autres n'y parviennent pas. C'est tout le problème de l'originalité de chacun.

10

Sur le traitement des psychotiques

L'endormissement de l'analyste en séance - Les pulsions de mort sont le ressourcement des pulsions de vie - Le sommeil, réponse des bébés à l'inconnu - Dette d'agressivité à l'égard de parents morts.

F. D. : C'est très curieux : quelquefois, on se met à tutoyer un jeune à qui, d'ordinaire, on s'adresse en disant *vous*. Ça m'est arrivé. Cela signifie qu'une modification inconsciente dans la relation s'impose à la conscience. Dans ce cas, je demande à la fille, ou au garçon : « Qu'en penses-tu? Lorsque tu es arrivé, je te disais *vous;* maintenant, je te *tutoie.* » (Ou bien, c'est l'inverse : j'ai commencé par le tutoiement pour passer ensuite au vouvoiement.) C'est à eux que je pose la question, c'est par eux qu'elle m'est venue.

C'est la même chose lorsque je m'endors en séance. C'est à la personne qui m'endort que je demande pourquoi. *(Rires.)* Eh oui! Elle le sait sans doute mieux que moi.

Ce qui est terrible, c'est avec certains enfants psychotiques : je ne sais pas si vous l'avez remarqué, avec eux on est vraiment pris de sommeil. Chaque fois, je leur dis : « Tu vois, je m'endors », ou bien : « Tu as vu? J'ai dormi. » Or c'est étonnant de voir les progrès que cela leur fait faire. Ils sont là, pendant qu'on somnole et, tout d'un coup, on est réveillé parce que quelque chose a été vécu.

A être ainsi soumis à la libido du sujet, dans un contre-transfert, on le laisse seul maître de la situation. Il a besoin que nous abandonnions notre vigilance pendant un moment. C'est une manière pour l'enfant de castrer le psychanalyste, et c'est excellent pour lui. Il ne répond pas avec des mots; il répond avec sa libido qui prend de la présence et de la force : plus, même, il met de l'ordre.

Ce qui est curieux, du reste, c'est que, par exemple, les psychotiques qui sont des « casse-tout » sont le plus souvent ceux qui vous endorment; or, quand ils ont endormi le psychanalyste, ils ne font jamais de déprédations.

> P. 1 (femme) : Mais puisque vous êtes endormie...

F. D. : Mais le sommeil de l'analyste n'est pas une déprédation, c'est une relation, qui permet à l'enfant d'être le maître, ici et maintenant; l'autre, l'analyste, étant plongé dans ses pulsions de mort à lui. Alors que, d'ordinaire, c'est en paroles qu'on leur dit angoisse – angoisse qui les met aux prises avec la menace de morcellement sadique ou de destruction qu'ils supposent dans la rencontre avec l'autre. Qu'on se sente pris de sommeil est donc très important pour eux : parce que cela signifie que notre inconscient communique avec le leur. D'ailleurs, quand on dort près de quelqu'un, on est vraiment avec cette personne; bien davantage qu'à l'état vigile. Se laisser aller au sommeil veut dire que nous faisons confiance tant à l'autre qu'à notre inconscient. Les enfants psychotiques sentent qu'on leur fait confiance ainsi. Nos pulsions de vie comme nos pulsions de mort communiquent alors avec les leurs, en sécurité.

> P. 1 : N'y a-t-il pas quelque chose de l'ordre de la mort elle-même?

F. D. : Non, ce dont vous parlez, c'est une projection due à l'angoisse qu'éprouve et émet le psychotique et aux risques qu'elle entraîne. Au contraire, les pulsions de mort, c'est la vie végétative, saine et tranquille; c'est le fusionnel sécurisant dans lequel les psychotiques désirent toujours se réfugier, régressivement. Ce désir narcissique, fusionnel, sait ce qu'il fait; il vise, dans l'impossible, incestueusement, la mère ou la scène primitive, et se transfère sur tout autre acceptant la rencontre. Cet autre devient alors, pour le psychotique, à la fois désiré et dangereux. C'est pourquoi, de l'endormissement de l'autre, le psychotique reçoit l'apaisement d'être totalement accepté, avec son angoisse et ses fantasmes.

La partie désirante de nos pulsions de vie restant au repos, les enfants psychotiques sont, eux, beaucoup plus libres de leur libido active, plus conscients d'eux-mêmes, lorsque justement nous cessons de l'être pour eux. L'ici-maintenant de la relation psychique entre deux sujets est laissé aux seules pulsions de l'enfant, l'analyste assumant ses propres pulsions de mort [1]. C'est le résultat du transfert fusionnel. L'absence de notre présence assumée comme telle vis-à-vis de l'enfant permet à ce qui, en lui, est d'habitude absent de devenir présent et efficace. Ceci se produit donc dans un moment de contre-transfert, accepté par l'analyste, et correspondant aux nécessités fusionnelles du désir chez ces enfants.

P. 1 : Mais quand on est fatigué, tout simplement...

F. D. : Je ne parlais pas de cette éventualité-là. Il peut arriver, en effet, que l'on soit fatigué. Mais j'ai remarqué que certains enfants m'endorment à n'importe quelle heure et me réveillent peut-être cinq minutes après – je ne sais pas en général combien de temps exactement cela a duré. Or cet endormissement n'est jamais dû à la fatigue; c'est une recherche pour les comprendre; pour cela, il faut aller jusque dans les pulsions de mort, puisque c'est en elles que les structures psychiques perturbées d'un enfant psychotique sont au plus près de son désir de sujet, à la recherche d'une communication authentique avec un autre sujet.

Du fait d'un pré-Moi non castré, ou d'un Moi perturbé par des frustrations intolérables, ces enfants, en présence de quiconque leur paraît fort et désirant, se trouvent livrés fatalement au danger de leurs propres désirs sadiques partiels, projetés. Ils sont livrés aux désirs des pulsions de mort : c'est-à-dire les désirs, chez un sujet, d'une vie sans conscience de son corps ni de ses zones érogènes. C'est alors que l'un des deux, l'analyste, doit abandonner la position de sujet des désirs de vie, pour que l'autre, l'enfant, rencontre chez celui qui est endormi un sujet, pour s'en

1. Cf. *L'Image inconsciente du corps, op. cit.*, « Pulsions de vie et de mort », p. 34-49.

faire comme une prothèse. Il se sent reconnu et devient, pendant ce moment, un sujet vraiment vivant, qui peut s'assumer en sécurité. La preuve en est donnée par la paix et l'ordre qu'il retrouve alors, dans tout ce qu'il fait : il dessine et fait des modelages calmement, alors qu'en arrivant à la séance il était instable et anxieux.

P. 1 : L'endormissement de l'analyste n'est-il pas une défense contre l'angoisse du patient, qu'il éprouve lui aussi?

F. D. : C'est ce que j'avais pensé, les premières fois où cela m'était arrivé et où je me le reprochais. Mais j'ai réfléchi aux effets tellement positifs que j'ai observés sur mes jeunes patients. Non, je crois que c'est pour eux une sécurité et qu'ils éprouvent le bienfait narcissique du sommeil profond. C'est une paix qui leur permet de s'exprimer. Ils ressentent la confiance totale de l'analyste, qui, consciemment, serait plutôt porté à quelque méfiance face à leur comportement.

P. 2 : Est-ce que le sommeil ne peut pas être ressenti tantôt par le psychotique tantôt par l'analyste comme un rejet?

F. D. : Je ne crois pas. En tout cas, je ne l'ai jamais éprouvé comme tel avec des psychotiques. C'est pour moi le signe que je les accepte totalement.

C'est différent avec les névrosés; ils nous fatiguent parfois, parce qu'il faut tendre l'oreille pour les entendre. Non, c'est un signe tout à fait particulier aux psychotiques, c'est même un signe, selon moi, pathognomonique de ce que l'on est en train de chercher la rencontre du sujet en ce point-là où, quelle qu'en soit la raison, son désir se confond avec l'annulation de son Moi (dont le corps agissant fait partie). Le psychanalyste acceptant par ce sommeil de se faire objet, l'autre peut devenir sujet.

P. 1 : Moi, je me posais la question de la nature, de la qualité de l'agressivité.

F. D. : De l'agressivité que représenterait le fait de dormir? C'est ce que vous voulez dire?

P. 1 : J'avais un peu déplacé le problème. Je voulais parler de la fatigue que suscitent certains patients...

F. D. : C'est vrai; mais alors il s'agit de névrosés. On sent parfois venir cette fatigue quand ils parlent très bas, à cause de leur culpabilité, ou quand ils abordent les pulsions agressives contre lesquelles ils luttent, et dont nous acceptons d'être la cible. Cette fatigue peut aussi être celle de la lutte contre l'angoisse de notre patient. Nous devons nous poser la question : « Étais-je déjà fatigué avant sa venue, avant le début de la séance? » Dans le cas contraire, c'est que notre sommeil appartient aussi au patient : c'est notre contre-transfert. Et il faut le lui dire, pour lui permettre d'en trouver le sens. C'est parfois de l'agressivité, parfois non. C'est aussi bien un refus d'être, ou un désir de paix.

Quant aux pulsions de mort, ce n'est pas de l'agressivité : c'est la sérénité, la santé totale, le silence des organes dans le sommeil profond où le sujet se repose de désirer, tandis que le corps se refait. On est ainsi porté par les rythmes végétatifs. Quand on est gelé et qu'on se couche le soir, fatigué, on n'a qu'à s'endormir pour être presque immédiatement réchauffé : la circulation se rétablit complètement, notre santé se restaure, tout comme nos potentialités libidinales...

Quand nous avons épuisé nos forces de désirants, il faut bien que nous les retrouvions; et c'est dans les pulsions de mort qu'elles se ressourcent, parce que le sujet s'éclipse et qu'il n'a plus à assumer les tensions et les jeux du désir. Pendant ce retrait, lès pulsions de mort perdurent. Il faut toujours demander : pulsions de mort de quoi? Du sujet des désirs médiatisés par le corps : des désirs qui émanent de lui vers autrui ou de ceux qu'il en reçoit.

Au contraire, les pulsions agressives sont des pulsions de vie d'un sujet animé du désir de donner la mort à un autre. (Elles vont, dans ce registre, de l'attaque morcellante au meurtre.) C'est tout à fait différent; d'autant que les pulsions agressives, elles, sont ressenties. De plus, un sujet peut parfois retourner son agressivité contre lui-même, image de l'autre; contre ce corps ennemi!

P. 1 : Mais je reviens à ma question sur la fatigue du corps...

F. D. : Oui. C'est peut-être au thérapeute de l'analyser pour soi-même. Il y a beaucoup de choses comme celles-là – l'amour, la haine – dans le contre-transfert, que personne ne peut distinguer pour un autre. Il faut que chacun s'éprouve soi-même pour le comprendre, dans la relation qu'il a avec autrui. Et puis, c'est au fruit qu'on reconnaît après coup de quelle pulsion il s'agissait.

Si, par exemple, vous faites promener un bébé par quelqu'un qu'il ne connaît pas, un bébé qui d'habitude ne dort pas à l'heure de la promenade, vous verrez que cette fois il s'endormira, parce que vous ne lui aurez pas présenté vraiment cette personne. On voit ce phénomène chez des enfants de deux ou trois mois, et chez certains, il se produit jusqu'à onze ou douze mois. C'est au moment de la marche qu'il disparaît. En effet, ils s'endorment pour fuir cette relation pour laquelle ils n'ont pas de code. C'est trop difficile pour eux, ils n'ont pas reçu de paroles médiatrices.

C'est peut-être quelque chose du même ordre qui nous fait nous endormir, quand il devient trop difficile de suivre un psychotique dans une structure qui n'est qu'à lui seul. Une telle structure, qui a été totalement refoulée en nous, il faut aller jusqu'à s'endormir pour la retrouver, pour être, grâce à notre noyau psychotique, en bonne intelligence avec l'enfant.

Ce que je dis des bébés, les mères le savent, et celles qui sont ici parmi vous l'auront observé. Si votre enfant s'est endormi pendant la promenade, à un moment de la journée où il est d'ordinaire tout à fait éveillé, c'est qu'il n'avait pas de code pour communiquer avec la personne qui s'en occupait. Elle n'a pas été, comme je dis, « mamaïsée ». Il a manqué à l'enfant des paroles de sa mère pour se sentir en sécurité avec la personne déléguée auprès de lui pour la promenade. Il est également possible qu'il ait à faire à quelqu'un qui n'a pas de contact avec les bébés, qui ne les aime pas.

P. 1 : Je ne comprends pas bien ce genre d'effets...

F. D. : Et pourtant, tout le monde les connaît : ce sont des effets de transfert. Ces effets somnifères ou ces effets d'alacrité mentale où vous mettent certains patients, les psychanalystes n'en parlent pas souvent, du point de vue clinique.

P. 1 : On a peut-être l'impression que c'est le seul langage dont disposent ces enfants psychotiques. C'est ce qui explique le fait que le thérapeute s'endorme en séance.

F. D. : Non, ce n'est certainement pas un langage, c'est plutôt l'absence d'un langage. Il s'agit d'un comportement dans un rapport transférentiel et contre-transférentiel. C'est pourquoi il faut se demander, quel que soit l'âge du patient : que cherche-t-il à retrouver, ici et maintenant, dans la relation avec l'analyste que je suis? à la place de qui me met-il? à la place de quoi?

Mais oui! C'est ça, être psychanalyste, praticien : c'est se coltiner l'autre jusqu'à rencontrer en soi le noyau psychotique : le sien et puis celui de l'autre. *(Rires.)* Quand on parle de « psychotique », cela signifie : « sans code connu ». Il est, en effet, possible que l'endormissement de l'analyste vienne d'une résistance à pouvoir dire en mots ce que ces psychotiques muets ne peuvent pas même dire par une expression graphique, plastique ou ludique lorsque l'analyste est attentif.

Or, on le voit aux modelages et aux jeux : des enfants qui sont incapables d'avoir une attention suivie quand vous êtes éveillé s'installent et commencent à faire quelque chose dès que vous vous laissez aller au sommeil, à condition, bien sûr, que vous leur en parliez. Alors, quel rôle vous font-ils jouer? Le rôle qu'ils avaient, bébés, quand leur mère leur faisait quelque chose et qu'ils se sentaient fusionnels avec elle, en sécurité. Je crois que c'est bien quelque chose de cet ordre-là. Tandis que, dès qu'ils étaient éveillés, la mère était angoissée des bêtises qu'ils allaient faire. Or, ayant introjecté la mère, ils sont contents que la mère (ou le père, contrôleur angoissé, présentifié par l'analyste) leur fiche la paix. Alors ils peuvent faire comme la mère agissant à sa guise. La mère est la partie active dans la relation fusionnelle et sécurisante qu'ils retrouvent ainsi. L'analyste fait le bébé, et l'enfant fait la mère vaquant à ses occupations. Autrement dit, il y a fantasme et même expression agie de désir par l'intermédiaire de ces objets partiels que sont peinture, dessin ou modelage.

Et l'après-coup des séances est extrêmement intéressant. C'est toujours après ces séances-là que les parents vous disent : « Il a été d'un calme extraordinaire pendant quinze jours. Il a retrouvé des contacts. Et, depuis quelques jours, tout cela s'est perdu de nouveau. On sent qu'il a besoin de sa séance. » Et l'on voit les enfants pressés de venir... dans un lieu où le sujet du désir s'est un peu éveillé parce que, vous, vous vous êtes endormi. Mais, pour qu'il en garde le fruit pour son identité, il faut qu'après le lui avoir signalé et verbalisé, vous ayez accepté ce sommeil comme un effet positif de sa présence auprès de vous.

P. 1 : Quand les parents d'un enfant sont morts, quelle aide symbolique peut-on lui apporter?

F. D. : Il faut que ces enfants dont les parents sont morts puissent exprimer une dette d'agressivité à leur égard. Ils sont furieux. Il faut donc les aider à être agressifs envers des parents qui n'ont pas été assez forts contre la mort. On peut dire à un enfant : « Ils n'ont pas assez pensé à toi, mais, puisque tu as survécu, c'est que tu avais en toi suffisamment de la force de ta maman et de ton papa pour rester. Maintenant, c'est toi qui représentes la famille. »

Le désir de vivre, ce sont les enfants qui désormais en portent la charge. Alors que, d'après le Moi idéal qui leur vient de parents morts, ils aimeraient mieux mourir. Ce Moi idéal active en eux les pulsions de mort, les poussant à faire comme leurs parents, à les retrouver. Tel est le danger que représentent les parents morts. C'est sans doute la raison pour laquelle, en général, les collatéraux ne veulent pas dire à un enfant que sa mère est morte. Ils pensent inconsciemment, peut-être : si on le lui dit, il voudra mourir à son tour. Or, c'est le contraire : si on le lui dit, il sera agressif. Et, s'il est soutenu dans son agressivité à l'égard du mort, il sera soutenu dans ses pulsions de vie. Les personnes de l'entourage ne tolèrent pas que l'on soit fâché contre des parents morts. C'est pourquoi elles cachent la vérité. Il y a peut-être une autre raison qu'il faut chercher cette fois dans les fantasmes des adultes : certains pensent probablement que, si l'enfant accepte la mort d'un parent, c'est qu'il a envie de mourir, mais, cette fois, comme les adultes peuvent en être tentés par le trop de souffrance qu'ils éprouvent à être délaissés par l'être aimé.

Il est difficile de comprendre pourquoi on cache aux enfants la mort de ceux qu'ils aiment, alors que leur dire la vérité est le seul moyen de les aider à n'être pas coupables de survivre. Or cet effort pour n'être pas coupable passe, pour l'enfant, par une phase d'agressivité contre la mort.

P. 2 : Cela rappelle un cas dont vous parliez...

F. D. : Oui. Un enfant de trois ans, dont la mère venait de mourir. Il disait : « Mon père, il a tué ma mère. » Il ne voulait pas rester avec son père. « J'ai le droit d'avoir une mère. C'est mon père qui l'a tuée, il est content, maintenant! » L'homme était effondré. J'ai reçu l'enfant deux fois. Il a sorti tout ça; je l'ai écouté. Peu de temps, après, le père m'a dit : « Maintenant, ça y est, il s'endort le soir; il est très gentil. Je suis ce qui reste. » J'ai ajouté : « Oui, ce qui lui reste de sa mère, c'est vous. » Ce père, bien sûr, n'était pour rien dans la mort de sa femme.

On ne peut se défendre contre la souffrance d'une mutilation de soi autrement qu'en revivant l'arrachement de la première castration. La séparation du placenta ou de l'objet partiel dont on a besoin, le sevrage, la dépendance de l'aide anale, tout cela se répète, se renouvelle dans tous les deuils, à un degré ou à un autre. Toutes ces séparations ont une valeur narcissisante pour celui qui survit, l'obligeant à exprimer une agressivité pour ne pas tomber dans la dépression.

Il faut laisser à ces enfants leurs fantasmes sur la manière dont leurs parents sont morts, parce que tout ce que nous savons de vrai s'arrête à ce que nous leur disons et à ce qu'ils nous disent. Sur le reste, l'enfant peut fabuler. Ce qui importe, c'est que cela soit représenté. S'il croit que ses parents sont morts en avion, on lui dit : « Eh bien, dessine l'avion... Dessine comment ton père et ta mère sont morts. »

Il faut que la mort puisse être représentée par un fantasme, médiatisée par des images.

P. 1 : Mais, justement, pour les enfants adoptés dont les géniteurs sont inconnus... enfin, plus ou moins...

F. D. : Il ne faut jamais leur dire que leurs parents sont morts, quand on ne le sait pas.

P. 1 : Par exemple, dans un cas auquel je pense, on ne sait absolument rien du père, mais on est tout à fait au courant de ce qui s'est passé pour la mère. Le problème pour moi est le suivant : cette petite fille que j'ai en traitement, la mère lui a donné son nom de jeune fille, puis elle l'a abandonnée au bout de trois jours. L'enfant a donc changé de patronyme à l'adoption. Or, il est assez rare, je crois, que des enfants adoptés, qui ont été abandonnés à la naissance, aient un nom de famille. Le plus souvent, ils n'ont qu'un prénom.

F. D. : Mais cela ne change rien. Tout ce que vous savez est à dire à l'enfant, cela lui appartient. Tout ce qui circule à son sujet le concerne.

P. 1 : Mais l'enfant ne connaît pas ce nom de naissance.

F. D. : Est-ce que vous le connaissez, vous?

P. 1 : Non, on ne me l'a pas dit.

F. D. : Dans ce cas, dites-lui que son nom a été changé, mais qu'elle, elle connaît le nom que sa mère lui a donné à la naissance.

P. 1 : La mère adoptive le connaît, elle y a fait allusion, mais elle n'a pas voulu me le dire.

F. D. : Je crois que, dans ce cas, le travail avec la mère adoptive, avant l'analyse de l'enfant, a été insuffisant. Sûrement. Après le début du traitement, il est difficile, parfois contre-indiqué, de parler aux parents hors de la présence de l'enfant. Mais on ne peut pas prendre en cure un enfant adoptif sans savoir, de la bouche des parents, tout ce qu'ils savent eux-mêmes de son histoire. Absolument! Parce qu'il y a des choses que vous serez amenés à dire à l'enfant en réponse à ses questions. Il faut donc toujours prévenir les parents adoptifs : « Il n'est pas certain que j'aurai à dire à l'enfant telle vérité – surtout si cela vous est pénible; mais il faut que je sois au courant pour le cas où il m'en parlerait. Ce ne sera pas à moi de lui répondre, mais à vous. Cependant, il faut que l'enfant puisse me parler en confiance. »

P. 1 : Mais si les parents ne disent pas le nom de naissance de l'enfant...

F. D. : Mais l'enfant l'a entendu, lui!

P. 1 : J'ai l'impression que c'est, pour eux, comme une manière de conjurer le sort. Souvent, les parents adoptifs pensent : si on parle des géniteurs, ils vont revenir et reprendre l'enfant. C'est quelque chose de magique.

F. D. : C'est précisément ce qu'il faut étudier avec les parents adoptifs, en leur demandant : « Quels sont vos sentiments vis-à-vis de la mère de cet enfant? » Généralement, ils commencent par dire : « C'est une salope. Quand on pense qu'on a un enfant comme ça, et qu'on l'abandonne! »

P. 2 : Je pense à une nourrice qui m'a raconté comment elle avait parlé de ses parents à un enfant dont elle avait la garde. Elle lui a dit : « Eh bien, voilà, tu as eu une autre maman », sans dire un mot du père. Elle a fait un tableau d'ailleurs tout à fait catastrophique de la situation de l'enfant. Je lui ai demandé enfin : « Mais vous n'avez pas parlé du père. Il y a quand même bien eu un papa là-dedans? – Oh! Pensez-vous! Il était si petit! Ce devait être une mère célibataire. » *(Rires.)*

F. D. : Nous parlons, en ce moment, de tout-petits, mais il y a aussi les enfants plus grands dont nous nous occupons. Ceux-là sont déjà construits, ils peuvent refuser de croire ce qui leur est révélé. Ils font des objections avec des « oui, mais... ». On se trouve alors en face de situations qui requièrent un travail, dans une psychanalyse véritable, qui permette au sujet de retourner dans son histoire d'enfant.

P. 3 : Ce qui revient dans toutes les thérapies d'enfants abandonnés, à un moment ou à un autre, souvent assez tôt, c'est le fait qu'ils écrivent à la DASS pour apprendre quelque chose sur leurs géniteurs.

P. 2 : C'est d'aillleurs l'occasion pour la nourrice de rendre l'enfant.

F. D. : Oui, car, le rendre, c'est lui rendre l'existence de ses parents géniteurs. Quand la nourrice le rend réellement, quand elle le lui dit, c'est la preuve qu'elle le restitue à lui-même. Et tel est l'effet de votre parole de psychanalyste, lorsque vous dites à l'enfant qui est en transfert avec vous : « Il faut que tu deviennes toi-même, maintenant. Tu n'as plus besoin de la nourrice puisque tu peux me parler. »

Je crois qu'en dernier ressort tout dépend de l'attitude, anxieuse ou non, du thérapeute. S'il parle à un sujet, l'intendance suit – l'intendance, c'est-à-dire le corps. Il faut parler à ce sujet, capable de supporter la perte – car c'est vrai qu'un enfant est capable de supporter extrêmement tôt la perte de ses parents. La perte, insupportable pour l'enfant quand elle lui est cachée, est ressentie en retour par les parents adoptifs comme une mauvaise action à eux imputée : parce qu'ils n'ont pas voulu dire qu'ils avaient besoin d'élever un enfant; parce qu'un enfant de leur amour leur avait manqué. Ils se gardent bien de dire à leur enfant adoptif le service qu'il leur rend. En revanche, ils n'oublient jamais de lui rappeler le service qu'ils lui ont rendu : « Nous t'avons adopté. » C'est le contraire qu'on doit lui dire : « Toi, tu as bien voulu les adopter. »

P. 2 : Les parents adoptifs projettent donc une culpabilité sur leur enfant?

F. D. : Oui. La culpabilité du rapt de ce que la nature leur a refusé : le bonheur d'avoir des enfants. Or, au lieu d'en être reconnaissants à la nature qui leur fait ce don, par l'intermédiaire de parents inaptes à élever l'enfant, eux, en lui cachant sa qualité d'enfant adopté, quelle qu'en soit la raison, prouvent qu'ils refusent cette aide d'amour à des parents carencés.

P. 4 : Cela veut dire qu'ils refusent franchement un rapport au symbolique?

F. D. : Oui, exactement. Ils refusent ainsi un rapport au symbolique.

11

De la forclusion

Le jeune schizophrène qui avait la phobie des épingles - La forclusion d'une phrase en indien - La forclusion du Nom-du-Père selon Lacan et les résistances du psychanalyste.

F. D. : A propos de la forclusion, je pense au cas d'un adolescent – un schizophrène –, qui n'avait jamais vraiment dormi. Je ne savais pas qu'il était un enfant adopté. Or, un jour, il a apporté en séance le *document* (si l'on peut appeler ça ainsi) de ce qui s'était inscrit en lui lors du drame de son adoption. Il s'est mis à parler en double voix : une voix aiguë et une voix grave; une voix geignante et une voix agressive : « Mais si, je veux le garder. – Non, salope! Salope! Tu ne l'auras pas. Tu sais que ce sera ta punition toute ta vie. » J'étais bouleversée d'entendre ces paroles proférées par un garçon de treize ans, qui était complètement égaré.

C'était un très grand phobique. Il avait peur de tout ce qui était pointu, même d'un crayon, qu'il regardait comme pouvant piquer et tuer. Il avait fallu, dans les deux séances précédentes, tout un travail d'approche pour qu'il puisse accepter de me piquer avec un crayon et qu'il s'aperçoive alors que je n'en mourrais pas. Puis, au moment où il ne s'y attendait pas, j'avais fait sur sa main ce qu'il avait fait sur la mienne. Immédiatement, il s'était détendu, et il avait dit : « C'est tout? – Oui, c'est tout! » Il était complètement désarmé, voyant qu'il n'y avait pas de quoi être phobique. Sa phobie remontait, bien sûr, à la vie *in utero,* à l'époque où la grand-mère maternelle avait essayé d'avorter le fœtus de sa propre fille – ce que je n'ai appris qu'ensuite.

Ce garçon était né d'un amour réciproque entre une jeune fille de seize ans et un professeur déjà marié et père de quatre enfants. La jeune fille n'avait pas connu son propre père, lequel avait été tué lorsqu'elle était tout bébé. Quand elle s'était trouvée enceinte, sa mère avait voulu la faire avorter : mais l'affaire n'avait pas marché, parce qu'elle n'avait pas trouvé d'avorteur. Le professeur, quant à lui, avait donné sa parole d'honneur qu'il paierait les frais de l'éducation de l'enfant jusqu'à sa majorité. Il ne pouvait pas le reconnaître, disait-il, parce que la loi de son pays ne permettait pas à un homme marié de légitimer un enfant naturel. Mais il prétendait aimer la jeune fille et vouloir assumer ses responsabilités à l'égard de l'enfant. Si elle voulait le garder, il lui fournirait l'adresse d'une nourrice, sinon il en prendrait lui-même la charge et le placerait, car c'était un enfant de l'amour.

Puisque la possibilité d'un avortement était exclue, la mère de la jeune fille a décidé, elle, de la faire accoucher dans une clinique d'adoption clandestine en Suisse. La future mère adoptive se trouvait, elle aussi, dans une chambre de la clinique. Voici comment les choses se passaient : la femme qui venait pour une adoption était admise dans la clinique, portant un coussin pour simuler la grossesse; tandis que la mère venue accoucher s'y délivrait. Les soins ou le curetage gynécologique étaient inscrits au nom de la personne qui, en réalité, venait accoucher. Et l'enfant était déclaré né de l'autre femme. Ce sont, d'ailleurs, les meilleures adoptions. (Je ne savais pas, à l'époque, que les deux autres enfants de la famille de mon patient avaient été eux aussi adoptés, dans les mêmes conditions. Ils n'avaient traversé aucune difficulté particulière.)

La femme qui était venue adopter ce garçon avait entendu les cris de la dispute dans la chambre contiguë et elle en avait été bouleversée. Elle avait déclaré : « Je ne veux pas prendre son bébé à cette jeune femme. Si elle veut le garder, qu'elle le garde! Je reviendrai une autre fois, quand une autre femme voudra donner son enfant à adopter. » On lui avait répondu : « Écoutez, la grand-mère ne veut pas que sa fille garde l'enfant. Si vous ne le prenez pas, il n'y aura personne pour l'adopter. » Cette femme était ainsi restée deux jours à la clinique, à entendre d'une chambre voisine les supplications de la jeune fille qui venait d'accoucher et les hurlements sadiques révoltants de la vieille – enfin, elle n'était pas si vieille; c'était une grand-mère d'une quarantaine d'années *(rires)*, mais une femme frustrée.

Eh bien, l'enfant avait donc quarante-huit heures seulement quand il a entendu ce qui se passait entre ces deux femmes, sa mère génitrice et sa grand-mère. Et c'est dans une séance d'analyse avec moi qu'il a sorti ce dialogue de pièce de théâtre réaliste. Moi, je n'ai rien compris, bien sûr. J'ai seulement écouté, enregistré en quelque sorte, comme s'il s'agissait d'un document. Et puis, il est parti comme toujours après ses séances, c'est-à-dire comme un somnambule.

Quelques jours plus tard, coup de téléphone de la mère adoptive : « Madame Dolto, il faut absolument que je vous voie, parce qu'il s'est passé quelque chose d'extraordinaire. Quand mon garçon est revenu de sa séance (il était donc midi), il a demandé à se coucher et il a dormi jusqu'au lendemain matin, huit heures. Je ne vous ai pas dit qu'il n'a jamais dormi? – Comment, jamais dormi? – Depuis qu'il sait marcher, il a passé ses nuits à se promener. Il n'a jamais dormi plus d'une demi-heure sans se réveiller, pour s'endormir à nouveau un petit moment. » Si elle ne m'en avait jamais parlé, c'est, bien sûr, qu'elle ne le pouvait pas; elle aurait été obligée alors de me dire le reste.

Je lui demande donc de venir me voir et je lui explique à ce moment-là : « D'ordinaire, je ne parle pas aux parents de ce qui se passe dans les séances de leur enfant. Mais lui-même vous en a-t-il parlé? » En guise de réponse, elle me dit qu'il est transformé : « Il est devenu calme. Il a d'abord dormi trente-six heures d'affilée. Et depuis (huit jours s'étaient écoulés), il se couche très tôt, il dort d'un sommeil totalement reposant. Il n'est plus anxieux, il n'a plus peur comme auparavant; il me rend même des services à la maison. »

Cet enfant était donc guéri. Mais il restait un problème : il était illettré à treize ans.

J'ai dit à la femme : « Il s'est passé quelque chose quand il était petit. » Et je lui ai répété alors les paroles que son fils avait proférées, à deux voix, en séance. En entendant cela, elle se couche sur la table en hurlant, comme une femme qui souffre du ventre. Elle criait : « C'est abominable! Ah, madame! Ne me dites pas ça! Ne me dites pas ça! » Moi, j'étais tout à fait sidérée de l'effet que produisaient sur elle les paroles prononcées par l'enfant! *(Rires.)* J'avais pensé qu'il s'agissait peut-être d'une dispute, comme il y en avait eu après la guerre : à cette époque, il était arrivé plus d'une fois qu'une grand-mère ne veuille pas rendre à sa fille l'enfant que celle-ci lui avait confié en garde. Et cette phrase : « Non, tu me le laisses », pouvait être aussi bien la bribe d'une scène entre une femme de ménage attachée au bébé et la maman. Je ne soupçonnais pas qu'il pouvait s'agir d'une situation aussi dramatique que celle que m'a racontée cette femme, ensuite.

Ainsi elle était là, à glapir, et je ne comprenais rien. J'attendais, je lui tapotais l'épaule pendant qu'elle criait, pour la calmer. « Qu'est-ce qui s'est passé? Vous êtes peut-être juive? » *(Rires.)* (Comme l'enfant était né pendant la guerre, je cherchais ce qu'il pouvait y avoir comme situation abominable.) Elle m'a répondu enfin : « Non, madame, je vous ai menti. Mais, si je vous dis la vérité, toute ma vie sera démolie. » J'ai insisté et elle a dit finalement : « Tous nos enfants sont des enfants adoptés. Je suis physiquement anormale. Je ne suis pas construite comme une femme. (Il s'agissait d'une anomalie génétique.) Et voilà! Nous avons fait une famille avec des enfants adoptés. – Et alors? » C'est à ce moment qu'elle m'a raconté dans quelles circonstances elle avait adopté ce garçon, qui était son fils aîné. Et elle a ajouté : « Mais, ce que j'ai entendu ce jour-là, personne au monde ne le sait, pas même mon mari. Comment mon fils peut-il avoir entendu cela? Seul le personnel de la clinique était au courant. » C'était dans cette même clinique qu'elle était allée chercher ses deux autres enfants (elle en avait adopté un tous les quatre ans).

Quoi qu'il en soit, elle n'en avait jamais parlé à quiconque. Mais elle avait été si touchée de pitié et d'affection pour la toute jeune femme qui lui avait donné la joie d'être mère, qu'elle avait donné à l'enfant le prénom que la jeune femme voulait pour lui. C'est alors qu'elle était elle-même en plein Œdipe que cette jeune fille avait conçu l'enfant, puisque le prénom qu'elle voulait lui donner était le même que celui du prince héritier du pays d'où elle était originaire. La mère adoptive, de son côté, n'a pas expliqué à son mari le choix de ce prénom étranger.

P. : C'est bien le non-dit qui constitue le noyau de la psychose de ce garçon.

F. D. : C'est un non-dit. Mais qu'y avait-il de forclos, qui l'avait rendu schizophrène? Ce qui était forclos, c'était le nœud du processus-écran, la phobie de toucher quoi que ce soit de piquant. Finalement, cette phobie ne tenait qu'à une épingle. Ce qui est curieux, c'est que sa sublimation l'a amené, ultérieurement, lui qui était illettré, à apprendre à lire, à écrire, et finalement à choisir un métier où il avait à faire avec des épingles. *(Rires.)*

P. : Mais en ce qui concerne l'Œdipe de sa mère génitrice...?

F. D. : L'Œdipe de cette mère, qui était une jeune fille, s'est fait sur le substitut paternel que représentait son amant, le professeur. L'enfant était pour elle, bien sûr, le roi : c'est pourquoi il se devait de porter le prénom du prince héritier.

P. : On voit bien qu'à travers cette question du prénom, c'est un non-dit sur un homme qui se répète pendant plusieurs générations...

F. D. : Le voilà, le non-dit! Vous parliez de forclusion du Nom-du-Père.

P. : Je ne crois pas que ce soit ça, la forclusion. Ce dont vous parlez, c'est de l'Œdipe de la mère.

F. D. : Mais là aussi, il y a non-dit! C'est bien le cas.

P. : L'Œdipe de la mère... si vous voulez. Vous parliez, tout à l'heure, de la façon dont ce prénom avait été attribué en fonction de la relation amoureuse qu'avait la mère de naissance avec le titulaire du régime de l'époque. Il y a peut-être quelque chose à dire autour de cette question. Mais où était le père dans cette histoire, pour la mère, pour l'enfant?

F. D. : Cet enfant avait tout de même enregistré comme une bande magnétique la dispute. Quand je l'ai revu lors de la séance suivante, il était tout à fait bien, si ce n'est qu'il était toujours illettré. Mais il était devenu capable de parler comme vous et moi. Je lui ai demandé : « Qu'est-ce que l'on va faire aujourd'hui? – On va faire un dessin. – Et comment te sens-tu? – Oh! J'ai bien dormi. » C'est tout ce qu'il a pu me dire. « Est-ce que tu te souviens de ce que tu m'as dit, la dernière fois? – Non. – Veux-tu que je te le dise? – Oh, non! Ça m'est bien égal. » J'ai ajouté : « Je vais te le dire tout de même. » *(Rires.)*

Et, lorsque je lui ai répété ces paroles qu'il avait reproduites à deux voix, il les a écoutées comme un pape à qui j'aurais parlé dans la langue de Shakespeare. Il n'avait aucun souvenir et il m'a déclaré : « Je ne comprends pas. Qu'est-ce que ça veut dire? » Je n'en ai pas dit plus, car il restait aux parents à faire le travail de lui révéler qu'il avait été adopté. S'ils hésitaient à le faire, c'est qu'alors il aurait fallu dire également la vérité aux deux autres enfants, adoptés aussi. Comme il s'agissait d'accouchements clandestins et que les enfants étaient portés sur les papiers officiels comme légitimes, les parents pensaient n'avoir pas de raison de leur révéler les circonstances de leur naissance et leur qualité d'enfants adoptés.

Depuis, j'ai appris que ce garçon était marié et père de famille et qu'il s'était inséré professionnellement. Son frère et sa sœur sont également mariés. Ils étaient une famille unie.

Ce cas pose le problème de l'inscription du langage. Une fois la bande magnétique déroulée, les paroles enregistrées ont cessé d'avoir du sens pour lui : ses symptômes ont du même coup disparu : il a retrouvé le droit au sommeil, qui est un retour des pulsions de mort, remises au service du repos du sujet.

P. : Cet énoncé a dû prendre un effet de sens terrible au moment où il l'a dit sans le comprendre?

F. D. : Sûrement! En tout cas, c'est un sens qui m'a fait un effet, à moi.

P. : Peut-être est-ce la répétition elle-même qui lui a donné effet de sens?

F. D. : Qu'y a-t-il eu dans la petite enfance de ce garçon? Il y a eu deux sorcières se disputant un enfant-chose au-dessus de son berceau – c'est du moins ainsi que je l'ai senti. Mais je ne me doutais absolument pas que cet événement avait eu lieu lorsqu'il n'avait que deux jours. Cet événement avait remué tout le personnel de la clinique, qui avait trouvé la grand-mère inhumaine et perverse. Et la mère adoptive en avait eu d'autant plus de compassion pour la jeune accouchée – dont on n'a pas su, par la suite, si elle avait pu s'en sortir, car elle avait été terriblement dérangée par cette histoire.

P. : C'est bien dans ce sens-là que le langage est cathartique : c'est-à-dire plutôt dans l'énonciation que dans l'interprétation.

F. D. : Il n'y a pas eu d'interprétation formulée, ni par lui, ni par moi. Le langage cathartique a eu pour effet de le débarrasser des raisons qu'il avait d'être phobique à l'égard des pulsions de mort, en restant constamment éveillé pour ne pas être piqué ni tué.

P. : C'est exceptionnel, en tout cas, que de telles choses soient énoncées en analyse : parce que ce non-dit pousse à la répétition; il la sous-tend sans arrêt.

F. D. : Ce non-dit était au service de la répétition du manque de sommeil, en effet.

C'est un langage somatique, dont c'est le propre de se répéter toujours. Il faut remarquer que lorsque l'on empêche quelqu'un de dormir, il devient fou. C'est la même chose avec un chien. On a fait des expériences d'a-sensorialité sur des volontaires : ils étaient devenus schizophrènes. Certains ont mis des mois à s'en sortir. C'est, si je peux dire, l'intérêt scientifique qui a motivé des étudiants en biologie. *(Rires.)* Certains de ces cobayes avaient été marqués de dissociation de type schizophrénique pendant quelques heures; d'autres durant plusieurs jours. Mais ils avaient tous été profondément ébranlés : ils étaient, comme des drogués, sortis des limites de l'épure de l'espace et du temps, dont le croisement structure l'image du corps.

Vous savez ce que sont ces expériences d'a-sensorialité : les sujets sont maintenus dans de l'eau tiède, leur corps entouré de coton pour n'avoir aucune perception. Ils flottent, respirant par un tuyau, sans aucun autre repère. Ces recherches n'ont pas été poursuivies parce qu'elles étaient précisément trop dangereuses pour les sujets de l'expérience.

Ainsi, au bout de quelques heures, l'absence totale de l'image du corps détruit-elle les repères d'espace et de temps par lesquels notre narcissisme est relié à notre histoire inconsciente et consciente. Alors, que veut dire le mot « forclusion » dans ce cas-là?

Sur un autre aspect de la forclusion, il me revient le souvenir de ce qui s'est passé avec une psychanalyste que j'ai eu le douloureux privilège d'accompagner jusqu'à sa mort. Car cette femme est morte, entre deux de nos séances, d'un cancer dont elle ne se savait pas atteinte. Elle m'avait demandé, comme elle était sous cortisone, de l'assister – parce que, vous le savez, la cortisone donne des poussées pulsionnelles terribles. Or, elle avait besoin de gagner sa vie, et donc de garder des analysants, ce qu'elle a fait presque jusqu'à la fin.

Je la recevais une fois par semaine. Elle avait été analysée quinze ans auparavant. Elle était elle-même une excellente analyste, l'une des meilleures de la Société [1] parmi les jeunes de son époque. Le diagnostic de sa maladie – dont nous n'avions connaissance ni l'une ni l'autre – s'accompagnait à l'époque d'un pronostic fatal. Il n'en va plus de même aujourd'hui, puisque l'on guérit souvent ce cancer.

Elle faisait encore face à une vie sociale et professionnelle qui n'était altérée que par des moments d'intense fatigue, dont des séjours en hôpital la remettaient.

Lors de ce qui fut sa dernière séance à mon cabinet, elle m'a dit : « J'ai fait un rêve extraordinaire, impossible à raconter;

1. Il s'agit de la Société française de psychanalyse.

mais c'était accompagné d'un tel bonheur que je ne sais pas si l'on peut en connaître de pareil sur terre. Ce bonheur venait de syllabes que j'entendais, de syllabes qui ne veulent rien dire. Il n'y avait aucune image dans ce rêve. » Ces syllabes, elle les a prononcées, et je les ai transcrites. Elle en était encore tout illuminée. Et la fin de la séance a tourné autour de ce rêve extraordinaire et du contraste de ses « emmerdes » dans la vie quotidienne. « C'est vrai, avait-elle dit, que, s'il était durable, un tel bonheur consolerait de tout. »

Je lui ai demandé, après la séance : « Et si c'étaient des mots de langue indienne? » car je savais, d'après son histoire, qu'alors que son père, de nationalité anglaise, était en poste aux Indes, sa mère était revenue pour accoucher en Angleterre. Elle avait ensuite rejoint son mari avec le bébé âgé d'un mois. Ma patiente avait donc vécu en Inde depuis cet âge jusqu'à neuf mois. Là-bas, sa famille vivait très largement, employant des personnes de service. Et, comme le père et la mère allaient parfois en représentation officielle dans d'autres régions, ils avaient proposé à une petite Indienne de quatorze ans de s'occuper du bébé en leur absence. Cette jeune fille ne quittait pas l'enfant, qui restait constamment dans ses bras; elle était véritablement sa nounou. Le bébé poussait très bien. Ma patiente n'avait gardé aucun souvenir de cette prime enfance, mais elle la connaissait par des photos, par les récits que lui en avaient faits ses parents.

Lorsque l'enfant eut atteint ses neuf mois, le père dut rentrer en Europe. La question s'est alors posée de savoir si l'on emmènerait la jeune fille qui s'occupait du bébé, devant le désespoir qu'elle avait de le quitter. Les parents ont finalement décidé de la laisser dans son pays, ne sachant pas si elle pourrait s'adapter au mode d'existence anglais, à quinze ans, loin de sa famille qui menait encore une vie tribale. Et ce fut l'adieu déchirant de la petite Indienne au bébé qui la quittait. Cette scène aussi, mon analysante la connaissait seulement par ce qu'on lui en avait rapporté.

Elle m'a dit : « Mais comment savoir si les phonèmes entendus dans ce rêve ont un rapport avec l'hindou? » Je lui ai répondu : « En allant à la Cité universitaire, à la Maison de l'Inde. Peut-être trouverez-vous quelqu'un qui vous le dira. Ce que je vous dis est peut-être absurde, mais il est possible que, dans une régression très profonde, comme il s'en produit dans le sommeil, vous ayez retrouvé ces phonèmes entendus là-bas, dans votre petite enfance. »

Elle se rend à la Cité universitaire et tombe sur une personne qui lui déclare : « Vous savez, il y a soixante-dix langues chez nous. Je ne sais pas. Demandez à Un tel. » Après avoir ainsi consulté bon nombre d'étudiants hindous, elle finit par en trouver un qui lui dit : « Ah oui, ça ressemble à telle langue. Étiez-vous près de telle ville lorsque vous étiez enfant? Oui? Eh bien, c'est dans cette région qu'on parle cette langue. Le type que vous voyez, là-bas, en est originaire. Allez donc lui demander. »

Et le garçon qu'on venait de lui indiquer sourit en entendant ces phonèmes prononcés avec un mauvais accent. Il les répète, à son tour, avec la bonne prononciation, et déclare à ma patiente, en riant : « Mais oui! C'est ce que toutes les nounous, toutes les mamans disent aux bébés : *Ma petite chérie dont les yeux sont plus beaux que les étoiles.* C'est une petite phrase d'amour. »

C'est donc dans ce lieu, et à cet âge, que s'était inscrite, dans sa mémoire, cette langue complètement oubliée par la suite. Le sentiment de ce bonheur avait-il été retrouvé par le seul travail de l'analyse, laquelle permet au passé de se rappeler à nous? Quelle séparation s'annonçait, par le retour de ces phonèmes dans le rêve?

Le fait est que, trois jours plus tard, ma patiente ne pouvait plus marcher, sans d'ailleurs en éprouver aucune douleur. Un incident neurologique l'obligeait à l'immobilité. Elle était devenue paraplégique, à la suite d'une métastase médullaire. De ce jour, elle ne put se déplacer que portée. Or, à neuf mois, elle ne marchait pas encore – elle n'avait commencé qu'à un an. Elle était donc toujours dans les bras de l'autre; c'est l'autre qui la portait, c'est l'autre qui lui avait dit ces paroles de bonheur, quand elle était toute petite, paroles qui avaient eu probablement fonction d'un viatique d'amour au moment de la rupture de son schéma corporel – et non pas de l'image du corps [1]. Il y a eu

1. Le schéma corporel est une anatomie inconsciente. L'image du corps est, au contraire, structurante du sujet, dans son rapport à l'autre. Sur la distinction du schéma corporel et de l'image du corps, cf. Françoise Dolto, *L'Image inconsciente du corps*, *op. cit.*

rupture effective avec la personne qui représentait pour l'enfant le corps porteur; mais l'image du corps avait pour substrat la parole de celle qui la portait : elle faisait lien malgré la rupture. La jeune Indienne était pour le bébé comme sa propre voix et sa propre joie narcissisante.

C'est ainsi qu'on peut comprendre le bonheur suscité par les sonorités de ces paroles incompréhensibles dans le rêve. Elles annonçaient, en fait, le drame qui allait couper en deux, sensoriellement, le schéma corporel de cette jeune femme.

Ceci nous donne des références pour réfléchir sur ce que représente, pour un enfant de neuf mois, le langage de la mère tutélaire – ici, une jeune fille aimante qui le portait –, et sans laquelle il ne se sent ni entier, ni humain, ni déambulant. Car, à cet âge-là, elle ne pouvait déambuler que portée dans les bras de quelqu'un à qui elle se sentait, en quelque sorte, fusionnelle : d'autres jambes, d'autres bras la faisaient se mouvoir dans l'espace, ceux de quelqu'un qui la narcissisait en lui disant qu'elle l'aimait.

Mais où ces phonèmes, les signifiants de cette langue, étaient-ils restés inscrits? Étaient-ils forclos? Oui, mais ils n'étaient pas forclos pour toujours. Ils sont revenus à l'occasion d'une épreuve qui se préparait. La forclusion n'en est peut-être pas toujours vraiment une. A quelles atteintes de la raison et du schéma corporel le sujet doit-il être soumis, pour que ce qui était forclos surgisse en affect humanisé, dicible? En tout cas, ma patiente n'était jamais retournée de sa vie aux Indes, et ces phonèmes ne lui disaient absolument rien quand elle s'est réveillée. Pourtant, dans son sommeil, ils s'étaient accompagnés de ce plaisir narcissique indicible qui a nom bonheur.

Qu'est-ce que la forclusion? Était-ce là véritablement de la forclusion? Je crois en tout cas que, dans l'inconscient, tout laisse des traces. Elles s'étaient inscrites, là, à neuf mois.

> P. : Tantôt vous n'excluez pas qu'il y ait forclusion à l'origine d'une psychose, tantôt vous affirmez qu'elle n'est que le nom donné à la résistance du psychanalyste. Vous ne faites donc pas de ce concept le même usage que Lacan?

F. D. : Non, effectivement. Je suis d'accord avec lui pour reconnaître la forclusion, en tout cas dans la clinique. Mais je pense que le travail analytique, dans le transfert, peut parvenir à lever l'interdit qui porte sur un souvenir, s'il suscite chez le sujet la reviviscence d'une image du corps archaïque, animale ou végétale, peut-être même pétrifiée. C'est cette image du corps archaïque qui est en jeu dans ce qui est forclos.

La forclusion est peut-être hyper-hystérique. Que l'on songe par exemple à cette femme qui avait la phobie des chats [1] : les « blancs », les longues périodes de silence qu'elle traversait dans sa cure, étaient autant de moyens de retourner à cette image archaïque.

P. : Il me semble qu'on peut résumer, de manière simplifiée, la différence entre votre conception de la forclusion et la thèse de Lacan en disant que, pour lui, est forclos ce qui n'est jamais entré dans l'inconscient. Une représentation a été rejetée avant même d'avoir été admise comme telle. L'hallucination de l'Homme aux loups, qui croyait avoir vu son doigt coupé, en est l'exemple. Autrement dit, c'est le symbole de la castration qui n'était pas admis dans son inconscient. Au contraire, dans les cas que vous prenez pour exemples – dont certains sont de toute évidence des cas de psychose –, vous montrez que dans l'inconscient du sujet un élément a pu être enregistré, mais n'a pas été symbolisé.

F. D. : Un élément a été fonctionnellement enregistré, mais il n'a pas eu, ensuite, de résonances dans l'histoire du sujet. Un événement a eu une incidence sur une image fonctionnelle de son corps, mais aucune parole n'a établi de relais, ultérieurement, entre cette expérience et celui qui est devenu un sujet parlant.

P. : Cela veut dire que certaines représentations se sont inscrites dans l'inconscient du sujet, associées à l'expérience d'une rupture, mais sans jamais être symbolisées après coup par une castration.

1. Cf. *supra*, chap. II, « Phobies ».

F. D. : En effet, ce n'est jamais devenu une castration. Ainsi, cette femme qui s'est souvenue de la phrase en indien qu'elle avait entendue, étant bébé, a retrouvé la mémoire de cette expérience au moment où son corps adulte a subi l'atteinte de la maladie. Cette mutilation de son corps la ramenait à l'expérience qu'elle avait eue d'être portée. Grabataire, paraplégique, elle s'est retrouvée dans la même situation que lorsqu'elle n'avait pas ses jambes pour marcher, à neuf mois.

P. : Au lieu de s'appuyer sur des signifiants liés à la castration, elle a été obligée à l'âge adulte de s'appuyer sur le souvenir de cette phrase seulement enregistrée, non pas symbolisée, parce que ladite phrase était liée à un souvenir de fusion avec la jeune fille indienne.

F. D. : Oui : pour retrouver son narcissisme d'adulte dans un corps qui retournait à l'impuissance originelle de l'enfant.

P. : N'était-ce pas cependant un évitement de la castration?

F. D. : Ce n'est peut-être pas un évitement. Dans le cas de cette femme, il s'agissait d'une atteinte du schéma corporel, mais non pas de l'image du corps. L'image du corps [1] qu'elle avait, étant enfant, était complète, grâce à l'amour de cette jeune fille qui était pour elle sa voix et ses jambes, quand elle lui parlait en la portant.

Je crois vraiment aux effets de la forclusion. C'est un fait clinique. Mais je pense aussi qu'il n'est pas impossible de la dépasser dans certaines cures où le patient peut, grâce au transfert, se sentir comme n'étant plus sujet de son âge ni de son temps. Cette régression est rendue possible inconsciemment par l'analyste, qui admet alors un transfert d'enfant à adulte.

1. Cf. Françoise Dolto, *L'Image inconsciente du corps, op. cit.*, notamment chap. I, « Image du corps et schéma corporel ». Il convient de rappeler ici, que, selon Françoise Dolto, l'image du corps se construit, entre la naissance et l'âge de la parole et de la marche, sous l'effet des pulsions comme de la communication sensorielle et du langage entendu par l'enfant. Le schéma corporel est, au contraire, neurologique et anatomique. L'image du corps est en quelque sorte la construction, l'esquisse de l'unité que le sujet se découvre dans le stade du miroir.

12

Sur la genèse de la perversion

Une perversion s'origine dans un idéal valeureux - Tous les enfants sont pervertissables - Tous les pervers sont soignables s'ils souffrent - Hystérie et perversion. Psychosomatique - « On me dit normative. »

P. : Pourriez-vous préciser comment une perversion peut résulter d'une castration mal donnée?

F. D. : La perversion se produit du fait que l'adulte qui a donné la castration ne l'a pas fait au nom de cet être humain qu'il a pour mission d'aider à se développer, mais au nom de son propre narcissisme seulement : il se veut maître de l'autre, son enfant, dont il fait son esclave ou plutôt même un animal domestique soumis. C'est au nom de sa seule volonté, et non de la loi à laquelle il est lui-même assujetti, que l'adulte impose alors à son enfant le renoncement au plaisir ou sa restriction. Au contraire, l'adulte qui a lui-même accepté la loi est l'exemple de quelqu'un d'heureux. Ce n'est pas le cas de celui qui, l'ayant subie sans la reconnaître, veut infliger la loi à son enfant, la lui inculquer avec violence comme à son administré ou son élève, sans avoir surmonté lui-même l'impulsivité de son désir.

Tout enfant souffre de l'interdit imposé à la satisfaction d'un désir qu'il veût pourtant continuer à revendiquer. Mais, si celui qui lui donne l'interdit est pour lui un modèle qu'il estime – parce que cette personne le reconnaît comme étant et devenant, en droit, son égal, un être humain total –, alors l'enfant sait qu'il aura plus de joie et de possibilités de communication dans la loi, plus de liberté à accepter la loi qu'à la refuser. Et l'enfant perçoit très bien si l'adulte l'aime et le respecte.

L'adulte qui donne sainement, sans mépris ni cruauté, les interdits qu'il reconnaît lui-même est donc maître de désir humanisé pour l'enfant. La castration est humanisante, si elle est donnée par un homme ou une femme dans la loi, reconnaissant comme tels les hommes et les femmes qui ont eux-mêmes accepté auparavant de se soumettre à cette règle qu'ils imposent à leur enfant. Mais, constamment, vous voyez la castration détournée de ce but symboligène. Dire à un enfant : « C'est non, parce que j'ai dit non », c'est une rétorsion à la place d'une castration, car le bon plaisir de l'adulte ne permet pas la promotion de l'enfant dans la société. Au contraire, la castration n'est pas une loi qui inféode à quelqu'un, elle libère de la dépendance à l'autre. Elle fait de celui qui en reçoit l'initiation, acceptant de se soumettre à la loi, un égal des adultes.

P. : Mais on ne peut pas justifier toujours rationnellement un interdit.

F. D. : C'est vrai. Mais alors, il faut le dire. Beaucoup de parents disent à leur enfant : « C'est pour ton bien que je t'impose cela; tu m'en remercieras plus tard. » C'est déjà quelque chose et, du reste, c'est souvent vrai; mais rares sont les enfants qui les croient. Manifester de la compassion pour la souffrance des enfants a, dans ce cas, un effet plus positif.

P. : On peut se demander si beaucoup d'enfants – et d'adultes – qui accepteraient peut-être la loi, lorsqu'ils voient que leurs propres parents ne savent pas comment la représenter, ne jouent pas de l'écart ainsi établi, peut-être pas nécessairement par contestation, mais plutôt dans une sorte de perversion larvée.

F. D. : Oui, de perversion, d'ambiguïté. Les humains sont tous pervers; ne serait-ce que d'accepter le code du langage [1], lequel ne nous vient pas de la nature.

1. Voir notamment *Séminaire de psychanalyse d'enfants*, t. I, Paris, Éd. du Seuil, 1982, chap. VIII (« L'Œdipe des enfants bilingues » et « Le langage est un enfant incestueux »).

P. : Vous dites que les pervers sont toujours soignables.

F. D. : Oui, s'ils souffrent de leur perversion ou de ses effets, ils peuvent être traités en psychanalyse.

P. : Autrement dit, s'ils ont une demande?

F. D. : Oui, à condition qu'ils ne demandent pas seulement pour complaire aux apparences; mais s'ils souffrent de leur enfermement. Le pervers est ligoté par sa perversion; elle limite sa liberté.

P. : Quand vous ajoutez que le désir d'un enfant pervers est toujours sain, qu'est-ce que cela veut dire concrètement?

F. D. : Qu'il répète quelque chose dont il attend d'être guéri. Parce qu'il en souffre. Un enfant qui est cruel avec d'autres enfants, avec des animaux, répète quelque chose dont il n'a pas la clef; mais il en a trouvé sans doute l'exemple chez quelqu'un de valeureux pour lui, ou bien il l'a subi de la part de quelqu'un qu'il regardait comme un modèle. Or, il ne veut pas renoncer à cette personne ou à son souvenir, associés, pour lui, à son propre narcissisme.

L'enfant, pour grandir, veut imiter le maître à vivre qui lui a donné, volontairement ou non, le sachant ou non, l'exemple d'une perversion. Je dis : « volontairement ou non », parce que ce peut être involontaire de la part de ce maître : l'enfant a pu avoir comme un flash. Par exemple, il croit qu'il faut devenir tueur parce qu'il a vu son père revenir de la chasse : « Papa est fier d'avoir tué; c'est bien d'être tueur! » pense-t-il. Qu'importe même qu'il s'agisse d'un animal! C'est le fait de tuer qui se trouve ainsi valorisé. C'est un symptôme à analyser, qui traduit qu'un être humain est en panne, à un moment donné de son évolution, aussi bien dans son narcissisme que dans ses possibilités d'adaptation à la société. Or l'adulte qui répond de l'enfant est apparu à celui-ci comme quelqu'un qui s'accorderait à une loi en réalité perverse; c'est donc à ce qu'il imagine être une loi que l'enfant continue de sacrifier; il s'y enferme. Cela devient pour lui comme un rituel sacré, d'être cruel avec les animaux. Sinon, il ne se sent pas digne de son papa, ou de sa maman, tels qu'ils lui sont apparus à un moment donné, dans un fantasme qu'il n'a pas verbalisé. (Ou bien, s'il l'a fait, on ne l'a pas laissé dire; on n'a pas discuté avec lui ce fantasme au nom de la réalité.)

P. : Il ne cède pas sur son désir. Mais vous ajoutez que le désir du pervers n'est pas gauchi par rapport à son schéma corporel.

F. D. : Oui. On voit le phénomène inverse se produire dans une maladie, qui n'est pas une perversion, et dans laquelle le schéma corporel subit l'effet de l'imaginaire. Les enfants qui ont un syndrome de Turner [1] se conforment au regard que les autres portent sur l'apparence de leur corps. Les modèles qu'ils choisissent, pour leur structure psychique, s'ordonnent au discours que les autres tiennent à leur égard. Ils s'identifient à l'adulte, dont le corps est pour eux conforme au leur (au leurre, pourrait-on dire). Car ils s'imaginent à la ressemblance d'un autre qui porte effectivement les caractères sexuels qu'ils n'ont, eux, qu'en apparence. Ce processus psychique va à l'encontre de la maturation de leurs glandes sexuelles.

P. : La perversion, telle que vous en parlez, est peut-être une structure figée, mais cependant moins organisée qu'une névrose.

F. D. : Freud dit que la perversion, c'est le négatif de la névrose. Une perversion n'est pas organisée comme l'est une névrose; c'est une organisation qui peut déboucher, un beau jour, sur la santé. Je crois le névrosé plus fixé narcissiquement que le pervers. Une libido, ça évolue; on est poussé par un manque. Lorsque l'on a finalement assez répété la recherche d'un plaisir chiche, qui ne débouche sur rien, on se tourne vers autre chose. Mais il est vrai qu'on peut être à la fois névrosé et pervers.

1. Sexuation d'un corps qui s'effectue en contradiction avec le sexe qui est celui de ses glandes reproductrices.

P. : Est-ce que le cas de la petite fille qui fait pipi sur son papa a quelque chose d'une perversion, du fait que c'est un acte et pas seulement un fantasme?

F. D. : Oui; mais les enfants sont tous pervertissables. Dans ce cas, le père a prêté attention à quelque chose qui ne relève pas de l'éducation. Car la continence sphinctérienne est saine et normale chez tous les mammifères, sauf s'ils sont infirmes. Donc cette petite aurait été continente comme tous les enfants de son âge, si elle n'avait cherché à attirer l'attention de son père sur son sexe de fille. Les parents se laissent piéger par l'enfant en s'intéressant à son bassin. Il suffirait de lui dire : « Écoute, quand cela devra cesser, ça s'arrêtera; puisque tous les animaux deviennent propres d'eux-mêmes. C'est que tu n'as pas envie de devenir une fille, tu veux rester comme une guenon. Moi, ton pipi ne m'intéresse pas. » Ce qui importe, c'est de s'intéresser aux sublimations en cours chez l'enfant et non aux satisfactions brutes du corps (besoins ou désirs).

P. : Dans le cas d'une perversion féminine, si tant est que cela puisse exister, par exemple celle qui commencerait par faire pipi sur le papa pour...

F. D. : Pour le provoquer à donner une fessée. Plus tard, cela fera partie de son érotisation de femme que d'être fessée par son amant. C'est en ce sens qu'on fait de cette érotisation une prétendue perversion. Mais cela dépend aussi de l'intensité liée au fantasme : est-ce véritablement la fessée qui provoque chez cette femme l'orgasme, au lieu du fait de se donner à un homme?

P. : Ce scénario passe quand même, à ce moment-là, par un objet du corps, un objet partiel?

F. D. : Oui.

P. : Alors que dans l'hystérie, au contraire, on en resterait au fantasme seul?

F. D. : Non. L'hystérie a pour but de manipuler l'autre : que l'autre tombe dans le piège du désir du sujet. L'hystérique manipule l'autre pour qu'il s'occupe de lui (ou d'elle). C'est la différence avec le domaine du psychosomatique [1] où c'est soi-même qu'on manipule. C'est alors un surmoi qui sévit à l'intérieur. Tandis que, l'hystérie, il faut que l'autre y réponde pour que cela continue; sinon, cela s'arrête.

Ce que j'appelle perversion, ici, c'est la conservation après l'Œdipe d'une attitude incestueuse, liée à une érotique anale et non à une érotique génitale : par exemple, qu'une femme maintienne dans ses rapports avec son amant la relation qu'elle avait avec son père, le père aux fessées. Il faut que l'amant soit pour elle le père avant que d'être un amant (c'est-à-dire un autre, hors de la famille). Elle n'est pas castrée de son père.

P. : Le psychanalyste d'enfants n'est-il pas amené parfois à se substituer à un parent ou à un éducateur?

F. D. : Nous, psychanalystes, nous n'avons pas de projet pédagogique directif; mais nous ne pouvons pas ne pas avoir, à l'égard des enfants, un projet de structuration, c'est-à-dire de castration des pulsions, les unes après les autres.

On me reproche beaucoup d'être normative, de ne pas laisser dire simplement ce qui vient, que ce soit de l'imaginaire, du réel, du symbolique. C'est tout à fait impossible avec les enfants. On peut avoir cette écoute avec ceux qui sont au moment de l'Œdipe, lorsqu'ils sont continents, ou lorsqu'ils parlent déjà parfaitement; lorsqu'ils peuvent verbaliser des représentations orales ou anales, qu'ils ont, donc, déjà sublimées en partie, ou bien lorsqu'ils savent déjà faire quelque chose de leurs mains, en y prenant un plaisir créatif et idéatif.

Mais nous ne pouvons pas laisser dire ni laisser faire n'importe quoi – qui ne dit mot consent. Par exemple, on ne peut pas ne pas réagir, au moins par une question, au déni du père qui nous raconte que son enfant – amené en crise œdipienne – couche dans le lit de la mère. A ce père complaisant qui dort de son

1. *L'Image inconsciente du corps, op. cit.*, « Hystérie et psychosomatique », p. 352 *sq.*

côté, on peut dire : « Eh bien, continuez! Mais moi je ne fais pas de psychanalyse. »

On ne peut pas poursuivre un traitement en se faisant en même temps complice d'une perversion des parents. Peut-être ne parviendront-ils pas à renoncer à leur comportement dès la première semaine. Nous devons leur dire, alors, qu'ils sont nuisibles pour leur enfant.

Je ne crois pas que l'on puisse faire de psychanalyse sans donner les castrations aux pulsions qui doivent être castrées, pour permettre aux enfants de symboliser ces mêmes pulsions dans un champ de communication culturelle. Vis-à-vis des petits, qui n'ont pas atteint l'autonomie pour manger, pour s'habiller, ni l'indépendance motrice, ni la propreté sphinctérienne, c'est aux parents qu'il revient de se castrer eux-mêmes du corps à corps avec leur enfant et de l'aide qu'ils voudraient lui apporter. C'est en parlant avec lui qu'ils le soutiendront dans ses efforts pour y arriver tout seul; en refusant, mais de façon sthénique, de lui donner une aide; en lui disant, non pas : « Je n'ai pas le temps » – car ce n'est pas vrai –, mais : « Non. Je ne veux pas. C'est très difficile. Tu peux y arriver. » Puis, on reprend avec lui, en séance, les raisons pour lesquelles c'est difficile.

En revanche, si nous acceptons de tenir la place où l'enfant veut nous mettre pour nous faire assister à une inversion des rôles telle qu'il va par exemple prendre auprès de son père la place de la mère, et traiter son père comme son bébé, nous sommes alors complices d'une perversion que les parents ont eux-mêmes donnée en exemple, ou qu'ils ont subie parce qu'ils sont soumis au plaisir de leur enfant. Car c'est ça : quand une petite fille fait pipi, dans la journée, pour provoquer son père, elle sait que cela va lui valoir une fessée. Et qu'est-ce qu'une fessée pour un enfant qui est encore au stade anal, ou même au stade prédipien? C'est un substitut du coït!

Eh bien, la petite dont nous parlions provoquait son père à un coït avec elle en lui désignant, par son pipi, son lieu de manque. « A ne pas l'avoir » comme les garçons, « Ça te provoque plus que si je l'avais ». Elle obligeait ainsi son père à la fesser, pour jouir masochiquement.

13

Psychanalyse-éclair

Blessure due au non-dit – Souvenir-écran : l'homme qui s'étranglait lui-même au réveil – Troubles de l'image du corps chez une enfant psychotique – Le fœtus qui louchait de peur – Enfant mutique.

F. D. : Je suis tombée une fois sur un cas extraordinaire en recevant l'enfant avant ses parents. J'avais demandé : « Qui veut venir en premier? » Le garçon s'était levé et m'avait suivie. Je ne savais donc rien de lui ni de sa famille.

Je lui dis : « Si vous le voulez, faites un dessin ou un modelage. – Il me faut un modèle. » Il remarque un petit cheval sur une étagère, le prend comme modèle. Il fait un corps en modelage. Pas mal. Puis une patte, et une autre exactement semblable. Il en fait ainsi quatre. Puis il en coupe une à moitié. L'animal a donc trois pattes et une moitié. Alors il redéfait les membres de l'animal, de sorte que le poulain devient basset. Il ne prête pas attention à ce changement et me dit : « Ça y est, c'est fini. » Je suis très étonnée, car ce garçon a dix ou onze ans et il est intelligent.

Nous allons retrouver ses parents et je remarque que le père a une manche flottante. C'est un monsieur décoré. Pendant que l'enfant va dessiner à une table, ses parents me parlent de lui, décrivent ses colères.

Je demande au père : « Qu'est-ce qui vous est arrivé? C'était un accident? Quand est-ce arrivé? – Non, non, répond-il, ce n'est pas un accident. C'était pendant la guerre. J'avais dix-neuf ans. Je m'étais engagé dans les corps francs. Plus tard, j'ai rencontré ma femme. » Il a fait par la suite un métier intellectuel, cela ne le gêne donc pas de n'avoir qu'un bras. Je demande alors à son fils : « Votre père vous a-t-il raconté sa guerre? Vous a-t-il dit comment il avait perdu son bras? » Le garçon devient rouge, puis noir d'émotion, il s'effondre en larmes : « Mais je ne savais pas, on ne m'avait jamais dit qu'il n'avait qu'un bras. » Le père, stupéfait, le regarde, puis, après m'avoir consultée des yeux, va vers lui, l'entoure avec tendresse. Le garçon – qui a pourtant dix ans – s'assied sur les genoux de son père pour lui demander de tout lui raconter.

Je dis à cet homme : « Ce qui s'est passé est important. Voici le modèle que votre enfant a choisi, voilà le modelage qu'il a fait d'après celui-ci. C'est comme si cet animal, comparé au modèle, ne devait avoir que la moitié de ses membres seulement. » Le père s'étonne : « Mais comment? Je t'avais dit... – Non, tu ne me l'avais jamais dit. – Mais nous allions nous baigner ensemble. – Non, je croyais que c'était trop mal. » Trop mal d'avoir vu que papa n'avait qu'un bras. Cela n'avait jamais été humanisé par la parole. Le père n'avait jamais pensé à en parler à son fils. Plus tard, il m'a téléphoné. Je n'ai pas eu à entreprendre de traitement, car l'enfant s'était guéri ainsi, lors de cet entretien dans lequel cette réalité est venue se décoder, se parler entre son père et lui. Il y avait une grande tendresse entre eux dans ce moment où l'enfant avait un si grand besoin que son père lui raconte les circonstances réelles de cette mutilation.

Comme il était mutilé avant même de se marier, le père n'en avait jamais parlé à son fils. Et cet enfant devenait fou, provoquant son père qui ne pouvait plus le ceinturer.

C'est extraordinaire : les choses qui ne sont pas dites, on n'a pas le droit de les savoir dans sa pensée. Au lieu de quoi, un corps en provoque un autre. Du reste, le père reconnaissait qu'il ne pouvait plus le maîtriser : « Je ne parviens plus à le calmer. Il est en danger; il met la maison sens dessus dessous. » C'étaient des colères clastiques, des crises de folie. Lorsqu'il était calmé, on lui donnait à boire et c'était fini. Il ne se rappelait plus de rien, ne savait pas pourquoi il s'était mis en colère.

J'ai demandé à la mère : « Est-il vrai, madame, que vous n'avez jamais eu l'occasion d'expliquer à votre fils comment son père avait perdu un bras, ni de lui dire que c'est à cause de ce bras qu'il a toutes ces décorations? » Elle a répondu : « Non, je n'y ai jamais pensé, je n'aurais jamais cru que cela puisse avoir une incidence... Pour moi, cela n'a jamais fait de problème; mon mari est comme il est. »

Je crois, cependant, que cette femme contenait une mutilation à son insu, pour n'avoir jamais rien dit. Il est possible, après tout, qu'elle ait été, elle-même, la fille d'un mutilé de la guerre de 1914.

Ce qui était remarquable, c'est que c'était le bras gauche qui manquait au père; et le garçon avait commencé par faire en modelage une petite patte avant gauche à son cheval.

Des choses comme celle-là, ça vous enseigne. Ce jour-là, j'ai appris autant que les parents.

> P. : Ce que vous dites donne à entendre que ce garçon n'était pas lui-même très névrosé, si cela a pu se résoudre ainsi; mais il y avait une névrose quasi familiale, entretenue par la mère.

F. D. : Oui. Et les crises hystériques signifiaient quelque chose; elles voulaient dire : « Expliquez-moi. » Les parents étaient très anxieux. On avait fait des électroencéphalogrammes à cet enfant, parce qu'on pensait qu'il était épileptique. Mais ses colères ne ressemblaient pas à ce type de crises : il n'y avait ni morsure de la langue ni perte de connaissance. Pendant cet entretien, il était passé du rouge au noir, mais sans crise, ni agitation motrice. Toutefois, il est tombé dans un état inquiétant lorsque je lui ai posé tout simplement la question : « Savez-vous comment votre père a perdu son bras? »

> P. : N'est-ce pas un cas qui montre que le bras était le substitut du phallus et qu'il ne fallait surtout pas...

F. D. : Sûrement. Qu'il ne fallait surtout pas poser la question du phallus qui manque à papa. Si bien que cet enfant ne pouvait avoir qu'un phallus décérébré comme moteur de sa libido; un phallus désaxé. D'après le père, dans ses crises de colère, il se cognait partout, criant, hurlant comme un possédé. C'était plutôt un état de dépossession. Seul le père pouvait alors l'apaiser.

Si ce symptôme s'est dénoué d'un seul coup, c'est que l'enfant m'a dit son problème tout de suite, en demandant un modèle, en transformant un poulain en basset. Mais, sur le moment, je n'ai rien compris, d'autant qu'il ne parlait pas du tout. Il s'est contenté de dire : « Non, je n'ai rien. Je viens vous voir parce que je fais des colères. » Il ne savait pas pourquoi. Il était inquiet, lui-même, de ne pas savoir pourquoi il cassait tout, pendant ses crises. Il se croyait fou, c'est, je crois, ce qui le tourmentait. Il n'avait pas de problème de niveau intellectuel, il suivait bien sa classe. C'était tout simplement un hystérique, typique.

P. : Quelle importance faut-il accorder à la différence entre un fantasme – par exemple, lorsqu'un enfant fabule sur la mort de parents qu'il n'a pas connus – et un souvenir-écran?

F. D. : Des souvenirs-écrans, tout le monde en a. C'est une représentation globale qu'on a gardée de quelque chose : voilà qui nous suffit; mais en réalité, c'est un souvenir qui se forme par condensation et déplacement, à partir d'un ensemble de souvenirs qui restent refoulés; c'est une partie pour un tout.

Cela me rappelle le cas d'un homme qui était convaincu que son père était mort lorsqu'il avait lui-même deux ans et demi. C'était pour lui une vérité. Il n'avait même pas été à l'enterrement. Il n'avait d'ailleurs aucun souvenir de son père; quelques photographies seulement.

Cet homme était très malade, depuis deux ou trois mois, lorsqu'il est venu me voir. Or, un jour, il s'est réveillé en train de s'étrangler lui-même, avec ses propres mains. Il avait déjà dû demander à son amie de s'en aller, parce qu'il avait failli l'étrangler, dans les mêmes circonstances, au réveil; c'était terrible pour lui; et, finalement, son amie était partie. Il a continué à venir me voir, alors que les médecins le droguaient complètement. Il me parlait, assis, en face à face.

C'est au moment où il me racontait s'être réveillé s'étranglant lui-même (il en portait les marques bleues) qu'il s'est souvenu que c'était lui qui, à huit ans, avait dépendu son père, lequel s'était suicidé après avoir reçu des lettres de Pologne – à l'époque, on commençait à y persécuter les juifs. Comme ces gens étaient pauvres, ils n'avaient pas les moyens de faire venir en France ceux de leur famille qui étaient restés en Pologne. Un ou deux mois après avoir reçu ces nouvelles, le père s'était pendu, tenant à la main cette lettre qui était tombée par terre. Il s'était suicidé de désespoir, n'ayant rien pu faire pour sa mère et sa sœur qui restaient là-bas. C'était quelques années avant la guerre.

Mon patient avait été évacué pendant la guerre. Sa mère était morte dans un hôpital, de pauvreté, de privations et du chagrin d'être veuve.

Il s'est demandé, en retrouvant ce souvenir, s'il ne délirait pas. Et, par bonheur, il a recherché des amis de sa mère, il a retrouvé une femme qui était petite main dans un atelier de couture, et qui lui a confirmé la vérité. Il a appris que, non seulement il était allé à l'enterrement de son père, mais qu'à sa mère on avait dit de lui : « C'est déjà un petit homme, tu peux t'appuyer sur lui. »

Lorsqu'il m'a rapporté tout cela, il était tout à fait dégrisé. Il n'avait plus le visage vultueux, ni les yeux injectés de sang d'auparavant. Il m'a dit : « C'est incroyable qu'on puisse oublier une chose comme celle-là ! » Pendant la guerre, il avait été séparé de sa famille; il avait poursuivi sa scolarité. Et, comme c'était un garçon très intelligent, il s'était très bien débrouillé dans la vie; il était devenu juriste.

Il avait appris que je m'occupais d'enfants. Mais pourquoi était-il venu chez un psychanalyste d'enfants? En tout cas, il était abruti de médicaments; il ne pouvait plus travailler, il vivait dans la peur de tuer son amie, qu'il adorait. C'est au moment où ils pensaient qu'ils allaient se marier bientôt, que tout ce processus s'était déclenché. Mais c'était aussi cette année-là que cet homme arrivait à l'âge qu'avait son père lorsqu'il était mort.

Je pourrais ajouter qu'en recevant la lettre de Pologne le père était tombé en dépression – maladie qu'on pensait incurable à l'époque – et qu'il avait cessé d'aller à son travail, ce qui inquiétait beaucoup sa femme.

Vous voyez : c'était inscrit dans le corps de cet homme, qu'il fallait s'identifier à son père, qu'il fallait l'aimer. Il était probablement, au moment de ce drame, dans une période homosexuelle à l'égard de son père. C'est pourquoi, sans doute, se marier était également contradictoire à « être-fidèle-à-papa ».

Je n'ai pas eu à faire une analyse longue. Il a été sorti d'affaire en une dizaine de séances. Il n'est revenu me voir qu'une ou deux fois ensuite.

Comme exemple des effets produits par une seule interprétation, j'ai peut-être une petite anecdote, toute fraîche, à vous raconter.

Je viens d'aller visiter une institution rurale, très originale, dans le Midi. Elle est agréée par la DASS. C'est un ensemble de maisons qui fonctionnent dans une autogestion éducateurs-enfants. C'est très bien. Dans un paysage de vignes, de champs de blé, de tomates. Les enfants y sont encore peu nombreux. Aucun n'est scolarisable. Ce sont donc tous des psychotiques ou des débiles.

Pendant cette visite, j'ai vu là une petite fille, de huit ou dix ans. Elle était tout en regards, cette enfant; des regards chauds, mouillés, brûlants. Elle aurait même été jolie, si elle n'avait pas eu un air figé et une posture courbée.

Tout l'après-midi, j'ai parlé avec les éducateurs; j'avais remarqué qu'elle « visait » tout le temps l'un d'entre eux. Elle nous regardait, lui et moi, alternativement. Puis elle est venue s'asseoir près de moi.

Vient le moment de la séparation. Les éducateurs qui n'habitent pas la même maison que les enfants se disent au revoir. Ils font toujours la bise aux enfants. Lorsque celui qu'elle avait beaucoup « zyeuté » est venu dire au revoir à cette petite, j'ai vu ce qui s'est passé : il l'a embrassée sur la joue, puis il est parti avec sa femme; visiblement, l'enfant avait attendu ce moment. C'est lui qu'elle avait investi. A cet instant précis, elle a été prise d'une sorte de tremblement dans le bassin, de petite vibration. Elle qui avait marché tout l'après-midi ne pouvait plus faire un pas; elle restait clouée sur place.

On m'a dit : « Oui; il y a des moments, comme ça, où elle reste figée. » Mais moi, j'avais bien vu ce qui s'était passé. Et maintenant elle restait sur le pas de la porte, arc-boutée jusqu'à en perdre l'équilibre, sans pouvoir avancer.

Je sors à mon tour; elle m'accroche; puisque celui qu'elle avait accroché du regard était parti, c'était vers moi qu'elle se retournait. Elle me demande : « Tu viens dans l'estafette? Tu viens? » Je réponds : « Non, je ne vais pas dans la même maison que toi. » Elle demande : « Tu viens demain? » Je ne répondais pas, mais, devant son insistance, je finis par dire oui. Elle sentait bien que c'était un oui qui n'était pas vrai. J'ai donc ajouté : « Demain, après cette nuit, non. Je viendrai peut-être un demain dans longtemps. » Elle a aussitôt cessé de répéter de façon compulsive ces « tu viens demain? »; elle avait compris que je ne reviendrais pas.

Mais, tandis que les gens sortaient, elle restait immobilisée sur le seuil, incapable de rejoindre la voiture qui était à dix mètres de là. J'attendais ceux qui étaient encore dans la maison. Je lui ai dit : « Mais tu ne vas pas à l'estafette? On t'attend. » Elle se penchait toujours plus avant, sans pouvoir bouger d'un pas. Alors je lui ai dit : « Au moment où J. M. (l'éducateur) t'a embrassée, tu as perdu le bas de ton corps, comme si tu voulais lui donner tout l'en-bas de toi. Mais tes jambes sont à toi. » Elle a couru vers l'estafette, sans même dire au revoir. C'était fini.

Vous voyez? Elle avait perdu ses jambes au moment même de l'émotion sexuelle qu'elle avait éprouvée quand il l'avait embrassée. C'était bien une émotion sexuelle, car elle était entièrement figée.

Ensuite, les personnes qui me raccompagnaient au train m'ont parlé de cette enfant. J'ai dit qu'elle se raidissait ainsi probablement lorsqu'elle ressentait des émotions sexuelles. Alors, un éducateur, en se tournant vers sa femme, a remarqué : « C'est tout de même curieux! Vous savez, c'est la fille d'une prostituée. La Protection de l'enfance nous l'a envoyée parce qu'elle couchait dans la chambre de sa mère, et qu'elle était toujours présente quand celle-ci recevait des clients. »

Cette anecdote est intéressante du point de vue de l'image du corps, parce qu'il a suffi, pour que cette petite fille retrouve la possibilité de marcher, de lui rappeler l'incident par lequel elle avait perdu l'usage de son bassin et de ses jambes; dans la première image du corps, en effet, bassin et jambes sont confondus : c'est la même boule d'en bas, avec ses prolongements. Or, l'après-midi, elle avait couru, maladroitement, les jambes raides, comme ces enfants dont les troubles de l'image du corps retentissent sur le schéma corporel. Cependant, elle jouait; et à aucun moment elle ne s'était ainsi pétrifiée.

D'habitude, lorsqu'elle restait ainsi fichée en terre, quelqu'un venait la prendre par la main. C'est ce qui serait arrivé cette fois encore si je ne lui avais pas parlé. Elle aurait suivi la personne qui l'aurait emmenée, comme reliée à elle par une sorte de cordon ombilical. Et combien de temps lui aurait-il fallu pour retrouver la sensibilité de ses membres? Moi, je lui ai dit : « Tes jambes sont à toi. » Il fallait une parole pour les lui rendre et pour lui permettre en même temps d'avoir ressenti une émotion sexuelle.

J'ai vu, il y a quelque temps, une enfant, une superbe petite, qui louchait. Sa mère me dit qu'elle est née ainsi, et qu'au lieu que cela s'arrange – comme on le lui avait laissé prévoir – cela s'aggrave.

Je pense alors au jumelage des paires crâniennes, optiques et auditives, qui se met en place à partir du troisième mois de la grossesse. C'est pourquoi je demande à cette femme : « Que s'est-il passé au troisième ou au quatrième mois de votre grossesse? – Pourquoi? – Parce que c'est le moment où les yeux et les oreilles vont ensemble. Votre fille a l'air d'écouter, mais ses yeux sont à l'intérieur. Il y a donc une dissociation, chez elle, du jumelage qui se fait à cet âge du fœtus. »

Elle pense seulement que c'est à ce moment qu'elle s'est mariée. Mais, lorsque je la revois, elle dit que ce n'est pas cela : « Je ne voulais pas avoir d'enfant. J'avais déjà subi trois avortements lorsque, avant même qu'on me repose un stérilet, je me suis trouvée à nouveau enceinte. Cela posait un problème. Après deux avortements coup sur coup, j'avais peur pour ma santé. Je ne savais pas quoi faire, d'autant que mon ami ne voulait pas d'enfant; je n'étais pas encore mariée. Je pensais qu'à mon âge je pouvais avoir un enfant mongolien ou anormal. » Pour la rassurer – alors qu'elle venait seulement de dépasser la trentaine –, le gynécologue lui a proposé de faire une amniocentèse. Mais une personne lui a dit que cela pouvait être dangereux, que, dans certains cas, l'enfant pouvait mourir après cet examen. Elle a donc pensé : si l'amniocentèse tue l'enfant, je ne serai pas responsable de l'avortement; ou bien cet examen révélera que l'enfant est atteint d'une maladie; dans ce cas, je serai aussi excusée de l'avortement. Ou on me dira qu'il va bien et je le garderai. Mais, pendant tout ce temps, ce qu'elle n'a cessé d'espérer, c'était de devoir avorter.

Son ami lui a dit, en la voyant si ennuyée : « on se marie ». Elle a très bien porté dès lors cette grossesse et elle est, du reste, une très bonne mère.

Après qu'elle m'a raconté tout ça, ses amies lui ont dit : « Mais qu'est-ce qui se passe? Ta fille ne louche plus. » Et elle de répondre : « Mais moi je ne vois pas de différence! » Le fait est que l'enfant ne louchait plus du tout; alors que sa mère continuait de la voir loucher. Sur ce, elle a raconté à l'enfant toute son histoire, et remarqué que la petite la regardait avec une grande intensité. Je lui ai dit : « Que vous ayez remarqué vous-même qu'elle vous regardait avec tant d'intensité prouve bien qu'elle ne louchait plus. – Ah oui! C'est vrai. »

Voilà une petite histoire de prévention : sans quoi la petite fille serait restée telle qu'elle s'était montrée au départ. Elle avait entendu la menace de cette mort, et elle s'était cramponnée à elle-même. Elle ne voulait pas écouter le danger qui était dehors.

P. : Elle aurait pu être psychotique?

F. D. : Une autre enfant aurait pu en faire une psychose. Je n'ai pas fait d'analyse dans ce cas, mais il est certain que la mère avait refoulé quelque chose, peut-être la mort d'un petit frère dernier-né, quand elle était elle-même enfant. On ne lui aurait pas dit alors de quoi il était mort. Ou bien elle a pu entendre dire qu'une mère maltraitait son enfant, à un âge où elle aurait été elle-même trop sensible pour pouvoir le supporter. C'est ce qui peut ressortir ensuite dans un symptôme comme celui-là : je suis incapable d'avoir un enfant, je ne me vois pas avec un enfant, c'est impensable.

Voilà une femme qui n'avait jamais eu, petite fille, le fantasme qu'elle serait une maman. C'est très rare. Et pourtant son corps en voulait : trois avortements coup sur coup, c'est donc que « ça » en voulait; mais le Moi ne pouvait pas.

P. : Mais dans votre question à cette mère il y a un savoir médical; cela suppose un savoir de l'analyste.

F. D. : Oui, ici, cela suppose un savoir sur le développement de l'embryon. Mais ce savoir se trouve aussi dans le langage et dans la relation du fœtus aux parents. L'eugénisme, la pathogénie viennent de ce que le fœtus ne peut pas se développer en sécurité. Dans la vie fœtale déjà, l'humain défend sa peau. Il ne veut pas écouter ce qui lui ferait du mal.

P. : Ce qui est curieux, c'est que le fœtus ait déjà une sorte de perméabilité à l'égard du monde extérieur – ce qu'on ne se représente pas facilement.

F. D. : Oui, et il sent l'angoisse de la mère, il lutte contre cette angoisse pour préserver sa santé.

Ce qui m'a étonnée, ce n'est pas la disparition du symptôme – car il disparaît quand on « parle » l'événement à travers lequel il s'est produit –, c'est que la mère ne voyait pas qu'il avait disparu, tout comme certaines mères d'enfants psychotiques.

Il me revient aussi le souvenir d'un cas extraordinaire d'enfant mutique. C'était une petite fille de trois ans; elle s'occupait à un jeu tel que j'ai demandé à la mère si elle avait fait une fausse couche. Elle me répondit : « Oui, mais c'était avant la naissance de la petite. » Elle avait, alors, subi un avortement sur le conseil d'un médecin. Ce n'était donc pas cela. Je dis à la mère : « Alors, ce serait quelque chose d'autre. » Elle commençait à rire : « Ce serait trop drôle. » Je lui dis : « Non, il ne s'agit pas d'une fausse couche que vous auriez faite avant sa naissance, mais de quelque chose qui s'est produit du vivant de l'enfant. – Oui, bien sûr, quand elle avait dix mois, j'ai été de nouveau enceinte. J'ai fait une IVG. Or, cela fait maintenant six mois que nous voudrions avoir un autre enfant, et je ne peux pas. Cela m'ennuie beaucoup, mais je me demande si ce serait raisonnable, avec une enfant muette, une enfant qui sera un problème toute la vie. »

Je la rassure : « Je ne crois pas qu'elle sera muette toute sa vie; votre enfant est en train de dire avec son mutisme : " Vous ne m'avez pas expliqué, ni papa, ni toi, pourquoi tu avais un enfant dans le ventre, et pourquoi il est parti. " »

A ce moment, la petite m'a regardée et elle a tiré son père : « Viens papa, cette dame est une emmerdeuse »; alors qu'elle n'avait jamais parlé. Elle avait cessé de dire « papa », « maman », vers douze ou quatorze mois, à l'époque où sa mère, enceinte, avait avorté. Au début, personne ne s'était aperçu de son mutisme. Elle avait gardé des mimiques, elle avait encore des jeux, mais elle était devenue triste et figée depuis que la mère essayait à nouveau d'être enceinte sans y parvenir. La femme avait dû en parler à ses amies et leur dire qu'elle allait voir un gynécologue. Elle ne parlait à personne du premier avortement qui était justifié, pour elle, par le médecin. Elle ne s'en sentait pas coupable du tout. En revanche, elle se sentait très coupable de la seconde IVG.

Or cette petite fille, qui s'était bloquée, qui avait cessé de prononcer les quelques mots qu'elle connaissait, était vraiment très œdipienne.

Le comportement des enfants pose question, et l'on ne peut, en retour, que poser des questions. C'est de là que vient la vérité; car je ne savais rien. J'ai dit à la mère que cela ne pouvait venir de la première IVG, mais de la seconde : « C'est comme si vous aviez eu, du vivant de votre fille, un bébé que vous aviez perdu. Pour elle, c'était un bébé mort. » Et la mère qui, quelques instants auparavant était sur le point de rire, en cherchant un lien entre le symptôme de sa fille et la première IVG, était prête à fondre en sanglots maintenant.

Je lui ai dit seulement pour la consoler, puisque le père était sorti avec l'enfant, de me donner des nouvelles, et j'ai ajouté : « Il faut absolument dire la vérité aux enfants, ils sont trop malins pour ne pas être en mesure de la recevoir. »

14

Les signes de la fin d'une analyse d'enfant

Que l'enfant puisse, au moins, fantasmer la mort - L'Œdipe d'un enfant se fait avec ses parents, non avec l'analyste - Un dessin d'enfant est en lui-même une réalité et non un rêve - Représentation de mot, représentation de chose.

P. : Je voudrais vous demander ce que l'on peut retenir comme signes de la fin d'une psychothérapie d'enfant?

F. D. : Vous avez sans doute vous-même une idée là-dessus; peut-être à propos d'un cas? Eh bien, pouvez-vous en parler? S'agit-il d'une cure dont vous pensez qu'elle arrive à sa fin? Quel âge a l'enfant?

P. : Il a dix ans. C'est un enfant qui a subi l'ablation d'un rein, très jeune. De trois à six ans, il a été séparé de ses parents; il était hospitalisé. Puis il est revenu dans sa famille. Or, ce qui est singulier, c'est qu'un an après son retour, sa mère a subi également une opération, puis l'ablation d'un rein.

F. D. : Du même côté que l'enfant?

P. : Je ne sais plus.

F. D. : Était-ce pour la même raison dans les deux cas?

P. : Je crois qu'il s'agissait d'une infection.
Je n'ai pas reçu souvent les parents pendant cette psychothérapie, contrairement à ce que je fais habituellement. Je vois cet enfant depuis bientôt deux ans et demi. Maintenant, j'ai l'impression qu'il a fait le deuil de ce rein. Il a représenté, pendant des mois et des mois, des choses que je ne comprenais pas du tout. Il s'est avéré que c'étaient des tuyaux d'eau sale. Tout cela a été interprété et analysé par la suite. En fait, l'ablation de ce rein l'avait complètement castré.

F. D. : Mais pour quelle raison est-il venu en cure?

P. : Il était comme rétréci; il ne parlait pas du tout avec les autres enfants, à l'école; il était toujours malade; il avait le nez qui coulait en permanence. Il était tout à fait replié sur lui-même, si pauvre d'expression qu'on l'avait pris d'abord pour un débile.

F. D. : Mais est-il venu à la demande de ses parents ou du médecin?

P. : A la demande de ses parents.

F. D. : Et vous pensez que le moment est venu pour lui de se détacher de la relation qu'il a avec vous. Mais, lui, tient-il encore à cette relation?

P. : Oui, il veut continuer. Actuellement, par exemple, il dit : « Vous savez, j'ai une petite amie à l'école. Comme je ne suis pas très fort en classe, elle m'aide à faire mes devoirs. Je fais des courses pour sa mère, qui me donne un peu d'argent. » Il a même fait quelques économies et, sur ce peu d'argent, il garde une part pour payer sa séance. Il dit de sa petite « fiancée » : « Peut-être que, plus tard, je me marierai avec elle. » Et j'ai l'impression que ses liens avec elle sont, dans le réel, quelque chose de bien construit.

F. D. : Autrement dit : tout à la fois, il a des projets, il a accepté son passé, et il vit son présent. C'est, en effet, le moment où l'on peut dire qu'une psychothérapie doit s'arrêter, pour un enfant qui a largement dépassé l'Œdipe.

Je ne sais pas comment vous tous vous faites dans votre pratique, mais il me semble qu'il faut terminer la cure d'un enfant lorsqu'il est à l'approche de la puberté, époque où des problèmes différents vont se poser.

Ses propres difficultés, l'enfant les assume. Le problème, c'est que les parents puissent les accepter aussi et admettre que l'enfant se prenne en charge. Ils sont souvent angoissés lorsque le traitement de l'enfant vient à son terme. C'est pourquoi il faut leur faire prendre conscience du fait qu'ils se sont reposés sur le pyschanalyste et qu'ils ont quelque peu négligé leur rôle de soutien, si l'on peut dire, dans l'éducation de l'enfant. Dans le cas présent, vous avez raison.

Je pense vraiment que l'Œdipe de l'enfant doit se faire sur ses parents; nous, psychanalystes, nous pouvons seulement aider l'enfant à passer l'Œdipe; mais c'est quelque chose de si important dans sa vie que nous n'avons pas à prendre la place du père qui interdit que la vie imaginaire et fantasmatique de l'enfant, ou ses cauchemars même, envahissant la vie de la maison, cassent les pieds de toute la famille.

C'est au père de prendre sur lui-même l'autorité, non au psychanalyste. Lorsqu'un enfant a été malade physiquement, qu'il est resté fragile ou même retardé, ses parents ont très peur. Or c'est précisément l'Œdipe qui fait changer la situation pour l'enfant et pour les parents eux-mêmes. Car l'enfant ne sera plus en retard si l'on aide les parents à accepter le sevrage. Sevrage de quoi? De l'habitude d'amener leur enfant à un thérapeute. Qu'apportent-ils, en effet? Ils amènent un enfant en état de transfert. « Expliquez-leur ce transfert : soyez pour l'enfant bien plus importants que moi (le médecin ou le psychanalyste) », c'est ce qu'on doit leur faire comprendre. Au père et à la mère de reprendre leur rôle.

Chez un adulte, le transfert se fait sur l'analyste, mais chez un enfant, l'Œdipe se fait avec les parents; il n'est pas transférable sur l'analyste. Si l'enfant n'a pas passé l'Œdipe, il faut attendre qu'il l'ait fait, pour le voir éventuellement après.

P. : Alors, qu'est-ce qu'on fait avant l'Œdipe?

F. D. : On fait de la psychothérapie de l'oral et de l'anal. Si l'enfant en est à l'Œdipe, il faut faire un travail avec le père, afin que celui-ci soutienne son rôle de castrateur – alors il n'est pas nécessaire d'analyser l'enfant –, et avec la mère, pour que celle-ci ne se mette pas en travers de la relation directe entre l'enfant et son père. Car c'est lorsqu'elle empêche le père de donner sa loi à la maison, comme si elle lui préférait l'enfant dans les moments de tension entre eux, que l'enfant traîne dans l'Œdipe et fait des symptômes. C'est à l'analyste de s'en rendre compte, au lieu de se lancer dans une analyse d'enfant qui durera deux ans. Car, si l'enfant est dans une crise œdipienne, le traitement le conduira à régresser; alors qu'il aurait liquidé son Œdipe si seulement son père avait occupé la place qui est la sienne, si la mère avait pris conscience de son propre rôle destructeur dans la relation directe de l'enfant à son père, qui ne la regarde pas.

Les parents aident un enfant à supporter la loi, mais ils n'empêchent pas que cette relation à la loi soit vécue par lui.

P. : Quelque chose m'a paru important chez ce garçon qui a perdu un rein, c'est qu'il a parlé, pour la première fois, du père de son père. Il a dit, brusquement : « Vous savez, j'aurais aimé aller à l'enterrement de mon grand-père, mais mon père me l'a interdit. » Je lui ai demandé si son père lui avait dit pourquoi. Il a répondu : « Je ne peux pas lui en parler, parce qu'il se met à pleurer. » J'ai trouvé qu'il était devenu, en quelque sorte, un père à son tour, par rapport à son propre père.

F. D. : Oui, il a, comme vous le dites, un père symbolique qui semble ébauché. Mais, ce que j'allais justement ajouter, c'est que, pour l'enfant, comme pour l'adulte qui a dépassé l'Œdipe, il faut aborder le problème de la vie sexuelle projetée dans l'avenir, et de la mort. Cet enfant a-t-il abordé la question de sa mort? Clairement? Et, au moment de l'ablation du rein de sa mère, a-t-il affronté la mort éventuelle de celle-ci? Car il va être obligé de parler de la vôtre. Il a commencé avec l'enterrement du grand-père; mais, à ce moment, vous ne lui avez pas demandé : « Qu'est-ce que tu penses de la mort? »

Je ne crois pas qu'on puisse terminer une cure sans parler à l'enfant de la mort, sans qu'il se la représente en fantasmes – la sienne, bien sûr, mais la nôtre d'abord, puis celle du père et de la mère.

Or, le garçon dont vous parlez ne dit pas qu'il veut partir; c'est vous qui songez au terme du traitement. Qu'il veuille rester avec vous signifie justement qu'il n'accepte pas la mort de cette relation; car la mort de quelqu'un, c'est, pour les autres, la mort de la relation qu'ils avaient avec cette personne.

En dehors de sa psychothérapie et de sa petite copine, qu'est-ce qui l'intéresse dans la vie?

P. : Il veut être cuisinier. Il aime faire des gâteaux.

F. D. : Il en parle? Il vous dit comment il procède? On pourrait suivre ses recettes?

P. : Oui, tout à fait.

F. D. : Si sa recette donne quelque chose de mangeable *(rires)*, je crois qu'il faut annoncer la fin de la cure.

Si les gâteaux, dans son imaginaire, correspondent bien à une réalité, cela veut dire, n'est-ce pas, qu'il n'omet aucune opération quand il en fait. Car il y a aussi la cuisson. Il ne s'agit pas seulement de farfouiller, de mettre de la pâte, du bon caca à manger : il faut connaître aussi l'effet du feu. Vous devez en parler très sérieusement avec lui.

Il y a des critères qui révèlent un équilibre de l'enfant. Enfin, c'est idiot, ce sont des trucs; mais ça ne fait rien, vous êtes des psychanalystes, vous n'allez pas prendre des trucs pour des trucs.

Demandez à l'enfant de dessiner un vélo ou d'en faire un modelage. Le jour où la représentation de ce vélo est véritablement maîtrisée, et qu'il correspond aux proportions requises pour que quelqu'un puisse monter dessus, c'est que l'enfant a tout ce qu'il faut pour avancer. Alors il peut s'en aller, il a entre les jambes quelque chose qui fonctionne bien.

Chez une fille, c'est un peu différent. Mais on retrouve quelque chose de comparable lorsqu'elle décrit une robe. Il faut lui demander à la fois quels en sont le tissu et la couleur; comment elle serait cousue : en fil droit ou en fil biais? (Je parle de filles de dix à douze ans.) Qu'elle sache justement ce qui est nécessaire pour faire un vêtement – puisque la femme est un être d'investissement. Cela prend trois ou quatre séances, au terme desquelles elle apporte quelque chose qui se tient vraiment aussi bien qu'un vélo ou qu'une recette.

Le garçon dont vous parlez fait quelque chose de neutre : une recette, ça vaut aussi bien pour un garçon que pour une fille. Mais il doit pouvoir la mener jusqu'au bout. S'il dit : « Ah! le four? Ah ben non, je ne sais pas l'allumer », on lui dit : « Bon, alors, va te rhabiller! Allume le feu d'abord. Tu veux faire des gâteaux, et tu as peur d'allumer le gaz? Pourquoi le gaz? » Ça mène aux gaz intestinaux, à la respiration, à toutes les choses qui n'ont pas encore été analysées.

Il y a ainsi des représentations de choses dont l'enfant parle tout le temps, et qu'il ne peut pas faire tenir debout. On ne peut pas laisser partir un enfant de six ou sept ans qui fait des bonshommes dont les pieds vont dans des directions opposées, l'un à droite, l'autre à gauche. C'est impossible. Si vous le laissez partir, il va se casser la gueule. « De quel côté va ce personnage? – Il va par là. – Ah! Alors ses pieds n'avancent pas dans le même sens que lui. » Or, les pieds, c'est le sexe.

Il y a dans la représentation des traits qui nous font voir si, en effet, le travail a été suffisant pour conclure la thérapie. L'enfant rencontrera des obstacles, bien sûr; on ne peut pas savoir si, au moment de la puberté, il ne va pas retomber sur des difficultés. C'est pour cela qu'il faut qu'il dispose de symboles sexuels, symboles qui sont, chez les filles, les coiffures, les sacs, bref, tout ce qui est associé aux vêtements. Il faut observer aussi la manière dont elles représentent la maison : on verra, par exemple, un lit tout petit par rapport à une table de salle à manger énorme. Quelles sont les proportions? C'est ce qui est important chez les enfants pré-pubères ou en période de latence.

C'est, du reste, comme cela que je travaillais à mes débuts, à Trousseau. A cette époque, vous savez, quand on ne voyait plus de symptômes chez les enfants, on les laissait s'en aller. Un an après, ils revenaient. Ou bien c'étaient d'autres enfants qui, venus à la consultation de la porte pour un rhume, étaient aiguillés vers la consultation psychiatrique. Or, dans les dessins de certains d'entre eux, dont on pouvait suivre l'évolution en faisant des comparaisons, on pouvait remarquer trois niveaux, trois plans distincts dans lesquels il y avait des ronds bien centrés. J'avais observé que, dans un dessin à trois plans bien équilibrés, par exemple une route, une rivière, un train, s'il y avait trois roues rayonnées, correctement centrées, et trois personnages assez solidement campés, c'était que l'enfant avait dépassé ses sept, huit ans, et son Œdipe. C'était une chose simplette que j'avais trouvée là, mais elle s'est vérifiée.

Au contraire, lorsque des enfants dessinent deux plans et qu'ils en ajoutent ensuite un troisième qui interfère avec les deux autres, c'est qu'ils ne sont pas d'aplomb dans la réalité. Ils ont encore un imaginaire riche, mais ils ne tiennent pas compte de la réalité qui est nécessaire pour le communiquer. Le dessin en lui-même est une réalité et non un rêve.

Vous recevez un enfant qui écrit sur son dessin : « bataille », et qui commente, tout haut : « une grande bataille ». Les personnages sont très loin les uns des autres. « Bien sûr, ils ne peuvent pas se toucher », dit-il. On peut être certain que cet enfant reviendra en thérapie. Il a arrêté son pipi au lit; mais ça va recommencer. Il va avoir des problèmes de délinquance ou de vol. Son agressivité n'est pas assumée, puisqu'il la parle sans pouvoir la représenter.

Un autre dessine, en séance, un combat de boxe : l'un des deux personnages ne peut tenir sur le ring, tant il est grand; il est coupé à mi-jambes. Il s'agit, bien sûr, d'une problématique œdipienne qui n'a pas pu être encore abordée. Dans un cas comme celui-ci, il faut continuer l'analyse, sans rien interpréter à l'enfant des détails du dessin, tout en sachant que ce personnage est une représentation imaginaire du père, qui n'est pas encore au niveau de l'enfant. Ou peut-être cet enfant veut-il se battre avec quelqu'un qui échappe aux lois de la réalité.

Je crois que les dessins disent beaucoup, même lorsque l'enfant ne dit rien. Il s'agit de comprendre à travers ses dessins si, dans la vie symbolique, il se voit, de manière adulte, comme allant-devenant de son sexe, avec des projets, même lointains; savoir s'il se représente ainsi dans sa famille, à l'école, c'est-à-dire dans un système articulé à sa famille qui lui permette de vivre bien dans sa classe d'âge, même si, chez lui, c'est toujours le même cirque, si je puis dire.

Lorsqu'on arrive vers la fin d'une cure, il faut, à mon avis, céder si l'enfant demande encore une ou deux séances. Mais un petit, je ne le garde pas jusqu'à l'Œdipe; surtout pas. Qu'il n'aille pas faire un Œdipe latéral sur moi. Dès que je pense que sa communication avec sa classe d'âge s'est rétablie, qu'il a des conflits de type œdipien et non pas figés, qu'il est en devenir, je préviens les parents de ce que je vais lui dire : c'est définitif, il ne me reverra jamais; si je meurs, je serai très contente qu'il vive bien. Je parle à l'enfant de ma mort, et non pas de la sienne. Il n'a plus du tout besoin de moi; c'est tant mieux. Son papa et sa maman sont plus importants que moi. En ce moment, il voudrait rester avec moi, mais il s'apercevra que c'était casse-pieds de venir chez madame Dolto, et que c'est plus drôle d'aller ailleurs.

Sur le coup, il n'est pas du tout d'accord. Et les parents sont souvent angoissés, surtout pour un enfant qui est revenu de très loin. La mère voudrait pouvoir l'assurer qu'il pourra revenir me voir. Je lui dis : « Surtout pas. Vous, vous pourrez venir me voir, si votre enfant est anxieux. Lui, je ne veux pas le revoir. » La mère s'en va, avec cette idée-là; je la reverrai peut-être, ou le père, mais pas l'enfant. Mais il faut que son analyste le lui signifie nettement, bien sûr non sans l'avoir préparé à cette rupture et non sans avoir consacré à cet adieu le nombre de séances nécessaire. C'est généralement l'enfant qui décide lui-même du nombre de séances avant la fin. Et alors, souvent, comme chez l'adulte, à la dernière séance l'enfant apporte un matériel archaïque fondamental à sa névrose.

15

A propos de l'anorexie *

Anorexie des tout-petits - Le nourrisson que sa mère avait laissé tomber sur la tête - « L'enfant du cimetière » - « La fille du boulanger » et l'objet perdu de son père - Les pulsions de mort à l'œuvre dans l'anorexie.

Nous avons tous, en tant que psychanalystes, l'expérience d'enfants, d'âges différents, concernés par ce symptôme.

Parlons d'abord des bébés. J'ai eu à soigner des bébés anorexiques, certains même âgés de quelques jours seulement. Les anorexies des tout-petits cèdent toujours aux entretiens psychanalytiques avec la mère, dans lesquels on s'adresse également à la personne de l'enfant. Les bébés que j'ai vus m'étaient envoyés par des pédiatres qui pensaient que les psychanalystes pouvaient peut-être faire quelque chose face à ce symptôme grave, qui, la plupart du temps, oblige le médecin à séparer le bébé de sa mère, sans pouvoir aider l'enfant à supporter cette séparation.

La première fois que l'on m'a adressé un petit enfant anorexique, je ne savais pas du tout comment m'y prendre. J'ai donc fait parler la maman de ce nourrisson de deux semaines qui refusait le sein et qui restait niché dans le giron de sa mère. Il avait perdu beaucoup de poids, puisqu'il était bien au-dessous de son poids de naissance.

La mère, une femme apparemment assez équilibrée, avait déjà trois enfants; ce bébé était le quatrième. La grossesse et l'ac-

* Version remaniée d'un article publié sous forme d'entretiens dans la revue *le Coq-Héron*, n° 91, 1984, sous le titre : « Anorexie mentale. » Cet article reprenait l'exposé de cas cliniques relatés dans le séminaire.

couchement s'étaient bien passés; mais elle me raconta comment ç'avait été au moment de placer ses trois premiers enfants pendant son séjour à la maternité, qu'elle s'était rendu compte de la mort de sa propre mère.

Celle-ci était restée valide jusqu'à sa mort. Elle était veuve et, comme elle habitait en province, elle ne voyait guère sa fille; pourtant elle venait l'aider, très efficacement, à chacun de ses accouchements; elle s'installait alors chez elle, pour s'occuper des enfants et veiller à la bonne tenue de la maison.

Quant au mari, du fait de son travail, il partait tôt le matin, rentrait tard, et ne pouvait prendre un congé pour s'occuper des enfants.

D'ordinaire, donc, la mère se débrouillait très bien avec sa petite famille. Or, cette fois, elle s'était sentie angoissée pour le troisième, qui régressait dans une famille amie; pour le « moyen » qui, hébergé dans une autre famille, perdait l'appétit; pour la « grande », qui était restée à la maison avec papa, mais qui déjeunait tous les jours chez d'autres personnes. Le mari, vaillamment, allait voir chacun dans sa famille d'accueil et priait sa femme de ne pas s'inquiéter : les choses s'arrangeraient.

Et voilà ce que cette femme me raconte. Quand sa mère était là, ces petites difficultés se dénouaient facilement. A la maternité, on lui avait dit : « C'est normal, la naissance d'un enfant dérange les précédents. C'est fonctionnel, caractériel. A votre retour à la maison, tout s'arrangera. » Et, intellectuellement, elle ne voulait pas s'inquiéter. Mais elle reste très angoissée, on le devine, tout en racontant ces événements plutôt sur le ton d'un témoignage que comme l'aveu d'une dépression. Et elle me dit que c'est le jour où elle a appris que l'avant-dernier n'allait pas bien que la petite, âgée de quinze jours, n'a plus voulu téter, alors qu'elle-même avait une très bonne montée de lait et qu'elle n'avait aucun problème aux seins. « Depuis, elle ne veut plus téter, elle dort tout le temps. Je tire mon lait, mais je crains qu'il ne se tarisse. »

Ayant écouté cela, j'explique au bébé, en l'appelant par son prénom : « Tu as entendu ce que ta maman a dit : tout allait bien pour toi pendant que tu étais dans son ventre; tu es née, tu as respiré, tu as crié, tu as connu le monde autour de toi. Ta maman a eu du lait; c'est toi qui as appelé le lait pour qu'il vienne, et il était là. Et il est encore là, dans sa poitrine. Et voilà qu'un jour tu as appris, en même temps que ta maman, par l'intermédiaire de ton papa, que ça ne marchait pas très bien à la maison avec tes grands frères et ta sœur. Peut-être, alors, tu t'es dit : " Ma pauvre petite maman! il faut que je me remette dedans, comme avant, puisque ça marchait bien quand j'étais dans ton ventre. Il faut que je retourne en arrière! " » Voilà ce que je lui ai expliqué, non pas sur le mode d'une certitude – je ne donne jamais une interprétation comme une certitude – mais avec un « peut-être ». Puis, je demande à la femme : « Comment s'appelait votre mère? » car je pensais qu'il existait peut-être une relation entre le prénom de son enfant et celui de sa mère. Devinant ma pensée, elle me répond immédiatement : « Non, je ne lui ai pas donné le prénom de ma mère, comme l'une de mes sœurs le souhaitait, car je ne suis pas sûre que ma mère, elle, l'aurait voulu. » C'était chez cette sœur, justement, que son avant-dernier enfant était en garde. Alors, je dis à la petite : « Nous sommes en train de parler de ta grand-mère qui est morte bien avant que tu n'entres dans le ventre de ta maman; et, au moment où tu allais naître, ta maman pensait beaucoup à ta grand-mère, sa mère à elle, qui est aussi la mère de ta tante, celle qui garde ton petit frère. Mais il faut que tu fasses toute une vie avant d'aller voir ta grand-mère là où elle est. » Car je pensais que, pour cette enfant, vivre s'accompagnait d'un état dépressif qui était en résonance avec le deuil que faisait sa mère, et les soucis présents de celle-ci, dont elle avait l'intuition. Pour un enfant si près encore de l'avant-vie, mourir signifiait peut-être rechercher la personne qui occupait les pensées de sa mère, et qui, d'après celle-ci, savait s'occuper des enfants. Fallait-il donc qu'elle « dévive » pour retrouver sa grand-mère qui n'était plus dans la vie? C'étaient mes associations d'idées, peut-être farfelues, mais je les ai proposées, telles qu'elles sortaient de mon imaginaire, comme représentant peut-être, au-delà du besoin, les désirs que ce bébé exprimait; d'abord en se nichant dans le giron de sa mère sans pleurer; puis en ne cherchant plus à se nourrir par la bouche.

La mère, très émue, demande : « Vous croyez qu'elle peut comprendre? Elle n'entend pas, elle est toute petite... » Je dis à l'enfant, en l'appelant par son prénom : « Si tu entends ce que nous disons en parlant pour toi, tourne la tête vers moi, pour que ta maman comprenne que tu es intelligente, et que tu l'aimes. » C'était bouleversant de voir ce petit rat faire l'effort de tourner son visage vers moi, comme pour me regarder. La mère avait de grosses larmes qui coulaient : « C'est extraordinaire qu'un enfant soit déjà un être humain. Croyez-vous que ce soit tout cela qui l'empêche de téter? – C'est elle qui vous le dira. Maintenant, rentrez chez vous et, si elle veut téter, ne soyez plus obsédée par cette idée. Mettez-la à votre sein et répétez-lui les choses que j'ai dites. » (Il me semblait que cette enfant traduisait le désir d'une régression de son image du corps en deçà de sa naissance, à l'époque où téter était inutile, puisque le fœtus est perfusé passivement par l'ombilic.)

Je dis à la mère : « Revenez demain ou après-demain avec votre fille, et nous reparlerons. »

Le soir de ma première entrevue avec ce bébé anorexique et sa maman, le médecin qui me les avait envoyés me téléphone.

– Oui, lui dis-je, j'ai vu la mère et l'enfant sans le père qui n'a pas pu venir, et j'ai parlé avec la petite.

– Vous avez parlé avec qui?

– J'ai parlé à l'enfant. Elle est très éveillée et je crois qu'elle a compris.

Il était stupéfait.

– Je vous téléphonerai demain. Je suis très ennuyé, car il faudrait faire entrer la mère avec son enfant en clinique, mais elle est angoissée pour ses autres enfants. C'est pour que vous l'aidiez à prendre cette décision que je vous l'ai envoyée.

– Oui, le problème est bien là; c'est l'angoisse de la mère devant les petites inquiétudes que lui causent ses autres enfants.

– Que faire?

– Nous avons parlé; nous reparlerons si c'est nécessaire. Rien ne presse. Pourquoi se précipiter et séparer la mère de ses autres enfants? Attendons.

Il semblait comprendre.

Le lendemain, ce médecin me rappelle.

– Savez-vous, l'enfant va très bien! Elle s'est remise à téter, et le petit frère n'a plus ces douleurs d'oreille qu'on prenait pour des otites.

– Bien. Je reste à leur disposition s'ils veulent revenir me voir.

Tout s'est arrangé; je ne les ai plus revus.

C'était un premier cas, et l'on ne peut pas tout expliquer à partir d'un cas particulier. Mais notre travail de psychanalyste, encore dans les débuts de cette science de l'inconscient qui joue sur les comportements humains, est fait de ces observations particulières où nous essayons de comprendre, puis d'appliquer à d'autres cas la théorie que nous en avons retirée.

J'ai la conviction que les troubles fonctionnels des tout-petits sont dus à des suspensions de fonctions locales ayant valeur de langage, signifiant un appel positif à la mère, et même une tentative de l'aider. Il me semble que les bébés sont les premiers psychothérapeutes des parents, qu'ils boivent l'angoisse de la mère et que leur propre fonctionnement s'en trouve modifié, sans qu'ils en soient humoralement dérangés. La poursuite d'une telle anorexie eût mis, bien sûr, la vie de l'enfant en danger et augmenté l'angoisse de la mère pour ses autres enfants.

Nous rencontrons d'autres cas où, par exemple, la mère s'ennuie avec son compagnon; l'enfant cherche alors à la distraire, à lui faire la conversation. Mais, pour réaliser ce désir, le nouveau-né se trouve impuissant; c'est pourquoi il vomit le lait qu'elle vient de lui donner, ce qui ne manque pas d'angoisser l'adulte, alors que ce geste est signe de communication; c'est très clair. A la consultation de Trousseau, on voit des bébés, jusqu'à quatre ans d'âge, entrer dans le cercle vicieux qu'on appelle le « méricisme », cercle de vomissements continuels; leur mère leur donne des bouillies à longueur de journée, qu'ils vomissent aussitôt; pourtant ils ne dépérissent pas, au grand désarroi des psychologues et des psychiatres. Une ou deux séances psychanalytiques avec l'enfant et sa mère sont nécessaires pour chercher le sens des premiers vomissements qui ont installé ce cercle vicieux entre eux. N'est-ce pas substituer ce courant de lait rendu aussitôt que pris à ce courant de sonorités que nous appelons la « conversation »? donner l'un pour l'autre pour faire durer l'échange, soit pour le plaisir du bébé, déjà avide de communication interpsychique, soit pour aider la maman qui s'ennuie en l'occupant? Est-ce cela que veut dire ou faire l'enfant?

Un bébé ne peut pas parler, il ne peut que crier ou vomir. Le nouveau-né confond facilement le larynx et le pharynx, qui sont des lieux d'échange si proches : l'un, pour l'échange substantiel de nourriture, qui ne devrait suivre que le sens de la bouche vers l'estomac, l'autre, pour l'échange subtil d'air dans les deux sens (inspirer et expirer), lequel, grâce au larynx et à la poussée pulmonaire, peut produire le cri et le son des paroles.

Je pense que ce petit cours d'anatomie que je fais à ces bébés et à leur maman peut être utile; qu'ils le comprennent ou non, il se montre opérant à la grande surprise des psychologues et des médecins qui, parfois, s'ingénient à aider la mère, à voir régulièrement l'enfant, sans penser à parler du sens *positif* que le symptôme a pris au début, même s'il a fait entrer tout le monde dans une sorte de comédie chronique d'angoisse; alors que c'était un moyen de communication et un lien d'intimité entre mère et enfant. C'était donc un malentendu.

Je fais, quant à moi, l'hypothèse que le croisement de l'image du corps et du schéma corporel peut conduire à la régression de l'image fonctionnelle [1], soit érogène orale, soit aéro-olfactive. Par une sorte d'empiétement de l'image du corps, l'organe se trouve anticiper une fonction symbolique de communication qui n'est pas la sienne. Mais l'expérience clinique ne peut, à elle seule, garantir la pertinence de cette théorie, bien qu'elle soit, de toute évidence, opérante. Elle vaut dans l'ordre de la communication inter-transférentielle, entre le soignant et le soigné, entre le soignant, l'enfant et la mère, comme toute compréhension entre les humains, d'ailleurs : à travers les mots.

Voici un autre cas d'anorexie d'un nourrisson, pour cause traumatique. Une personne a téléphoné, un jour, à l'école de massage dont mon mari était le directeur, pour demander qu'une kinésithérapeute vienne s'occuper d'une petite fille de trois mois qui, à la suite d'une chute, s'était fait une fracture en bois vert [2] de la colonne cervicale : elle ne pouvait plus se nourrir, elle allait

1. Cf. Françoise Dolto, *L'Image inconsciente du corps, op. cit.*, notamment chap. I, « Schéma corporel et image du corps ».

2. C'est ainsi qu'on désigne, en chirurgie, une fracture de l'os sans déplacement, chez les bébés et les très jeunes enfants – par analogie avec les pliures d'une branche de sureau.

bientôt mourir. Il fallait faire quelque chose, ne fût-ce que pour les parents. Peut-être, d'ailleurs, des élongations de la colonne vertébrale, corrigeant la fracture, pourraient-elles aider l'enfant à survivre.

Boris, mon mari, a pensé à l'une de ses élèves de l'école de massage, qui était sage-femme. Je la connaissais bien. Elle est venue me voir, perplexe, après avoir rencontré les médecins et entrevu l'enfant. Elle avait pris en notes les paroles de la mère lorsque celle-ci lui avait fait le récit de l'accident : l'enfant lui avait échappé des bras et était tombée sur la tête. Quant aux médecins, après avoir consulté deux professeurs pédiatres, ils avaient déclaré : « Cette enfant va mourir; mais nous ne pouvons pas laisser les parents sans essayer quelque chose. » Le bébé ne savait plus téter, ne dormait plus. Les battements du cœur étaient incomptables, tant ils étaient rapides. Elle avait perdu trois livres de son poids de naissance, malgré des perfusions de sérum physiologique et un goutte-à-goutte rectal de sérum glucosé.

Nous ne savions que faire. Nous avons réfléchi, Denise (la kinési) et moi. Je lui ai conseillé d'aller voir l'enfant et de procéder de la sorte : l'appeler par son prénom; ne pas la toucher à la première visite, à moins que l'enfant ne le permette; et, surtout, lui raconter ce qui était arrivé : qu'elle avait glissé des bras de sa mère, qu'elle était tombée sur la tête et que, depuis lors, sa mère n'osait plus la toucher, tant elle se sentait coupable de sa maladresse. « Si vous parvenez à réunir la mère et l'enfant dans la même pièce » (la mère était si anxieuse qu'elle n'osait plus regarder le bébé), « essayez de déculpabiliser la mère, en disant à l'enfant, devant elle : Ta mère t'aime, mais, depuis que tu souffres, elle n'ose plus te voir, car elle pense que c'est elle qui est responsable de ta souffrance. »

La petite, qui était d'une famille aisée, était soignée à domicile par une infirmière le jour, une autre la nuit, la mère en étant complètement incapable, en raison de sa dépression aiguë. Ce premier travail me semblait devoir être fait avec la mère et l'enfant, afin que cette dernière accepte la kinésithérapeute, qui était une nouvelle personne de plus pour elle. La masseuse est revenue me dire qu'elle avait réussi à convaincre la mère, laquelle, en sanglotant, avait raconté elle-même à l'enfant ce qui s'était passé et lui avait expliqué la présence d'une personne étrangère, venue pour l'aider. « Moi-même, me dit Denise, je n'ai pas osé toucher l'enfant, trop impressionnante. Elle n'a pas eu un regard pour sa mère ni pour l'infirmière; pendant que je lui parlais, elle ne regardait que moi, avec les yeux d'une enfant de dix-huit mois et non de trois mois. Ses yeux angoissés fixaient les miens, me tenant à distance; dès que j'approchais, elle criait, non pas un cri de nourrisson, mais de manière étrange : comme une porte qui grince. Que faire? – Eh bien, lui dis-je, vous allez retourner la voir, deux fois par jour; vous l'appellerez par son nom, vous vous approcherez doucement d'elle en la regardant si elle vous regarde, et en lui disant tout ce que vous serez en train de faire pour l'aider à vivre et à guérir. Une fois que vous aurez gagné sa confiance, il faut que vous parveniez à lui faire prendre la posture fœtale. » Car faire des élongations sur une table, dans ce cas, n'aurait eu aucun sens; la posture fœtale, au contraire, était la meilleure élongation de la colonne et permettait de donner au bébé l'image régressive d'elle-même, avant l'accident, avant sa naissance. Cette idée m'était venue d'après mon hypothèse sur l'image du corps, laquelle évolue de zéro à trois ans, en se croisant au schéma corporel; l'image inconsciente est au service du désir de communication psychique, tandis que le schéma corporel, anatomique, est destiné, au début de la vie surtout, à la satisfaction des besoins de l'enfant; très tôt, schéma corporel et image du corps se tissent l'un à l'autre, jusqu'à se confondre parfois, les désirs s'enracinant dans les besoins [1].

En deux séances, Denise est arrivée à faire accepter sa présence à l'enfant. Elle la voyait deux fois par jour, lui parlant sans cesse en la regardant. La petite, qui ne la quittait pas des yeux non plus, ne redoutait plus son approche. Denise l'a d'abord touchée, puis massée au ventre, membres, thorax en lui nommant les parties de son corps dont elle lui faisait prendre ainsi conscience. Au bout de cinq jours, elle a pu lui faire prendre la posture fœtale et la lui faire tenir. En sept jours, l'angulation vertébrale

1. Cf. Françoise Dolto, *L'Image inconsciente du corps*, *op. cit.*

avait complètement disparu. Le médecin de famille était en admiration.

Quoique très rapide encore, le cœur du bébé était redevenu comptable. Plus de fracture; reprise du sommeil, urines normales, respiration calme. Mais, depuis plus de quinze jours déjà, le bébé n'avalait rien; langue et lèvres ne réagissaient pas à la tétine. En lui caressant la bouche, en lui parlant de la tétine, on parvint à lui faire suçoter la tétine du bout des lèvres, mais sans suite; elle ne savait pas s'en saisir et ne déglutissait pas le liquide du biberon. Bientôt vingt et un jours de traitement, bientôt quatre mois de vie et son poids restait stationnaire, en deçà du poids de naissance. Fallait-il installer une sonde stomacale pour nourrir cette enfant, et pendant combien de temps? Nous en avons discuté et j'ai dit à Denise : « Ce n'est pas possible! *In utero*, les enfants savent déglutir : elle devrait donc retrouver la déglutition et la préhension bucco-labiale simultanément. Il faut lui parler, tenter de lui redonner les sensations qu'elle a connues *in utero*. Peut-être pourra-t-elle les relier au suçotement de la tétine et retrouver ainsi la déglutition? Vous allez vous faire aider par l'infirmière qui maintiendra l'enfant dans la posture fœtale, pendant que vous lui effleurerez la région ombilicale en lui parlant de cette posture qu'elle tenait avant de naître, quand elle était encore nourrie par le cordon ombilical; puis vous tâcherez de lui donner le biberon; un biberon d'eau salée tiède additionnée de sucre pour qu'il ressemble au liquide amniotique. » On savait déjà, à cette époque, que les perfusions de sucre activent la déglutition des fœtus *in utero*.

Denise me dit que les dernières fois qu'elle avait tenté de faire prendre au bébé la posture, celui-ci s'était défendu par des déflexions de la tête. « Elle tente le mouvement qu'elle a connu au moment de sa naissance. Vous allez lui dire : " Oui, tu veux naître, et je veux bien que tu naisses, mais non sans que tu retrouves ce que tu savais faire avant de naître, c'est-à-dire avaler. Car, dans le ventre de ta maman, tu buvais et tu savais avaler, avant même de savoir respirer. Tu dois retrouver l'avaler. " »

Pendant que l'infirmière tenait l'enfant dans la posture fœtale, Denise lui donna dix grammes de ce biberon; il fut avalé goulûment. L'infirmière détendit la position fœtale et Denise félicita l'enfant : « Bravo, tu as retrouvé la tétée. » La mère aurait voulu qu'elle prenne davantage. Denise, alors, me téléphone. Je lui dis : « Ne faites rien de plus. Dix grammes, c'est déjà beaucoup, c'est la ration d'une première tétée de nouveau-né. Retournez-y dans deux heures pour lui donner un autre biberon auquel vous aurez ajouté un peu de lait. » Ce qui fut fait; et, au troisième biberon, il n'était plus nécessaire de reprendre la posture fœtale; le bébé avait retrouvé la tétée et était sauvé.

Il y a une coda à cette histoire, qui est bien intéressante. Trois ans plus tard, Denise reçoit une invitation au baptême du petit frère de cette enfant. Elle s'y rend, et elle rencontre une petite bonne femme de trois ans, offrant des dragées à tout le monde, très délurée. La mère, très fière dit à Denise : « Voyez ce qu'elle est devenue! », et à sa fille : « Tu reconnais Denise, mademoiselle E. qui t'a soignée quand tu étais bébé? » L'enfant devint grave tout d'un coup. Rivant ses yeux dans ceux de Denise, elle laissa tomber ce qu'elle tenait dans les mains, et se mit à faire pipi sous elle – alors qu'elle était propre depuis l'âge de dix-huit mois; puis elle s'en alla, plantant sur place Denise et sa mère. Impossible de la faire revenir. Denise dit à la mère, qui trouvait que ce n'était pas poli : « Surtout, n'insistez pas. » Elle avait senti que quelque chose de très important venait de se passer. La petite n'eut plus le moindre regard pour elle, se contenta de l'éviter. Cette observation est intéressante à cause du regard au fond des yeux de cette femme, que l'enfant avait connue dans le danger phobique extrême, à cause de l'émoi indicible qui lui faisait craindre le retour à une image du corps qu'elle devait avoir perdue depuis longtemps; la perte du contrôle des urines en était la preuve. L'incident passé, la petite bonne femme, tout à fait alerte et habile, a repris son jeu avec les invités, ignorant totalement l'intruse sortie des limbes, comme si celle-ci était, dans cette assemblée, invisible à ses yeux.

A l'hôpital, dans les consultations ambulatoires, nous voyons beaucoup de fausses anorexies d'enfants, de quinze ou dix-huit mois jusqu'à cinq, six ans, qui ne veulent pas bien manger, « qui n'ont pas d'appétit » comme disent les mères, mais qui ne vomissent pas. Capricieux, geignards, ces enfants se développent tout de même. Il s'agit de fausses anorexies d'enfants qui n'ont pas de bouche pour se nourrir avec leurs propres mains, et qui stagnent dans une relation orale dans laquelle la mère est responsable de leur alimentation. Quand ils sont seuls, ils mangent de petits repas lactés, mais ils ne peuvent pas prendre à table de vrais repas. Les grandes personnes se trouvent obligées de prendre l'enfant sur les genoux et d'assumer la manutention, lui donnant le droit de se nourrir en lui en retirant la responsabilité. Ce style de petites anorexies chez des enfants chipoteurs m'avait donné l'idée, lorsque je faisais des consultations à l'hôpital Trousseau, d'ordonnances toutes prêtes – que je récrivais, bien sûr, pour chacun. Après avoir écouté la mère et le père – s'il était présent – parler devant l'enfant du cirque qu'il faisait à chaque repas, je disais à celui-ci : « Quand tu étais dans le ventre de ta mère, elle ne s'occupait pas de ce que tu mangeais, et tu mangeais avec ton ombilic. » Je lui expliquais alors ce qu'était l'ombilic, ce que la mère n'avait jamais fait. Puis j'ajoutais : « Quand tu es né, c'est par la bouche que tu as dû téter ta maman. Tu as grandi, tu vomissais parfois, mais tu t'es très bien développé. Donc, tout petit, tu savais ce qu'il te fallait prendre, tu étais malin. » A la mère, je disais quelque chose d'analogue : « Vous ne vous tracassiez pas jusque-là, votre bébé a toujours su prendre ce qu'il lui fallait, autant lorsqu'il était dans votre ventre qu'après sa naissance, puisque les difficultés ne sont survenues que vers quinze mois. Pourquoi voudriez-vous que votre enfant soit plus bête à présent qu'à l'époque où il était un fœtus ou un nourrisson? » Je commençais par replacer chacun dans son identité, au lieu de les laisser tous deux dépendants l'un de l'autre à travers un cordon ombilical imaginaire. J'écrivais alors mon ordonnance en silence, puis je la lisais tout haut à la mère et à l'enfant : « L'enfant mangera autant, aussi peu, ou pas du tout de la part prévue pour lui (ou elle) au repas pris avec les autres, et ce, dans l'ordre des plats. S'il y a plusieurs plats et qu'il ne mange pas du premier, il pourra manger du second; s'il ne mange pas du second, il pourra prendre du dessert; s'il n'a rien mangé du tout, félicitez-le! Ça prouvera qu'il n'avait pas faim – et rien n'est plus mauvais que de donner à manger à un corps qui n'a pas faim. Si sa bouche n'a pas assez faim pour manger, c'est que son estomac ne dit pas à la bouche qu'il veut qu'elle mange pour lui. » Je terminais avec un mot d'humour tel que : c'est bien de se préparer à être économe dans la vie, et manger peu est très économique. Puis je donnais à la mère un papier préparé avec les rubriques MATIN, MIDI et SOIR, pour une semaine. « Vous écrirez, madame, ce que votre enfant aura mangé à chaque repas, mais surtout sans l'inciter à manger. » Et je disais à l'enfant : « Tu entends ce que je demande à ta mère? Qu'elle ne te force pas à manger, mais qu'elle inscrive sur le papier destiné au docteur ce que tu auras mangé pour que l'on comprenne ce dont tu as besoin. » Et à la mère : « Vous reviendrez la semaine prochaine; nous pèserons l'enfant et nous verrons comment le soigner, après ces huit jours d'observation. » Huit jours plus tard, ils revenaient; la surveillante pesait l'enfant, pendant que la mère me montrait le papier indiquant que l'enfant n'avait rien mangé; il était allé à l'école, ne s'était pas évanoui; le ticket que nous rapportait la surveillante montrait que l'enfant avait pris au moins huit cents grammes – une fois, même, ce fut plus d'un kilo. Nous savions alors ce qui allait se passer : la mère allait faire une scène. Et ça ne manquait jamais : « S'ils vont encore mieux quand on ne leur donne rien à manger, c'est du joli! » Je disais alors à l'enfant : « Ta maman était très peinée que tu ne manges pas. Elle avait peur que tu maigrisses, et maintenant elle a de la peine parce que tu grossis en ne mangeant rien. Tu es trop économique! Et les mamans aiment s'occuper des enfants. Or, tu n'as plus besoin qu'elle s'occupe de toi comme d'un bébé, et tu vas très bien sans qu'elle t'aide à manger. C'est difficile d'être une maman. » Pendant que l'enfant était en séance, la mère parlait avec la surveillante et lui avouait qu'elle avait triché en mettant à l'enfant des chaussures plus légères cette fois-ci. Comment, sans presque rien manger, son enfant pouvait-il grossir? Était-elle une mauvaise mère? Etc. La surveillante, une femme très humaine, la réconfortait jusqu'à la semaine suivante, nous reprenions alors le travail avec l'enfant, concernant sa dépendance à la mère et son désir de mobiliser ses deux parents sur sa personne, ce qui bloquait le développement de sa libido vers l'Œdipe. Quand on est femme médecin, il est plus difficile de parler avec le père lorsque ce dernier veut absolument obliger son enfant à manger ce qu'il désire lui faire manger. Avec la mère, c'était plus facile, car elle pouvait s'identifier à moi; il fallait que je l'aide à accoucher d'un enfant réel, sevré; à se déprendre d'un enfant imaginaire qui avait encore besoin d'elle; il fallait parfois plus de deux semaines pour sevrer la mère, en supportant avec patience et compassion sa violente colère, en lui expliquant que l'enfant n'avait pas besoin de manger tout ce qu'elle voulait qu'il ingurgite. Avec le père, c'était plus délicat, parce qu'il n'est pas bon de donner à un homme des conseils sur ce qu'il doit faire vis-à-vis de son enfant. Je précisais donc, en bas de cette ordonnance, que rien de ce qui était porté ne concernait le père; qu'il continuât selon son habitude; que je serais contente de le recevoir s'il pouvait venir, ou qu'il me téléphone chez moi si son travail l'empêchait de venir à l'hôpital. Or, d'après les récits de la mère, le père y allait parfois de la ceinture pour obliger son enfant à avaler. Car les enfants aiment, de façon masochique, à provoquer le père jusqu'au moment où la situation devient si violente qu'elle produit des drames entre le père et la mère; les enfants aiment beaucoup empêcher les parents de s'entendre – entente qui les obligerait, eux, à entrer dans l'Œdipe; certains ne supportent pas que leur mère s'intéresse davantage à leur père qu'à eux, alors même qu'ils ont, pourtant, atteint l'âge où ils pourraient être autonomes. Les filles et les garçons provoquent souvent le père pour qu'il se comporte de façon sadique à leur égard. C'est ce que j'expliquai à l'enfant : à défaut d'être la femme du père, il pouvait être le chien qui le faisait marcher, ce qui le faisait rire, car les enfants cherchent toujours à être maître de leur père par n'importe quel moyen, même si la réponse qu'ils en obtiennent est la violence, laquelle donne lieu à une culpabilité secondaire et à toutes les obsessions de rétorsion qui s'ensuivent dans les cauchemars. Je demandais à la mère de ne pas intervenir entre l'enfant et son père et, si elle ne pouvait pas supporter de scènes, de quitter la table pour ne pas être témoin de ces drames, mais surtout de ne pas faire la guerre au père ni de l'obliger à agir comme elle. « Si votre mari lit cette ordonnance, lui disais-je, sans doute me trouvera-t-il folle. Il veut élever son enfant comme lui-même a été sans doute élevé. Mais, puisque vous voulez aider votre enfant, dites-lui que vous me faites confiance pendant deux ou trois semaines. Si votre enfant ne va pas bien, je vous le promets, nous le prendrons en observation à l'hôpital. » Ces paroles avaient comme effet de calmer la mère et de faire venir le père, ou de l'amener à me téléphoner. Il me faisait en général une scène; après quoi, nous pouvions parler de cette relation de maîtrise dans laquelle ce n'était pas lui, le père, qui commandait! C'était lui qui finalement subissait l'enfant et qui avait besoin d'être aidé pour mettre fin à cette tragi-comédie. C'est pourquoi je maintenais une soupape de sûreté, si je puis dire, dans le jeu inter-sadique du père et de l'enfant, jusqu'à ce que ce dernier ait pris conscience de ce jeu maléfique et œdipien grâce à la psychothérapie.

Je me rappelle le cas d'une petite Véronique, à Trousseau. J'avais dit à la mère des paroles comme celles que je viens de mentionner, la priant de laisser, le soir, son mari faire comme il voulait. Les disputes étaient incessantes entre cet homme et cette femme à chaque incident entre l'enfant et l'un d'entre eux. La petite Véronique jouissait, donc, d'une scène primitive sado-masochique tous les soirs. Devant sa mère gémissante et voyeuse, elle se régalait de recevoir ces paires de claques que son père lui donnait pour lui faire avaler sa soupe.

Le danger, je crois, est plus grand pour une fille que pour un garçon d'être ainsi « nourrie », si l'on peut dire, dans la violence par son père. En effet, le vécu d'un père avec ses enfants est autre que celui d'une mère. Il ne nourrit pas, à proprement parler, son enfant, il crie contre lui, qui se dérobe à l'obéissance; tandis que la mère est très anxieuse de la santé de son enfant; elle redoute qu'il n'ait pas la force d'aller à l'école. Au contraire, c'est une sorte de vexation qui touche davantage le père dans son narcissisme, ce qu'il compense en agressant l'enfant. Comme le père n'est pas constamment présent, il est plus facile à un enfant de se dépiéger de l'attitude du père vis-à-vis de la nourriture que de celle de la mère. Pourquoi? Parce que l'angoisse de la mère entre en résonance avec la vie végétative pré-génitale, avec la part fusionnelle qui a existé entre le fœtus, puis le bébé oral, et elle. La composante psychosomatique de l'anorexie s'en trouve augmentée par rapport à la composante hystérique. La part psychosomatique est celle que nous devons assumer, nous médecins, en grande partie; la part hystérique, c'est à l'enfant qu'elle revient, pour qu'il comprenne que l'angoisse que, par jeu, il entretient chez son père, gêne son évolution vers sa propre autonomie dans l'agir social, dans sa classe d'âge, et dans les choix qu'il va faire de ses camarades, garçons et filles. Dans le symptôme hystérique, le plaisir consiste à manipuler l'autre en tant qu'autre. Or le père ne reste pas longtemps un autre à manipuler; il est à dépasser, l'enfant ayant à le laisser à la mère, puis à renoncer à ses deux parents pour aller rejoindre ceux de son âge; voilà l'effet de la castration œdipienne. Ce travail se fait beaucoup plus facilement que le premier, lequel consiste à dégager l'enfant des interdits psychosomatiques qui empêchent qu'il mange seul. Certains enfants qui sont restés dans une grande passivité orale, dépendants de leur mère, trouvent en elle une complice sur-protectrice; provoquer le père est donc pour eux l'occasion de déplacer leurs pulsions orales actives, en le faisant entrer dans la danse à la place de la mère. Ce rapport négatif à l'autorité du père les fait jouir d'un certain pouvoir sur lui; agents et maîtres de la colère du père, ils empêchent celui-ci d'avoir une intimité avec la mère. Certains pères comprennent assez vite, parce que leur femme ne se révolte plus de les voir agresser leur enfant – aidée en cela par le thérapeute –, que l'enfant se joue d'eux à travers son prétendu manque d'appétit. Alors, ils se lassent de ce cirque quotidien et laissent tomber : « Après tout, si tu es malade on te mettra à l'hôpital. » Très rapidement, tout s'arrange. Car l'identification à ceux de leur âge est bien plus essentielle pour les enfants que l'identification à leurs parents. Ils veulent grandir comme ceux qu'ils voient grandir, et devenir actifs pour leur propre plaisir, au lieu de rester, par peur de déplaire à leurs parents, dans le non-agir. Ainsi sortent-ils de la dépendance du désir de la mère, pour le dénier, ou du désir du père, pour le contrer. Certes, les choses sont très difficiles pour un enfant unique, pris entre ses parents, et qui ne voit pas grand monde. Il faut qu'il fréquente d'autres enfants.

Laissons de côté cette fausse anorexie, qui relève de troubles caractériels pré-œdipiens, pour parler d'anorexies post-œdipiennes, de jeunes filles ou de jeunes femmes. Il peut se produire une inversion du sens du cheminement de l'objet partiel oral de besoin. Ce sens inversé devient un langage de désir par un retour vers la bouche de l'objet partiel avalé dans l'estomac; le symptôme mineur en est la boule ressentie dans l'œsophage. Combien de personnes angoissées vous parlent de cette boule! Or, il faut distinguer deux symptômes au niveau de cette sensation dans « la gorge ». A ce carrefour aéro-digestif se produit l'investissement de l'aliment, l'objet oral de besoin qui, secondairement, devient objet de désir par le goût et par la relation à la mère; mais il y a aussi l'objet respiratoire olfactif, lié au besoin vital de respirer, qui comporte l'olfaction de l'odeur exquise de la mère, ou désagréable certains jours, comme de l'odeur de soi-même : comme lorsque la mère n'aime pas son bébé qui répand alors l'odeur de ses excréments, par exemple. Il est très important de comprendre le rôle de ce carrefour aéro-digestif où besoin et désir, de style différent, se rencontrent dans le symptôme de la « boule dans la gorge ». J'ai rencontré une femme qui avait ce symptôme, provenant des deux origines. A certains moments, c'était la boule dans la gorge qui lui faisait mal : « Ah, si je pouvais pleurer! » Mais elle ignorait ce qui lui faisait tant de peine. Dans d'autres cas où elle était heureuse, elle ne pouvait plus avaler; les larmes et les cris n'auraient servi à rien; c'était un blocage de la parole qui ne pouvait sortir. La boule est l'effet d'un rétrécissement fonctionnel hystérique de l'œsophage, qui vise le péristaltisme digestif dont la fonction est d'avaler dans le sens de la bouche vers l'estomac; c'est une sorte de bégaiement de la consommation orale, transposée, bien sûr, au figuré; on dit bien, d'ailleurs, dans le langage courant : « Je ne peux pas avaler ça, c'est trop dur! » quand il s'agit d'une offense par exemple. Ainsi, cette jeune femme, lorsqu'elle se trouvait en compagnie de l'homme qu'elle aimait – formulant, bien sûr, son désir par une expression de sentiments sans oser encore le dire –, ne pouvait pas manger, car ses images de jeune fille occidentale lui imposaient d'ignorer le désir physique qu'elle ressentait pour l'homme. C'est le travail analytique qui lui a permis de comprendre qu'il s'agissait de désir. L'angoisse qu'elle ressentait à l'œsophage était un déplacement; elle était si ouverte au vagin, « ça » désirait tant l'intromission du pénis de l'homme avec lequel elle se trouvait, qu'elle déplaçait sur le pharynx l'interdit surmoïque qui l'empêchait d'avaler. Elle était ouverte, au vagin, mais elle n'en avait pas pris conscience. Son ami, son futur mari, croyait qu'elle faisait la difficile. Il aurait voulu fêter leurs rencontres en l'emmenant au restaurant, mais l'incompréhension du refus qu'elle lui opposait lorsqu'il s'ingéniait à lui offrir des mets pouvait provoquer leur rupture. Elle était venue consulter, désespérée à l'idée d'être peut-être responsable d'une rupture, à cause de cette boule dans l'œsophage. Son amant, un jour, eut l'idée de l'emmener au lit avant de l'inviter à dîner. Merveille! Ensuite, non seulement elle fut bonne convive mais elle se montra diserte et drôle; et c'est ainsi qu'elle conquit ce jeune homme. Œsophage et larynx étaient libérés, car la rencontre sexuelle avait précédé. Jusque-là, il ne s'était pas encore produit, en elle, de désintrication entre l'oralité – l'olfactivité – et la génitalité, devant l'objet total et désiré que représente cet homme, non pas seulement désiré mais aimé. Mais cette désintrication se produit-elle jamais complètement chez aucun de nous, hommes et femmes, adultes que nous croyons être? L'homme est souvent vécu comme une mère et non comme un homme; ou bien il est perçu comme objet sexuel et non comme compagnon de vie; comme si le statut de compagnon supprimait l'importance du sexe, s'accompagnant de frigidité chez la femme et d'impuissance sexuelle chez l'homme vis-à-vis de sa compagne, d'inappétance génitale chez les deux partenaires, conjoints pour la vie sans pouvoir se désirer ni l'un ni l'autre, en dépit de leur entente. Nous rencontrons ce problème constamment dans les couples.

Je crois que l'anorexie au moment de la puberté se produit autour de troubles de l'investissement des voies génitales, chez des filles qui devraient changer radicalement leur relation au père. C'est le cas lorsque le père n'a pas été désintriqué comme objet des pulsions sensuelles, du fait que l'interdit de l'inceste n'a pas été clairement signifié, et que la préférence du père pour sa femme ou d'autres femmes a été insuffisamment marquée vis-à-vis de la fille. Cette désintrication s'effectuera à l'âge adulte, à l'occasion des premières relations sexuelles de la jeune femme. La non-désintrication des pulsions génitales et des pulsions orales, due au fait qu'elles ne renoncent pas au désir œdipien pour le père, peut produire aussi bien une boulimie des jeunes filles post-pubères, les protégeant du désir des jeunes gens et de la rivalité génitale avec les filles de leur âge. Cela se produit – j'ai pu le constater – lorsque le père n'investit pas sa fonction paternelle; il est comme un grand frère, aux yeux de sa fille, ou comme une doublure de la mère; il n'est pas présent, en tant qu'amant, dans les pensées de sa fille; il est absent des pensées de son épouse; et il est presque inimaginable pour la jeune fille que le désir de son père ait joué un rôle dans sa conception. Ce père, en revanche, peut avoir une fonction surmoïque très exigeante à l'égard des études de sa fille, de son emploi du temps, de ses allées et venues ou de ses lectures; il ne voit pas du tout en elle la jeune fille qu'elle devient pour les autres; il ne supporte pas qu'elle tente de s'insérer dans la société en tant que femme désirable, créatrice, et libérée de la tutelle paternelle. On pourrait appeler ces pères « abusifs » bien qu'ils ne soient pas violeurs de leur fille; ils culpabilisent par leurs interdits et leur surveillance jalouse tout essor génital de celle-ci. Les pulsions érotiques génitales refoulées provoquent alors chez la fille l'inflation d'une recherche de plaisir oral, de gourmandise. Son désir reflue vers la pulsion de manger, à défaut d'attirer en son vagin le pénis des garçons. N'ayant pas connu le renoncement à leur père, ces jeunes filles ne sont pas génitalisées : elles n'ont pas connu les caractéristiques de l'Œdipe, ni surtout ses reviviscences au moment de la puberté, notamment l'angoisse de viol, ce fantasme structurant de l'adolescence de la jeune fille. Il n'existe plus que soumission à la parole morne et dévitalisée d'un père-patron. Ces filles, que nous voyons boulimiques ou anorexiques, sont débordées par des pulsions orales et anales, actives. Elles sont généralement travailleuses, mais leur but n'est pas d'en éprouver du plaisir; pourtant, cette activité compulsive semble leur apporter une satisfaction énorme. Elles réussissent à leurs examens, font du sport. Il faut voir comme certaines anorexiques abattent des besognes que des personnes très musclées ne parviendraient pas à accomplir. Elles s'épuisent à faire la cuisine pour les autres ou pour elles-mêmes, cuisine que, d'ailleurs, elles ne mangent pas.

J'ai connu une anorexique mentale qui passait ses journées à cuisiner des petits plats pour essayer de manger, en stimulant son appétit. Elle n'avait jamais eu aucun conflit avec ses parents. Ils vivaient loin d'elle; étudiante, elle habitait seule en ville, dans une chambre. Elle avait des camarades, mais pas de véritables amis. Son enfance s'était passée sans vraie vie sociale, à la campagne, dans les Flandres. Ses parents étaient gardiens de cimetière à quelques kilomètres d'un gros village, ce qui ne facilitait pas les relations. Ce n'est pas pour son anorexie que j'ai soigné cette jeune femme; elle en était guérie quand elle est venue me voir. Voici l'histoire qui a suivi son coma par inanition. Elle fut transportée d'urgence à l'hôpital, et réanimée. Le généraliste, responsable du service, lui conseilla d'aller consulter un psychanalyste. Ce dernier, après l'avoir reçue une ou deux fois, lui déconseilla l'analyse, lui recommandant de faire une narcoanalyse, comme on en faisait dans cet hôpital, avec un médecin qui n'avait pas de formation psychiatrique ni psychanalytique. Celui-ci lui fit donc des piqûres, sous l'effet desquelles elle avait le sentiment de s'endormir; il ne restait pas près d'elle; elle se réveillait quelques heures après et retournait dans sa chambre. Quoi qu'il en soit, son anorexie se trouva complètement guérie, et elle put reprendre son travail. Mais elle restait obsédée par ses pensées d'amour envers le médecin qui lui avait fait ces piqûres. Elle en parla à son médecin habituel, lequel, sur les conseils d'autres personnes, lui communiqua mon adresse. Elle se rendait malade en poursuivant de ses assiduités, à travers l'hôpital, le médecin dont la pensée obsédante l'empêchait de se concentrer sur ses études.

Cette femme d'une grande intelligence et de grande valeur, travailleuse, se vouait à la recherche fondamentale en chimie. Elle était l'enfant unique d'un couple très uni. Son père, disait-elle, était intelligent, quoique sans instruction. Sa mère était aimante, simple et heureuse. Ce trio avait vécu à l'écart, je l'ai dit. On plaçait son landau entre les tombes. Quand elle commença à marcher, c'était entre les tombes qu'elle jouait; ce n'était pas triste. Les moments les plus joyeux de son existence étaient les passages de convois funèbres, la visite des représentants de couronnes et de fleurs artificielles et celle des gens du village qui venaient jardiner autour de leur tombe de famille et qui s'asseyaient parfois à la table pour boire un petit verre. Quant à elle, elle était très brillante à l'école, et elle ne s'en apercevait même pas. Vers quatorze ans, elle voulut arrêter l'école pour faire comme les gens qui venaient voir ses parents et qui lui proposaient de venir travailler dans une fabrique de fleurs artificielles en perles. Ce projet l'enchantait. Mais le maire, le curé, l'institutrice vinrent voir les parents pour leur dire : « C'est impossible! Votre enfant est la plus intelligente du village, vous le savez; il faut qu'elle continue ses études. » Elle n'en avait aucun désir. Faire des fleurs, voilà ce qui l'intéressait. Voir un enterrement était un beau spectacle; c'était l'aspect esthétique d'une vie sociale par ailleurs si monotone. Le père, par-devers lui, était très fier de sa fille qu'il aimait beaucoup. Elle ne voulait pas décevoir son père, que les propositions de ces notables avaient beaucoup narcissisé. Elle fit donc, avec facilité, des études de chimie organique, elle ne savait pas très bien pourquoi cette science l'intéressait tant. Et, peu à peu, elle était entrée dans l'anorexie, elle était devenue exsangue, alors qu'elle ne cessait de se préparer des petits plats, avec le peu d'argent qu'elle avait.

Elle allait tous les dimanches dans sa famille; et là sa mère lui donnait une nourriture grasse. Elle a associé sur cette nourriture, l'a décrite. Sa mère lui faisait des ragoûts, des sortes de goulaches. Cette femme en tenait les recettes de sa propre mère – grand-mère que l'analysante n'avait pas connue –, qui était originaire de cette région du Nord. Or, ces goulaches représentaient pour elle les résidus qui restaient collés à la pelle de son père, lorsque celui-ci creusait les tombes.

Après quelques semaines de psychanalyse, cette jeune fille décida seule de la démarche suivante : aller demander au médecin avec lequel elle avait fait une narco-analyse s'il l'avait, ou non, embrassée sur la bouche tandis qu'elle dormait. Ce qu'elle croyait être une hallucination venait de lui revenir : une image visuelle et tactile, l'émouvant à travers tout son corps, et qu'elle revivait aux marges du sommeil, chez elle. A sa question, le médecin devint cramoisi et lui répondit qu'elle rêvait, que c'était un genre de rêve banal au cours d'une narcose. Mais, quelques jours plus tard, il vint la trouver dans le service où elle travaillait et lui avoua la vérité : un jour, il l'avait embrassée pendant qu'elle dormait. Cette révélation la rassura beaucoup : « Donc je ne suis pas folle. » Cet homme l'avait réellement séduite pendant son sommeil, et ce geste avait pris sens pour elle qui, enfant, dormait entre les tombes. Le sommeil et les pulsions de mort, associés à l'amour pour un monsieur travaillant près d'elle, comme le faisait son père, s'étaient ravivés. Cette flambée d'amour insolite, imaginaire et sans espoir, pour le médecin avait une origine explicable! Elle en comprit d'elle-même le sens œdipien, d'autant qu'elle savait de ce médecin qu'il était un chrétien militant, père d'une famille nombreuse (enfant, elle qui s'ennuyait enviait les enfants de famille nombreuse). Son analyse lui permit de se déculpabiliser et de déculpabiliser cet homme, avec lequel elle eut, par la suite, l'occasion de travailler. Ces narco-analyses peuvent, comme on voit, être plus dangereuses encore pour le praticien que pour la personne qui y est soumise.

Cette analyse, tout à fait classique, a duré presque quatre ans, au rythme de trois puis de deux séances par semaine. Je m'étais demandé au début si cette personne ne fabulait pas, avec ses histoires de cimetière. Mais sa mère, dans les Flandres, lui confirma son enfance très gaie au milieu des tombes. Ce qu'elle avait raconté n'était pas des souvenirs-écrans mais la vérité de son enfance. Cette femme rêvait peu, et ses rêves étaient toujours associés à ses activités de la journée. Elle avait peu d'affects, autant dans sa relation à ma personne que vis-à-vis des gens qu'elle côtoyait et sur lesquels elle ne tenait jamais de propos désobligeants; mais elle manifestait peu d'attitudes amicales. Au cours de son analyse, elle décida de s'orienter vers la chimie organique, la biophysique et l'étude des communications électriques intercellulaires. Les expériences qu'elle faisait sur les cellules nerveuses de poissons, de mammifères, permettaient de comprendre ce qui se passe dans les crises d'épilepsie, par exemple. Elle se passionnait, intellectuellement et affectivement, sur cette étude des isotopes. Cette science prenait son essor à cette époque. Quelques années après son analyse, elle se maria et eut un fils.

J'ai eu, bien sûr, d'autres jeunes filles anorexiques en analyse. Je me rappelle l'une d'entre elles, avec laquelle je n'ai d'ailleurs jamais parlé de son symptôme. Elle était caractériellement insupportable et deux psychanalystes s'étaient déjà lassés de s'occuper d'elle. Il y avait constamment des histoires; la famille téléphonait sans arrêt. C'était une jeune fille des quartiers chics, élevée par sa belle-mère, puis par sa grand-mère maternelle, mais elle avait toujours été confiée à des bonnes qui ne se sentaient pas véritablement responsables de sa personne. Elle aimait fréquenter les voyous qu'elle rencontrait dans les dancings. Une fois, elle me dit qu'une jeune fille de son milieu vient de prévenir son père de ses fréquentations. Devant mon silence, elle ajoute qu'elle a donné, le jour même, un rendez-vous, au pied de son immeuble, à l'un de ces garçons qui lui font très peur, cherchant ainsi à me faire entrer dans la danse des adultes qui se mettaient en travers de ses relations, et à me faire quitter mon rôle de psychanalyste. Je ne réponds pas, et je lui donne la date du rendez-vous suivant.

– Mais vous n'allez pas me laisser partir ainsi?

– Comment, « ainsi »?

– Mais parce qu'il m'attend en bas!

– Il peut bien vous attendre.

– Alors je vais rester dans votre salon d'attente.

– Il n'en est pas question. Votre séance est terminée, vous partez.

Et je la mets à la porte. A neuf heures du soir, la concierge monte me dire que le locataire du sixième vient de la prévenir qu'une femme est endormie sur le palier. Comme, aux yeux des habitants de l'immeuble, je passe pour avoir une clientèle de zinzins, ils ont pensé tout de suite qu'elle venait de chez moi. Je dis à la concierge de monter voir si elle veut. Quant à moi, je ne me déplacerai que si la personne me fait demander. Plus rien jusqu'au lendemain matin, où la concierge me rapporte qu'elle a trouvé la jeune fille recroquevillée comme un fœtus, tout étonnée qu'il soit neuf heures du soir. La séance suivante, elle ne me dit pas un mot sur l'incident; elle n'en parlera jamais. Elle n'avait sans doute pas osé descendre et souhaitait, en prenant alibi de la protection qu'elle me demandait, me mêler aux histoires dans lesquelles elle se trouvait emmêlée.

Tout ceci montre qu'il est primordial, dans les cas d'anorexie, encore plus que dans les autres névroses, de ne jamais intervenir dans la réalité du patient lorsqu'on est psychanalyste. Je ne parle pas, bien sûr, des cas d'anorexie d'enfants de cinq, six ans, qui requièrent qu'on soutienne les castrations que les parents doivent donner à ce moment-là. Avec les ordonnances-types, je me mêlais, dans la réalité, aux relations des parents et des enfants. Je ne faisais pas que cela, bien sûr, mais je faisais *aussi* cela. Quelles que soient les histoires que les enfants ou les adolescents peuvent provoquer dans leur entourage et chez les médecins qui les soignent – et qui nous téléphonent derrière leur dos –, quelles que soient les immixtions, il faut résister, en disant : « Je suis l'analyste, je ne peux malheureusement rien vous dire, et, je préviendrai le jeune homme (ou la jeune fille) de votre intervention. Peut-être viendra-t-il vous parler. Vous êtes libre de faire ce que vous voulez. » Si l'on reçoit une lettre, prévenir, de la même façon, l'analysant qu'on n'y répondra pas : « Ce que vous dites ici est pour moi un secret professionnel absolu, et je ne saurais donner des renseignements sur vous. Vous pouvez, en revanche, dire vous-même à vos parents ce que vous voulez; je n'irai pas vous démentir. » Il est important de procéder ainsi, quelle que soit l'inquiétude que l'on peut humainement éprouver devant ces squelettes pitoyables, avides d'une activité énorme et souvent désordonnée.

J'ai eu un ou deux contrôles où l'anorexique mentale avait dû faire un séjour en maison de santé, internée par le médecin généraliste ou la famille. Je conseillais, dans ces cas, aux analystes d'aller faire ce qu'il restait de la séance, décompté le temps de transport, dans la maison de santé; d'y être présent à l'heure habituelle de la séance. C'est ce que fit une analyste pour l'une de ses clientes. Très curieusement, ce jour-là, cette jeune fille s'est mise à jouer la folle, – alors que je ne pense pas que les anorexiques soient fous, et qu'il est très rare qu'ils miment la folie, même s'il leur arrive de faire des scènes hystériques. Peut-être était-ce par rétorsion devant ces scènes hystériques que la famille avait placé la jeune fille dans cette maison de santé; conflits assez classiques entre fille et mère où l'on casse des objets, etc. Cette jeune anorexique s'est mise nue, dans une scène de séduction sauvage, bien peu esthétique, la peau sur les os, hurlant, jetant les objets à travers la pièce. J'avais recommandé à son analyste de rester silencieuse comme dans la situation du divan. L'analyste est revenue me dire que c'était difficile; les infirmières étaient entrées parce que la patiente criait, et elle-même, ne sachant que faire, était partie. Je l'ai approuvée. Elle y est retournée; cette fois, la jeune fille, tout en lui montrant son dos et en lui lançant des sottises, s'est calmée. A la sortie de la clinique, l'analyse a repris normalement et les choses sont rentrées dans l'ordre. Que signifiait cet épisode d'hystérie qui n'était pas vraie? Ce qu'il y avait de vrai dans cet état hystérique, c'est qu'il avait nécessité l'entrée en maison de santé de cette jeune fille qui ne s'assumait plus, ne mangeait plus et rendait ainsi sa mère malade. *A priori*, les anorexiques ont maille à partir avec la mère beaucoup plus qu'avec le père, en tant que la mère est la première responsable de l'identification féminine manquée; même si le père est en cause, l'anorexie est une lutte entre la fille, vivante, et la mère, ressentie comme mortifère. (Inversement, dans le cas que j'ai évoqué plus haut, la mère n'était pas ressentie comme telle; ce qui était éprouvé et recherché, c'était la sécurité maternelle parmi les tombes du cimetière.)

Je me souviens d'un autre cas très intéressant, celui d'une fillette qui était entrée à l'hôpital en août, exsangue. Je ne l'ai rencontrée que début octobre. Son front, ses pommettes, ses poignets étaient bleus de maigreur, ses cheveux laineux tombaient par mèches. Elle était dans un état pitoyable. L'anorexie s'était déclarée au mois de mars au moment de ses règles, qui disparurent en juin. Son médecin l'avait fait admettre à Trousseau après qu'elle se fut évanouie plusieurs fois dans la rue. Ses mensurations étaient impressionnantes. Sous étroite surveillance à Trousseau, elle avalait, sans vomir, les repas qu'on lui donnait, sans prendre un gramme. Tout le temps couchée, dormant assez bien, elle était stabilisée dans un état dont on ne savait comment la faire sortir. Nous étions le 15 octobre, elle était entrée le 15 août. Gentille, passive, elle s'ennuyait. Les visites, comme toute occupation, lui étaient interdites. Elle aurait souhaité avoir les devoirs qu'on donnait à ses camarades et ses livres de classe, mais le médecin lui avait donné l'interdiction absolue de se lever, de marcher, de lire : « Il faut vous reposer, le moindre effort vous met en danger vital. Vous sortirez de l'hôpital lorsque vous aurez recouvré votre poids. » La voix de cette jeune fille était à peine audible, tant elle était faible. Je lui dis que je n'irais pas la voir en salle mais, lui ayant expliqué ce qu'était une psychothérapie, je lui proposai de venir me voir si elle le désirait. Un infirmier de Trousseau l'embarquait tous les mardis matin dans une couverture, car elle ne pouvait pas marcher d'elle-même. Très fatiguée, elle me confirma qu'elle ne vomissait pas mais qu'elle avait très peur de mourir. Elle ne savait pas pourquoi elle s'était mise à ne plus pouvoir manger, alors qu'« avant » elle avait très bon appétit (elle disait toujours : « avant »). Je lui proposai donc une séance de psychothérapie tous les huit jours, et le mode de travail suivant : qu'elle écrive une demi-page chaque jour, avec l'autorisation du médecin, sur le sujet qu'elle voudrait; et nous étudierions ces pages ensemble. Les surveillantes ont accepté de lui donner du papier et un crayon. Elle est donc revenue avec six petits devoirs (certains enfants à qui je proposais ce type de travail, à Trousseau, mettaient en titre « Devoir d'amusement »). Ces devoirs, qui n'étaient pas d'« amusement » pour elle, venaient assouplir cependant l'oisiveté imposée par le médecin. Sa faiblesse l'empêchant de parler fort, je lui demandai si elle souhaitait que je parle tout haut. Devant son air inquiet, je lui demandai si la présence des assistants la gênait; comme elle ne sut pas me répondre, je décidai de lui parler à voix basse. Dans les textes de la première semaine, je comptai quatorze « avant ». C'était le mot qui revenait le plus souvent, de même que « lumière » et « beau ». « Avant », c'était le village où son père était boulanger et qu'elle avait quitté à neuf ans.

Elle me donne alors l'autorisation de voir sa mère qui me parle de leur déménagement, au moment où ils ont quitté la première boulangerie pour en prendre une autre à dix kilomètres de là. Lorsqu'elle était petite, la fille avait été gardée par une jeune fille du village qui était partie ensuite pour se marier. « Elle était un peu fantasque, me dit la mère, et peut-être a-t-elle eu une influence sur ma fille; mais elle était gentille. Sa sœur est venue la remplacer mais, celle-là, elle était bizarre! » ajoute-t-elle, avec un drôle d'air. « Que voulez-vous dire par " bizarre "? – Elle était très gaie, mais facilement excitée. Elle était très gentille au magasin comme avec les enfants; on l'aimait bien. » La mère avait une autre fille, de quatre ans plus jeune que celle qui était anorexique. « Mais cette jeune fille vous semblait-elle “ bizarre ” jusque dans sa façon d'élever vos enfants, en opposition avec vos idées? – Non, je ne veux pas dire ça! Après elle, je n'ai plus pris personne; les filles étaient assez grandes pour rester à la cantine, et moi je restais au magasin. »

Lorsque ensuite je vois le père, je lui demande son opinion sur les deux jeunes filles qui ont gardé ses enfants. Il accorde que la première était vivante et qu'elle s'occupait bien des petits. « Et l'autre? » Il ouvre alors des yeux ronds de pigeon : aucun souvenir! « Ma femme vous a parlé de cette fille-là – Oui. Elle m'a dit qu'elle était très gaie, parfois un peu excitée, un peu bizarre. Et vous, qu'en pensez-vous? – Vous savez, le commerce... Les enfants, c'est ma femme qui s'en occupait; moi, je ne faisais pas très attention. – Tâchez de vous souvenir. J'ai appris, en tout cas, que vous n'êtes pas encore venu rendre visite à votre fille à l'hôpital depuis son entrée. Vous pourriez peut-être venir la voir? – Mais je n'ai pas le temps! – Il paraît que vous venez tous les lundis aux Grands Moulins de Paris pour votre travail; ce n'est pas bien loin de Trousseau. – Vous croyez? Un père, ça sert à quoi? – Mais vous n'êtes pas indifférent à votre fille? – Oh, non! De toute façon, j'ai mon idée. Je sais très bien ce qu'elle a. Elle a que, lorsqu'elle s'est sentie pisser, elle devait être amoureuse d'un de mes gars qui est parti au service militaire. Mademoiselle faisait la mijaurée pour manger, et je me suis dit : “ C'est ce p'tit gars! ” » Et le père, visiblement amoureux, lui, du p'tit gars, se met à le décrire. « D'ailleurs, le p'tit gars, il écrivait toutes les semaines des cartes postales avec : “ Ne pas oublier Mademoiselle ”... Oh, il était respectueux, mais il y avait quelque chose entre eux, c'était clair. J'ai essayé de lui faire comprendre, à elle, que ça arrive avec les filles, qu'elles se rendent malades pour un petit amour comme ça. C'est un peu jeune, mais ça peut faire un mari plus tard. »

Je le remercie de s'être dérangé pour me donner son point de vue; il s'en va, en me promettant d'aller voir sa fille. La mère revient le mardi suivant. « Que s'est-il passé avec mon mari? – Pas grand-chose. Il ne se rappelait même plus le nom de la jeune fille qui avait gardé vos enfants et il n'a rien pu m'en dire.

– Oh, par exemple! Mais je ne vous avais rien dit du tout! – Rien dit de quoi? – Il m'a dit que vous saviez tout, que je vous avais tout raconté; que j'étais une salope, et qu'il voulait divorcer. – Mais quel est ce " tout " que j'étais censée savoir? » Elle me raconte alors l'histoire. Un jour qu'elle était partie pour la ville, elle revient parce qu'elle a oublié quelque chose, et elle trouve au lit son mari et la servante. Comme le mari et la femme s'aimaient beaucoup, ils se sont réconciliés sur l'oreiller, après une scène facilement imaginable; la jeune fille a été renvoyée sur-le-champ. A peine était-elle partie qu'ils apprennent qu'elle doit se marier, deux mois plus tard, avec le boulanger rival du patelin, auquel elle est fiancée depuis six mois. Les enfants ne comprennent pas qu'on ait renvoyé la Clémentine qui, tout le village le sait, va se marier. Elles veulent aller à la noce; le père, évidemment, ne veut pas; et, du jour au lendemain, interdiction de piper un seul mot à propos de Clémentine – qui partageait jusque-là leur vie et qui les emmenait même chez elle en vacances. La fillette hospitalisée a huit ans à cette époque. Le père, ne supportant pas cette humiliation, décide de déménager dans un village voisin pour prendre une boulangerie plus grande et tirer un trait sur cette histoire.

La fille, à partir de ce moment-là, devient brillantissime dans sa nouvelle classe. L'école seule l'intéresse, ce dont son père et sa mère se fichent pas mal. La mère disait : « Elle aime l'école, celle-là! » La petite voulait devenir « maîtresse [1] ». Puis elle est entrée au lycée. C'est pendant l'été précédant son entrée en classe de cinquième qu'elle a été hospitalisée d'urgence.

Revenons au mois de mars de cette même année, où le grand-père maternel, qui était veuf et qui avait coutume de se rendre à tour de rôle chez ses divers enfants, était venu passer quelques mois chez sa fille. A table, la mère était sans cesse « après » la petite qui refusait de manger. (N'oublions pas que le mot-fétiche de celle-ci était : « avant ».) Le grand-père soutenait sa petite-fille : « Laisse-la donc tranquille, elle mange bien assez! Les mères veulent toujours que leurs filles soient potelées pour plaire aux garçons! » Et la mère disait : « Tu vas devenir laide, tu es

1. Aux deux sens du mot, bien sûr.

trop maigre. » La fille ne voulait que l'école, et soutenait qu'elle ne pouvait pas manger. Quand la mère l'y obligeait, elle vomissait. La mère était furieuse contre l'école, le père furieux que cela fasse des histoires à table, et le grand-père disait à sa fille : « Je ne te reconnais plus. Avant, chez vous, c'était agréable. Maintenant, c'est un enfer. » Et il est parti plus tôt que prévu. Début août, la jeune fille s'évanouissait dans la rue. Le médecin de famille la fit transporter en ambulance jusqu'à l'hôpital Trousseau. Voilà ce que la mère me raconte, révélant ainsi à quelle époque heureuse renvoyaient les « avant » de la petite.

«*Avant*, j'imaginais Paris » – dont elle ne connaissait que l'hôpital Trousseau – « avec ses belles lumières. A Paris, il y a des lampions partout. Comme je suis à Trousseau, je n'ai pas vu les lampions de Paris ». Elle raconte Paris comme un immense Quatorze Juillet de village. « Qui te raconte que Paris est ainsi? » C'était Albertine et Clémentine, quand elles allaient à la fête ensemble. « Tu te souviens d'elles? – Oui. J'ai pas pu aller à la noce. » Ajoutant avec une drôle d'expression : « Mais il ne faut pas le dire, c'est un secret. – Pourquoi il ne faut pas le dire? – C'est pas des choses qu'on dit aux enfants. – Mais vous n'êtes plus une enfant, vous devenez une jeune fille. » (Je venais de le lui signifier en utilisant le vouvoiement.) C'est ainsi que j'ai su que la jeune fille avait subi un grand choc affectif au moment du départ de la jeune servante.

Une autre fois, je lui dis : « Votre mère m'a raconté la triste histoire de Clémentine qui a joué un vilain tour à vos parents. » Immédiatement, elle lance : « Oui, parce qu'elle n'avait pas dit qu'elle était fiancée. » Je me garde de lui en dire plus, car elle semble ne pas en avoir appris davantage. « A nous aussi, les filles, elle nous l'avait caché. Ce n'était pas gentil, on était comme sa famille. » Elle a été très vexée d'avoir ignoré les fiançailles de la Clémentine, raison pour laquelle, à ses yeux, ses parents, vexés eux aussi, ont décidé de ne pas aller à la noce.

En me racontant, de mardi en mardi, l'histoire de la rupture de son identification féminine à travers le drame de la Clémentine, cette jeune patiente avait repris le poids normal pour sa taille. Il était question qu'elle quitte l'hôpital. Elle aurait bien voulu que ce soit pour la Noël. Mais le médecin, craignant une rechute, ne voulait pas encore la lâcher. J'avais obtenu, par l'intermédiaire de la surveillante, que la grand-mère d'une camarade, qui habitait Paris, lui apporte ses livres de classe, avec le programme du premier trimestre, pour qu'elle se mette au courant et qu'elle reprenne le lycée au second trimestre. Je trouvais important que cette enfant, qui tenait sa scolarité en bonne place, ne la lâche pas du fait de son hospitalisation. Comme elle avait repris du poids et que la fatigue d'étudier ne l'empêchait pas de continuer d'en prendre, le médecin donna son accord. C'était la surveillante du service qui s'occupait de ces choses, car je ne voulais pas me mêler de la réalité de cette jeune fille. Le médecin eût consenti à la sortie au moment de Noël si j'avais bien voulu faire un certificat l'autorisant lui-même. La jeune fille me suppliait de le faire. Je lui répondis que c'était à elle de fléchir le médecin, et que je ne le ferais pas à sa place; que nous travaillions ensemble, elle et moi, à chercher le sens de son désir, et à l'aider à obtenir, par ses propres moyens, ce qu'elle souhaitait. Elle n'a donc quitté l'hôpital qu'après les fêtes, avec obligation de revenir tous les quinze jours dans le service pour la surveillance de son poids. Elle est revenue trois ou quatre fois. Elle allait très bien, passait voir la surveillante, mais je ne l'ai plus revue car les jours de ma consultation ne concordaient pas avec la liberté que lui laissait son emploi du temps. Des nouvelles, un an après, nous ont confirmé sa guérison. Les règles sont revenues, ses cheveux ont repoussé, ses ongles étaient à nouveau souples.

Voilà une histoire d'anorexie grave, presque mortelle; et ce sont les rédactions quotidiennes qui ont permis aux messages inconscients de passer; ce qui m'avait mis sur la voie, c'était la répétition du mot « avant », et l'angoisse de cette jeune fille de sentir sa mère « après » elle. Les « avant » correspondaient à la période d'identification heureuse aux deux servantes et à la mère, sans rupture entre ces images féminines latérales et la mère; mère admirée pour sa beauté, sa fécondité, et parce qu'elle était l'épouse du père. Cette enfant avait construit son Œdipe sur deux personnes différentes : pour la part féminine et érotique, c'était la jeune fille; pour l'intelligence, c'était la mère, qui tenait les comptes de la boulangerie. De cet « avant », la jeune fille ne gardait qu'un souvenir flou; en revanche, elle se rappelait plus facilement la période qui avait précédé la naissance de sa sœur. La mère, la première fois, ne m'avait raconté que le déménagement, en livrant quelques impressions banales sur les servantes. Le moment difficile vint après mon entrevue avec son mari. « Heureusement que nous nous aimons, car il était furieux contre moi, jusqu'à ce qu'il ait bien compris que c'était vrai que je ne vous avais rien dit. » Ce « dit » à taire était le cocufiage de monsieur et l'épreuve qu'avait représentée, pour tous les trois, cette Clémentine. La mère revint me voir plusieurs fois, de son gré, assurée que je ne disais rien à sa fille de ce qu'elle me confiait. Nous avons essayé de comprendre, elle et moi, d'où était venue à son mari la supposition, par bonheur d'ailleurs, que « je savais tout ». J'avais été très étonnée, tout de même, qu'il ne se souvienne plus du prénom d'une personne qui les avait aidés si longtemps, et qu'il se lance dans un discours sur les amours supposées de sa fille pour un gars qui était parti au service militaire; moi, je n'avais fait que l'écouter. Car il fallait bien que ce père associât une histoire d'amour au dérangement affectif de sa fille.

Sa fille, en effet : la jeune servante dont il avait oublié le nom était d'âge encore à être sa fille, et elle lui avait donné un rude coup en épousant son rival professionnel; elle fréquentait l'un *en même temps* qu'elle était la maîtresse de l'autre. L'intensité de son émotion à l'évocation de cette jeune servante, lui fit croire que sa femme m'avait raconté leur histoire de couple. Or, c'était grâce à ce conflit que, finalement, cet homme et cette femme s'étaient attachés davantage l'un à l'autre, après une menace terrible de brouille et de séparation. Il n'en demeurait entre eux aucune séquelle, mais c'était leur fille qui en avait porté les traces dans le développement de sa féminité. Rien ne permettait pourtant de prévoir les effets de cette rupture dans son Moi idéal féminin, juste avant l'entrée dans la phase de latence. Il a fallu que vienne le temps de sa nubilité pour que ces potentialités déstructurantes de sa féminité s'actualisent. C'est un des cas les plus graves d'anorexie de jeune fille qu'il m'ait été donné de voir. Anorexie devenue, en quelques mois, ravageante, quasi mortelle. Il y avait perturbation du métabolisme puisque, sans rien vomir, depuis son entrée à l'hôpital, la jeune fille ne cessait de perdre lentement et sûrement son poids. La nourriture traversait son corps sans être assimilée. Dès le début de la cure, et sans que rien n'ait été changé au régime, la courbe devint ascendante; et l'on peut dire que la guérison totale fut très rapide. Le métabolisme affectif du trio père-mère-fille avait muté lui aussi. Toutes les névroses sont bien des histoires d'amour trop tôt interrompues sur un malentendu. Seul un viatique de paroles d'adieu vraies évite les névroses, après des séparations brutales entre l'enfant et les personnes importantes pour lui, qui soutiennent son évolution jusqu'à huit ans au moins.

La petite anorexie dont nous avons parlé au début, celle des jeunes enfants, qui est sans danger physique réel, provient d'un interdit empêchant la conquête libidinale de l'autonomie du corps propre. Alors que l'identification à la mère soignante, cette introjection qu'on peut appeler la capacité de s'auto-materner, mènerait à l'Œdipe et à des relations avec le père qui auraient comme effet l'introjection paternelle sous la forme d'un s'auto-paterner. Mais lorsque ensuite survient le conflit œdipien, c'est pour en éviter les affres que l'enfant s'ingénie à piéger ses parents dans des relations duelles, dans des relations de pouvoir sur lui-même qu'il met en défaut, ce qui lui évite d'assumer une situation de rival affectif et génital.

L'anorexie des post-pubères provient d'une actualisation des pulsions de mort liées à la conquête de l'identité féminine. La dénégation du désir féminin génital entre en résonance avec le besoin oral, lequel se trouve dénié par refoulement du plaisir de la zone vaginale et par déplacement sur la zone orale; car ces deux zones érogènes sont, par rapport à l'objet partiel de satisfaction, le lieu de pulsions centripètes (désir de la bouche pour l'aliment, qui vaut comme objet partiel venu de l'extérieur, objet à ingérer; désir du vagin pour l'objet partiel : le pénis de l'homme désiré). L'identification du Moi à l'objet total, Moi idéal de l'enfance œdipienne pour une raison qui est à découvrir, paraît interdite.

Dans l'anorexie, tout se passe donc comme si le sujet du désir, faute d'être cohérent aux pulsions génitales, clairement sexuées [1],

1. C'est cette cohérence du sujet aux pulsions génitales qui donne leur plein sens au langage et aux œuvres humaines.

grâce à un Moi représenté alors par le corps, était encombré de désirs impossibles à dire ou insuffisamment exprimables. Ainsi, il tente d'avoir recours aux moyens régressifs par lesquels il pouvait être compris des autres lorsqu'il était enfant; mais, parce que ceux-ci se révèlent inefficaces, inaptes à représenter son désir ou à le lui faire supporter, le sujet se résout, semble-t-il, à céder aux pulsions de mort, en les dissociant des pulsions de vie. La coalition Moi-Surmoi se trouve du coup feintée. Plus de désir de vie, plus de culpabilité œdipienne.

Tout appétit sensoriel, quels qu'en soient le niveau d'organisation et la zone érogène, entre en résonance, quand il intéresse des pulsions actives, avec la génitalité sexuée masculine et, quand il s'agit de pulsions passives, avec la génitalité sexuée féminine. Mais l'absence d'appétit sensoriel, orchestrée, si l'on peut dire, par le sujet, permet l'entrée en sommeil aussi bien des pulsions actives que des pulsions passives, qui sont associées inconsciemment à la signifiance sexuelle des organes érogènes. Le Moi se réduit alors au narcissisme, en tant que résidu de plaisirs vitaux, végétatifs, organiques. Ce Moi, dans l'inanition fatale, est sans angoisse, parce que sans culpabilité. Il semble qu'il s'agisse d'une régression dans laquelle la jouissance serait due au ralentissement des processus vitaux du Moi-corps et à la paix du sujet, lequel se dissocie tant du Moi que du Ça. Un tel processus peut mener, sans représentation de la mort chez le sujet, à la mort du corps.

Face aux anorexiques graves, contrairement à la thérapie médicale, qui vise à soutenir le corps (siège du Moi), en le gavant pour le maintenir en vie, en entretenant de force les échanges physiologiques, la thérapie psychanalytique ne peut que soutenir le sujet qui parle son non-désir. Proposant au patient de l'assister dans son travail d'élucidation, pour comprendre le processus qui l'a mené à se mettre sous la dépendance angoissée de sa famille, de la société, jusqu'à passer par les détours de l'assistance médico-psychologique, le psychanalyste ne peut que faire confiance aux dires du sujet; faire alliance avec le sujet du dire sans s'occuper aucunement de ses « agir », comme de ce qu'il provoque autour de lui – car ces « agir » ne relèvent du patient qu'autant qu'il est *objet* pour les autres, voire objet pour lui-même. Pour le psychanalyste, au contraire, il s'agit d'écouter, dans son dire, le témoin d'un temps et d'un espace (son corps) révolus. Dans le transfert, les paroles du sujet redonnent vie à l'ébauche interrompue d'un Moi périmé. C'est lui l'artiste de son corps, dont il a laissé en plan l'ébauche. Ses propres dires lui donnent à entendre, lors même qu'il en répète l'épreuve avec son analyste, que l'instrument à vivre dans la chair, à exprimer des désirs qui ne sont pas seulement de chair mais de rencontres inter-psychiques, d'échanges subtils de plaisir, cet instrument l'a trahi : ce corps, intermédiaire langagier, pour une raison qui reste à décoder, a été, un jour, éprouvé comme inadéquat au projet de communication qui était celui du sujet. Le sujet a supporté l'épreuve de ce Moi-corps arrêté en son devenir, négligé, oublié; parfois, s'est creusé un trop grand hiatus entre son désir et ce Moi-corps, croisement d'espace et de temps où l'organisme s'inscrit comme objet.

C'est par défaut de symbolisation que les processus vitaux pour notre narcissisme occupent le devant de la scène. Il en va de même pour les processus de dévitalisation. Je parle ici de la part inconsciente du narcissisme, celle dont les gens qui n'ont pas de symptômes pathologiques jouissent dans le silence des organes, au cours de la veille comme du sommeil. Qui dort dîne, dit le proverbe. C'est la jouissance de ce narcissisme-là qui commande la mise en sommeil des zones érogènes; c'est ce jouir que les anorexiques veulent, de tout leur cœur, empêcher de vivre en eux. C'est ce qu'ils poursuivent obstinément. Bien plus, chez l'anorexique, le désir est aux aguets de cette paix que pourrait provoquer la mort prématurée – mort à laquelle il ne croit pas, non plus qu'à la vie, ni aux plaisirs qu'elle pourrait apporter à son corps. Rien ne compte que ce qu'il veut signifier.

Quels que soient l'âge du patient et la gravité morbide du symptôme, l'anorexie ne survient que chez des êtres humains, le plus souvent de sexe féminin, chez lesquels le plaisir de la communication, de la créativité, de la pensée et des sentiments prime les satisfactions de la consommation substantielle.

Liste
des principaux cas
et exemples cliniques

Index

Cet index ne renvoie pas à toutes les occurrences d'une même notion, mais seulement à ses usages les plus importants ou les plus particuliers. Certains concepts, comme celui de refoulement qui traverse tout le Séminaire, ne figurent pas dans cet index, puisqu'ils ne font pas l'objet d'une élaboration spécifique.

Table

Du même auteur

AUX MÊMES ÉDITIONS

Le Cas Dominique, *1971*
coll. «Points», 1974

Psychanalyse et Pédiatrie, *1971*
coll. «Points», 1976

Lorsque l'enfant paraît, tomes 1, 2 et 3
1977, 1978, 1979

L'Évangile au risque de la psychanalyse, tomes 1 et 2
coll. «Points», 1980, 1982

Au jeu du désir, *1981*
coll. «Points», 1988

Séminaire de psychanalyse d'enfants, tome 1
en collaboration avec Louis Caldaguès, 1982
coll. «Points», 1991

La Foi au risque de la psychanalyse
en collaboration avec Gérard Sévérin
coll. «Points», 1983

L'Image inconsciente du corps, *1984*

Séminaire de psychanalyse d'enfants, tome 2
en collaboration avec Jean-François de Sauverzac, 1985
coll. «Points», 1991

Enfances
en collaboration avec Alecio de Andrade, 1986
coll. «Points Actuels», 1988

Dialogues québécois
en collaboration avec Jean-François de Sauverzac, 1987

Séminaire de psychanalyse d'enfants, tome 3
Inconscient et Destins
en collaboration avec Jean-François de Sauverzac, 1988
coll. «Points», 1991

Quand les parents se séparent
en collaboration avec Inès Angelino, 1988

Autoportrait d'une psychanalyste (1934-1988)
en collaboration avec Alain et Colette Manier, 1989

Lorsque l'enfant paraît tomes 1, 2 et 3
en un seul volume relié, 1990

en cassettes de 60 minutes
Séparations et Divorces, *1979*
La Propreté, *1979*

CHEZ D'AUTRES ÉDITEURS

L'Éveil de l'esprit de l'enfant
en collaboration avec Antoinette Muel
Éd. Aubier, 1977

L'Évangile au risque de la psychanalyse, tomes 1 et 2
Éd. Jean-Pierre Delarge, 1977, 1978

La Foi au risque de la psychanalyse
en collaboration avec Gérard Sévérin
Éd. Jean-Pierre Delarge, 1980

La Difficulté de vivre
Interéditions, 1981
Vertiges-Carrère, 1987

Sexualité féminine
Scarabée et Compagnie, 1982

La Cause des enfants
Laffont, 1985

Solitude
Vertiges, 1986

Tout est langage
Vertiges-Carrère, 1987

L'Enfant du miroir
Françoise Dolto et Juan David Nasio
Rivages, 1987

La Cause des adolescents
Robert Laffont, 1988

Paroles pour adolescents
ou Le Complexe du homard
avec Catherine Dolto-Tolitch
en collaboration avec Colette Percheminier
Hatier, 1989

IMPRIMERIE BUSSIÈRE À SAINT-AMAND (CHER)
DÉPÔT LÉGAL FÉVRIER 1991. N° 12572 (4042)

Collection Points

SÉRIE ESSAIS

DERNIERS TITRES PARUS

157. Enquête sur les idées contemporaines
par Jean-Marie Domenach
158. L'Affaire Jésus, *par Henri Guillemin*
159. Paroles d'étranger, *par Élie Wiesel*
160. Le Langage silencieux, *par Edward T. Hall*
161. La Rive gauche, *par Herbert R. Lottman*
162. La Réalité de la réalité, *par Paul Watzlawick*
163. Les Chemins de la vie, *par Joël de Rosnay*
164. Dandies, *par Roger Kempf*
165. Histoire personnelle de la France, *par François George*
166. La Puissance et la Fragilité, *par Jean Hamburger*
167. Le Traité du sablier, *par Ernst Jünger*
168. Pensée de Rousseau, *ouvrage collectif*
169. La Violence du calme, *par Viviane Forrester*
170. Pour sortir du XXe siècle, *par Edgar Morin*
171. La Communication, Hermès I, *par Michel Serres*
172. Sexualités occidentales, Communications 35
ouvrage collectif
173. Lettre aux Anglais, *par Georges Bernanos*
174. La Révolution du langage poétique, *par Julia Kristeva*
175. La Méthode
2. La vie de la vie, *par Edgar Morin*
176. Théories du symbole, *par Tzvetan Todorov*
177. Mémoires d'un névropathe, *par Daniel Paul Schreber*
178. Les Indes, *par Édouard Glissant*
179. Clefs pour l'Imaginaire ou l'Autre Scène
par Octave Mannoni
180. La Sociologie des organisations, *par Philippe Bernoux*
181. Théorie des genres, *ouvrage collectif*
182. Le Je-ne-sais-quoi et le Presque-rien
3. La volonté de vouloir, *par Vladimir Jankélévitch*
183. Le Traité du rebelle, *par Ernst Jünger*
184. Un homme en trop, *par Claude Lefort*
185. Théâtres, *par Bernard Dort*
186. Le Langage du changement, *par Paul Watzlawick*
187. Lettre ouverte à Freud, *par Lou Andreas-Salomé*

188. La Notion de littérature, *par Tzvetan Todorov*
189. Choix de poèmes, *par Jean-Claude Renard*
190. Le Langage et son double, *par Julien Green*
191. Au-delà de la culture, *par Edward T. Hall*
192. Au jeu du désir, *par Françoise Dolto*
193. Le Cerveau planétaire, *par Joël de Rosnay*
194. Suite anglaise, *par Julien Green*
195. Michelet, *par Roland Barthes*
196. Hugo, *par Henri Guillemin*
197. Zola, *par Marc Bernard*
198. Apollinaire, *par Pascal Pia*
199. Paris, *par Julien Green*
200. Voltaire, *par René Pomeau*
201. Montesquieu, *par Jean Starobinski*
202. Anthologie de la peur, *par Éric Jourdan*
203. Le Paradoxe de la morale, *par Vladimir Jankélévitch*
204. Saint-Exupéry, *par Luc Estang*
205. Leçon, *par Roland Barthes*
206. François Mauriac
1. Le sondeur d'abîmes (1885-1933), *par Jean Lacouture*
207. François Mauriac
2. Un citoyen du siècle (1933-1970), *par Jean Lacouture*
208. Proust et le Monde sensible, *par Jean-Pierre Richard*
209. Nus, Féroces et Anthropophages, *par Hans Staden*
210. Œuvre poétique, *par Léopold Sédar Senghor*
211. Les Sociologies contemporaines, *par Pierre Ansart*
212. Le Nouveau Roman, *par Jean Ricardou*
213. Le Monde d'Ulysse, *par Moses I. Finley*
214. Les Enfants d'Athéna, *par Nicole Loraux*
215. La Grèce ancienne (tome 1)
par Jean-Pierre Vernant et Pierre Vidal-Naquet
216. Rhétorique de la poésie, *par le Groupe μ*
217. Le Séminaire. Livre XI, *par Jacques Lacan*
218. Don Juan ou Pavlov
par Claude Bonnange et Chantal Thomas
219. L'Aventure sémiologique, *par Roland Barthes*
220. Séminaire de psychanalyse d'enfants (tome 1)
par Françoise Dolto
221. Séminaire de psychanalyse d'enfants (tome 2)
par Françoise Dolto
222. Séminaire de psychanalyse d'enfants
(tome 3, Inconscient et destins), *par Françoise Dolto*
223. État modeste, État moderne, *par Michel Crozier*